# VERFÜHRT VON EINEM PIRATENLORD

---

## DIE PIRATEN VON KING'S LANDING
### BUCH 1

## LAUREN SMITH

Übersetzt von
### CORINNA VEXBORG

ISBN: 978-1-962760-29-4 (E-Book-Ausgabe)

ISBN: 978-1-962760-30-0 (Druckausgabe)

# PROLOG

# 1



$7^{27}$
*Cornwall, England*

»Hau fester zu!«

Der vierzehnjährige Dominic Greyville schlug mit der Faust nach dem großen Rüpel und knurrte wie ein Dachs, während er seine Zähne fletschte. Es gab nichts Aufregenderes, als sich auf einer unbefestigten Straße mit einem Mistkerl zu prügeln, der ein oder zwei gute Schläge verdient hatte.

»Pass auf, Dom!« Bei einer weiteren Warnung sprang Dominic aus dem Weg. Der Junge, mit dem er kämpfte, wankte und taumelte zurück, nachdem seine drohende Faust Dominics Gesicht knapp verfehlt hatte.

Dominic behielt den Jungen im Auge, lauschte aber darauf, dass sein bester Freund, Nicholas Flynn, ihn vor einer weiteren heiklen Aktion warnte.

»Du Mistkerl!« Sein Gegner stürzte sich auf Dominic, und

die beiden schlugen mit einem dumpfen Aufprall auf dem Boden auf. Seine Rippen schmerzten unter dem Gewicht des größeren Jungen. Dominic schlug wild um sich und erwischte den Kiefer des anderen Jungen, und er stöhnte, als der Schmerz seine Hand hinauf und in seinen Arm schoss.

Der Junge sackte auf die Seite, und Dominic rollte sich auf die Fußballen hoch. Seine Ohren klingelten von den Schlägen, die er bereits eingesteckt hatte, und seine aufgeplatzte Lippe war blutverschmiert, aber Dominic lachte vor Vergnügen. Vielleicht war es das wilde spanische Blut seiner Mutter, aber er konnte einem guten Kampf nicht widerstehen, vor allem gegen einen Kerl, der ein hübsches junges Tavernenmädchen verprügelt hatte. Dominic hatte einen Blick auf ihr tränenüberströmtes Gesicht geworfen und sich auf den Übeltäter gestürzt. Der Junge musste sechzehn oder siebzehn Jahre alt sein, und seine kräftigen Fäuste konnten großen Schaden anrichten, aber es war das Risiko wert, das Richtige zu tun.

»Oi!« Ein tiefes Gebrüll zerstreute die kleine Gruppe von Jungen, die den Kampf beobachtet hatten, in alle Winde. Nur sein Freund Nicholas wagte es, zurückzubleiben.

Ein stämmiger Mann mit grau-schwarzem Haar marschierte die Gasse entlang auf sie zu. »Was habe ich euch über diese Prügeleien gesagt, hm?« Nach dem Aussehen seiner Schürze und dem überwältigenden Metgeruch zu urteilen, der von ihm ausging, kam er aus der Taverne am Ende der Straße.

Dominics Gegner kam auf die Beine, eine Hand hielt er sich über die laufende Nase.

»Der kleine Scheißer hat mich geschlagen, Pa!« Der Junge zeigte mit seiner blutigen Hand auf Dominic.

Der Vater des Jungen schlug ihm mit einer Pranke von Faust auf die Brust. »Ich sagte, wenn du schon kämpfst, solltest du es besser zu Ende bringen. Mach weiter! Bring die kleine Ratte um.« Der Mann zeigte auf Dominic und forderte seinen Sohn auf, ihn zu töten. Eine Sekunde lang war Dominic schockiert, dass ein Mann seinen Sohn dazu aufforderte, einen anderen Jungen zu töten, aber der hasserfüllte Blick in den Augen des Mannes warnte ihn, dass er es ernst meinte. Es führte kein Weg daran vorbei - Dominic würde den Kampf gewinnen müssen, denn es stand plötzlich mehr auf dem Spiel.

Der Junge blickte Dominic mit offenem Hass an, der den seines Vaters widerspiegelte. Er stürzte sich auf ihn. Dominic tanzte zur Seite, streckte einen Fuß aus und brachte den Jungen zu Fall. Er fiel mit dem Gesicht voran so hart auf den Boden, dass er stöhnte und schlaff wurde.

»Verdammter nutzloser Narr.« Der rundliche Mann spuckte auf den liegenden Körper des Jungen und starrte Dominic und Nicholas an. »Weg mit euch, ihr Gören!«

Dominic brauchte keine weitere Aufforderung. Er und Nicholas rannten die Straße hinunter und blieben erst stehen, als ihre Lungen nach Luft rangen. Er presste seine Handflächen auf die Oberschenkel, beugte sich vor und stieß überraschenderweise ein Lachen aus, und Nicholas tat es ihm gleich. In diesem Moment fühlte er sich unbesiegbar, als ob er die Welt erobern könnte.

Seine Augen trafen die seines Freundes, und Nick grinste trotz seines Keuchens, als ob auch er die Magie des Augenblicks spürte. Es war etwas Besonderes an dieser Tageszeit, wenn die Sonne noch nicht ganz untergegangen war und die Welt in einem sanften Goldton glühte. Es war Dominics liebste Tageszeit, in der er das Gefühl hatte, dass alles möglich war, und doch lag ein Hauch der Melancholie des Abends in der Luft, was den Moment fast bittersüß machte.

»Das war knapp«, sagte Nicholas, als sie wieder zu Atem gekommen waren. »Für einen Moment dachte ich, er hätte dich. Ich war kurz davor, einzuspringen und zu helfen.

»Ich bin ganz gut zurechtgekommen«, antwortete Dominic.

Nicholas schnaubte, offensichtlich nicht einverstanden.

Nicholas war der bravere der beiden und kämpfte nur

selten, es sei denn, es war klar, dass Dominic ihm den Hintern versohlen wollte. Als Sohn des Earl of Camden sollte Dominics Verhalten über jeden Vorwurf erhaben sein, aber er hatte ein Händchen dafür, ihn in Schwierigkeiten zu bringen. Diese Auseinandersetzungen hatten die Tendenz, seinen besten Freund in das Problem hineinzuziehen. Nick war der Sohn eines Knappen und gab sich redlich Mühe, sich anständig zu benehmen, aber Dominic brachte ihn oft in Versuchung.

»Du und deine hübschen Röcke, Dom. Immer bereit, für einen zierlichen Knöchel oder ein strahlendes Lächeln zuzuschlagen.« Nicholas schüttelte den Kopf, sein sandblondes Haar wurde vom Wind zerzaust, als er die kurze Steinmauer in der Nähe der beiden erklomm.

Dominic schloss sich ihm an, und sie betrachteten die Felder und die fernen Wälder. Das Dach eines Herrenhauses aus der Zeit, als Henry Tudor England regiert hatte, war kaum über den Baumwipfeln zu erkennen. Camden House. Zuhause. Er liebte es und wollte ihm doch um jeden Preis entkommen. Wann immer er zu Hause war, erinnerte ihn sein Vater ständig an seine Pflichten als zukünftiger Graf.

Das Haus war nicht mehr weit entfernt und winkte ihm zu, aber Dominic konnte nicht anders, als seinen Blick wieder auf die Taverne und darüber hinaus auf die Werften und das Meer zu richten. Die Wolken türmten sich über dem fernen Wasser auf und versprachen Stürme, aber das machte Dominic keine Angst. Es juckte ihn in den Fingern, die Takelage einer großen Fregatte oder einer schnittigen Schaluppe zu umschlingen. Solange er denken konnte, hatte er Geschichten über Piraten gehört, die sich auf den wilden Meeren herumtrieben. Es wurde sogar gemunkelt, dass der Herzog von Cornwall, dessen Anwesen nicht weit von Camden House entfernt war, im fünfzehnten Jahrhundert ein großer und wilder Pirat gewesen sei.

»Nick, hast du schon mal daran gedacht, zur See zu fahren? Eine Provision kaufen, meine ich?« Der Gedanke, zur See zu fahren, hatte Dominic schon immer fasziniert, und mehr als einmal hatte er gedroht, wegzulaufen und ein Schiff zu besteigen, wenn er und sein Vater sich gestritten hatten.

Nicholas' Blick ging auf das Meer hinter ihnen. »Da raus? Höchstens, wenn du es tun würdest. Ich würde überall mit dir hingehen. Selbst bis zum am weitesten entfernten Horizont.«

Die Worte von Nicholas ließen Dominic erröten. Sie waren Seite an Seite aufgewachsen und hatten ihr ganzes Leben lang Unfug getrieben. Sie waren vor langer Zeit Blutsbrüder geworden, hatten auf ihre aufgeschnittenen Handflächen gespuckt und sie aneinander gerieben, um sich unter dem Erntemond ewige Treue zu schwören. Er konnte sich auch nicht vorstellen, ohne Nicholas irgendwohin zu gehen.

»Du würdest wirklich mit mir zur See fahren?«, fragte er und beobachtete Nicholas' Gesicht genau.

»Natürlich. Jemand muss dich aus Schwierigkeiten heraushalten, sonst könntest du ein Pirat werden. Das würde deinem Vater gar nicht gefallen.«

»Nun, es gibt Piraten und es gibt *Piraten*. Manche Piraten haben einen Kaperbrief, der ihnen die Erlaubnis gibt, die Feinde Englands zu belästigen, weißt du.« Dominic hatte sich schon immer gewünscht, ein edler Pirat wie Sir Francis Drake zu sein.

»Die nennt man Freibeuter.«

»Trotzdem ist ein Freibeuter nur ein Pirat mit einer Lizenz«, antwortete Dominic mit einem schelmischen Grinsen.

»Und das würde deinem Vater immer noch nicht gefallen. Gott helfe uns, wenn wir jemals zur See fahren müssen.«

Sie lachten beide und verfielen dann in ein angenehmes Schweigen. Der Wind pfiff durch die Bäume vor ihnen, und Dominic ließ sich mit einem schweren Seufzer auf die Wiese fallen.

»Zeit, nach Hause zu gehen?«, fragte Nicholas, und Dominic antwortete mit einem traurigen Nicken.

Er schob seine Hände in seine Hose und versuchte, sein Hemd wieder durch den Bund zu ziehen. Er wusste, dass er fürchterlich aussah. Seine Mutter wäre wütend über seine zerrissene Hose und sein blutverschmiertes Hemd sowie über seine schmutzverschmierte Weste.

»Sehen wir uns morgen?«, fragte Nicholas.

»Auf jeden Fall.« Dominic sah zu, wie sein Freund die Straße hinunterging, bevor er das Feld überquerte und in den Wald eintauchte. Er ließ sich Zeit, um zum Haus zu kommen, denn er wusste genau, dass er für die Schlägerei bezahlen würde.

Als er das Eingangstor erreichte, sah ihn einer der Bediensteten und eilte zur Seite, um mit der hochgewachsenen dunkelhaarigen Frau in einem goldenen Kleid zu sprechen, die gerade eine Reihe englischer Rosenstöcke untersuchte. Seine Mutter lebte für ihre Gärten, besonders für die Rosen.

»Dom!« Seine Mutter rief seinen Namen, und er beschleunigte seine Schritte, bis er vor ihr stand. Lucia Greyville war immer noch die spanische Schönheit, die sie als achtzehnjähriges Mädchen gewesen war, als sie seinen Vater geheiratet hatte. Jetzt, mit zweiunddreißig Jahren, war sie eine ausgezeichnete Gräfin und eine sehr beschützende Mutter geworden.

»Komm. Lass dich ansehen«, forderte Lucia, als sie sein Gesicht umfasste und seine blauen Flecken und die aufgeplatzte Lippe untersuchte. »Was ist mit dir passiert?«

»Nur ein Gerangel, das ist alles, ich schwöre«, versprach er.

Die zimtbraunen Augen seiner Mutter verengten sich. »Eine *Rauferei*? Das ist die dritte innerhalb von einer Woche. Dein Papa wird ...«

»Bitte sag es ihm nicht, Mutter.« Er ergriff eine ihrer Hände. Sie waren jetzt gleich groß, beide fünf Fuß sieben Zoll, und er fühlte sich mehr denn je von seiner Mutter beschützt. Bald würde er größer sein als sie, wenn die Größe seines Vaters von sechs Fuß vier ein Hinweis darauf war.

»Selbst wenn ich schweige, mein Lieber, wird er die blauen Flecken selbst sehen.«

»Bitte, Mutter. Es soll unser Geheimnis sein.«

Lucia seufzte, doch ihre Lippen zuckten, als sie sich ein Lächeln verkneifen wollte. »Lauf rein. Wasche dich und ziehe dich zum Abendessen um.« Sie küsste ihn auf die Wange und schob ihn zur Tür.

Dominic rannte die Treppe hinauf und ins Haus. Er nahm den anhaltenden Geruch von Zigarrenrauch wahr, was bedeutete, dass sein Vater noch in seinem Arbeitszimmer sein musste. Es könnte sogar noch Zeit sein, den schlimmsten Schaden zu verbergen. Er eilte die große Treppe hinauf und erreichte sein Zimmer, ohne entdeckt zu werden. Er wusch sich und zog sich um, wobei er nur einen Moment innehielt, um die violetten Blutergüsse auf seiner Wange und seinem Kiefer zu betrachten. Sein Vater würde sie bemerken, aber was konnte er tun? Er hatte in der Vergangenheit versucht, clevere Lügen zu erzählen, aber sein Vater glaubte ihnen nie. Er konnte immer zu leicht in Dominics Gesicht lesen.

Als er zum Abendessen herunterkam, gab seine Mutter den Zwillingen gerade einen Gutenachtkuss. Josephine und Adrian, seine kleine Schwester und sein kleiner Bruder, waren erst zwei Jahre alt und verbrachten einen Großteil des Tages im oder in der Nähe des Kinderzimmers. Adrian ähnelte vom Aussehen her seinem Vater, der hellere braune Haare und graue Augen hatte, im Gegensatz zu Dominic, der eher wie seine Mutter aussah. Josephine - oder Josie, wie Dominic sie gerne nannte - geriet eher nach ihrer Mutter, aber jeder konnte ihren Vater in ihren Augen sehen.

Dominic strich sich mit der Hand über sein dunkles Haar und beobachtete, wie seine Mutter jedes Kind kurz umarmte, bevor das Kindermädchen sie nach oben trug. Einen Moment später betrat sein Vater das Foyer. Aaron Greyville ging sofort zu Lucia und zog sie in einen leidenschaftlichen Kuss, der

Dominic erröten und sich verlegen abwenden ließ. Seine Eltern küssten und flüsterten ständig in Nischen, wenn sie glaubten, sie seien allein. Es war beunruhigend. Menschen wie seine Eltern sollten sich niemals küssen. Er wandte sich ab, aber unter dem einzigen Schritt, den er schaffte, knarrte eine Bodendiele, was die Aufmerksamkeit seines Vaters erregte.

»Dominic.« Der Tonfall machte deutlich, dass er in Schwierigkeiten steckte.

»Ja, Vater?«

»Komm bitte her.«

Dominic stapfte widerwillig und mit gesenktem Kopf hinüber. Aaron runzelte die Stirn, sein Schnurrbart senkte sich, während er seinen Sohn musterte.

»Wieder mal geprügelt?«

»Ja, aber ...«

»Dominic, du weißt, was ich davon halte. Gute Männer müssen Streitigkeiten nicht mit den Fäusten austragen. Es ist nicht zivilisiert, einen anderen Menschen so zu schlagen.«

»Aber dieser verdammte Trottel hat ein süßes kleines Luder geschlagen, und ...«

»Luder?«, schaltete sich seine Mutter scharf ein.

»Eine junge Dame«, korrigierte er schnell. »Sie hat geweint, Vater. Du hast mir beigebracht, niemals eine Frau zu schlagen.«

»Das habe ich«, stimmte Aaron zu. »Aber ich erwarte auch, dass du immer ehrenhaft handelst. Es ist feige, einen dummen Jungen aus den Werften zu schlagen. Ich will keinen Feigling zum Sohn haben. Verstehst du?« Die Augen seines Vaters waren hart. »Ich denke, ein Zubettgehen ohne Abendessen wird dir die Möglichkeit geben, über deine Handlungen nachzudenken. Ab ins Bett mit dir.« Der Befehl seines Vaters ließ ihn die Zähne zusammenbeißen. Er war nicht dabei gewesen, er hatte das Mädchen nicht weinen sehen. Jeder ehrbare Mann hätte gegen den anderen Jungen gekämpft.

»Vielleicht bist *du* der Feigling«, schnappte er.

Aaron starrte ihn mit einem schweren Seufzer der Frustration an, der Dominic tief in die Brust traf.

»Eines Tages wirst du verstehen, dass es unter bestimmten Umständen richtig ist, nicht zu kämpfen. Ein Mann mit einem edlen Herzen kann schwierigen Situationen nicht begegnen, indem er bei jeder Gelegenheit die Fäuste erhebt.«

»Wer nicht kämpft, ist trotzdem ein Feigling«, erwiderte Dominic.

Der finstere Blick seines Vaters vertiefte sich. »Wenn du das wirklich glaubst, bist du nicht so erwachsen geworden, wie ich dachte. Ich habe nie gesagt, dass du nicht kämpfen sollst - ich habe nur gesagt, dass du nicht immer mit physischer Gewalt kämpfen musst.«

Sein finsterer Blick machte Dominic nur wütend, aber er reagierte nicht. Stattdessen eilte er die Treppe hinauf, um seinem Vater und der Enttäuschung in seinen Augen zu entkommen.

Dominic ging am Kinderzimmer vorbei und erstarrte, als er hörte, wie das Kindermädchen Mary den Zwillingen ein sanftes Schlaflied vorsang. Bittere Tränen stachen ihm in die Augen, was ihn nur noch mehr beschämte. Er wischte sich mit dem Handrücken über das Gesicht und versuchte, die Spuren seiner Tränen zu beseitigen.

Keiner verstand ihn, außer seiner Mutter. Sie hatte ihm Geschichten über ihr Leben an Bord eines Schiffes auf dem spanischen Meer erzählt. Ihr Vater war ein spanischer Marinekapitän gewesen und hatte viele Jahre im Kampf gegen Piraten verbracht. Dominic liebte es, seiner Mutter zuzuhören, wie sie von ihrer unbeschwerten Kindheit auf hoher See erzählte. Es war oft sein einziger Ausweg aus seinem langweiligen Leben in Cornwall gewesen. Viel zu oft war er hier in diesem stickigen Herrenhaus eingesperrt und musste unter der Anleitung eines Tutors langweilige Lektionen in Geschichte, Mathematik und Naturwissenschaften lernen. Das war überhaupt nicht lustig.

Als er in sein Zimmer trat, kämpften Wut und Scham noch immer in ihm gegeneinander, sodass sich sein Magen verkrampfte und sein Kopf pochte. Der Gedanke, die Zeit allein und hungrig in seinem Schlafgemach zu verbringen, klang furchtbar. Er trat gegen die schwere Truhe am Fußende seines Bettes und warf sich auf den Stuhl daneben.

Er grinste, als ihm eine Idee durch den Kopf schoss. Er ging zu seinem Schrank und holte eine Strickleiter heraus, die er vor ein paar Monaten angefertigt hatte. Er trug das Ding zu den breiten Erkern seines Schlafzimmers, befestigte das Seil am Fußende seines Bettes und öffnete das Fenster. Dann kletterte er vorsichtig die behelfsmäßige Leiter hinunter und ließ sich in die Blumenbeete fallen.

Die Dämmerung breitete sich über den Boden aus und warf beunruhigende Schatten auf die sonst so fröhlichen Sträucher in den Gärten. Dominic duckte sich zwischen den Schatten hindurch, bis er den Wald erreichte. Während er in Richtung der kleinen Werft am Ende des Haupthafens von Boscastle lief, summte er eine bunte Melodie. In seinen Taschen klirrten ein paar Münzen, und er wusste, dass das hübsche Mädchen aus der Taverne seinen Hunger sehen und ihn mit einer Fleischpastete, einem Schoppen Bier und vielleicht sogar einem Kuss für den Schutz ihrer Ehre versorgen würde. Dominic lächelte immer noch, als er die Straße erreichte, die zur Taverne führte.

Die wenigen Straßenlaternen boten kein wirkliches Licht gegen die mittlerweile düstere Atmosphäre. Dominic sträubten sich die Nackenhaare, denn er hatte das unheimliche Gefühl, beobachtet zu werden. Vielleicht war das doch nicht die beste Idee gewesen ...

Er drehte sich um und blickte in die Dunkelheit hinter sich, sah aber nichts. Die Schatten schienen sich zu verdichten, als der Nebel vom Meer heranzog. Dominic erschauderte und straffte die Schultern. Er war kein Kind mehr. Er sollte keine

Angst vor ein wenig Nebel haben. Er machte einen Schritt auf die Taverne zu, und in diesem Moment presste sich eine Hand auf seinen Mund. Er wurde zurück in die Gasse geschleppt, seine Schreie wurden von seinem Entführer gedämpft. Er strampelte mit den Beinen und rammte demjenigen, der ihn festhielt, einen Ellbogen in den Bauch.

»Kleiner Bastard!«, knurrte ein Mann.

Etwas Hartes schlug gegen seine Schläfe, und er wusste nichts mehr.

Eine ganze Weile später erwachte Dominic durch das Schaukeln eines Schiffes. Er blinzelte und versuchte, sich in dem schwachen Licht zu konzentrieren. Eine Laterne schwankte über ihm und warf ein flackerndes Licht in den Raum. Das Gefühl, wie das Schiff schwankte und rollte, bereitete ihm Bauchschmerzen. Er versuchte, sich zu bewegen, aber ein Schmerz schnitt in seine Hand- und Fußgelenke. Er starrte entsetzt auf die eisernen Handschellen, mit denen er gefesselt war. Ein Dutzend anderer Jungen in seinem Alter waren neben ihm gefesselt. Viele hatten Gesichter, die irgendwie grün wirkten. Einige hatten sich kürzlich übergeben. Einige weinten nach ihren Müttern.

Ein bitterer Geschmack erfüllte Dominics Mund, denn auch er wollte nach seiner Mutter schreien. Aber sie war nicht hier und würde ihn nicht retten können.

Dominic sah zu einem der Jungen, die neben ihm saßen. »Wo sind wir?«

Der Junge hatte einen distanzierten, fast toten Blick in den Augen. Nach einem Moment antwortete er. »Wir werden auf die Westindischen Inseln gebracht ... um als Diener zu arbeiten.«

»Was? Aber das können sie nicht tun. Wir sind keine Sklaven. Wir ...« Dominic schaute sich um und sah, dass er tatsächlich neben mehreren gesund aussehenden dunkelhäutigen Männern gefesselt war. Sie warfen ihm einen mitleidigen Blick zu, als er zu erkennen schien, dass er sich in der gleichen hilflosen Lage befand wie sie.

»Wir werden nicht überleben. Wahrscheinlich werden wir auf der Reise sterben«, sagte der andere Junge. »Und nach allem, was ich gehört habe, wird das ein Segen sein. Der Kapitän dieses Schiffes ... man sagt, er habe unnatürliche Gelüste.« Der Junge nickte in Richtung der anderen Jungen neben ihnen. »Bevor du hier warst, ist ein anderer Junge gestorben, und bevor er starb, sagte er mir, ich solle um den Tod beten.«

Die Angst füllte Dominics Mund mit einem seltsamen Geschmack, fast wie Blut, und seine Ohren begannen zu klingeln. In diesem Moment wurde ihm klar, dass er sein Zuhause nie wieder sehen würde. Er würde weder die kleinen Zwillinge noch seine Mutter und seinen Vater jemals wiedersehen.

Alles nur, weil er ein hitzköpfiger Narr war, genau wie sein Vater gesagt hatte.

1

———

# 1

741

*Port of Cádiz*

**K**apitän Dominic Greyville befand sich in einer *äußerst* kompromittierenden Lage.

In dieser besonderen Lage saß eine dralle Spanierin rittlings auf ihm, die Röcke bis über die Hüften hochgezogen, und stöhnte seinen Namen, während sie ihren Körper gegen seinen wiegte. Die großen Fenster des Schlafzimmers der Frau waren geöffnet, die weißen Vorhänge wehten sanft in der Abendbrise, während er tiefe Küsse auf die Wölbungen ihrer Brüste drückte.

»Oh, Dominic, *mi amor*«, wimmerte sie, und ihre Nägel gruben sich in sein Hemd. Er war noch vollständig bekleidet, aber schon bald würde er ihre Leidenschaft nutzen, um die Antworten zu bekommen, die er brauchte. Er küsste sich an ihrem Hals hinauf zu ihren Lippen und kicherte, als sie ein weibliches Knurren der Frustration ausstieß.

»Warum musst du mich so necken?«, schnaubte sie, und ihr heiserer Ton ließ seinen Körper vor Erregung schmerzen. »Diego wird jeden Moment zurück sein!« Sie zog Dominic an den Haaren und versuchte, seine Aufmerksamkeit von ihrem Nacken abzulenken.

»Geduld«, murmelte er, während er eine Hand unter ihren roten Seidenrock und unter den Unterrock schob. Sie zischte, als er einen Finger in sie einführte, und er gluckste, als er mit ihr spielte und ihre Lust hinauszögerte. Er hielt ein Ohr auf die Schlafzimmertür gerichtet, um sicherzugehen, dass ihr Mann sie nicht überraschte.

Dominic würde es nicht weiter stören, wenn er mit dieser Frau entdeckt wurde. Der Mann würde versuchen, ihn zu töten, und das war der halbe Spaß - der Nervenkitzel der Entdeckung und eine schnelle Flucht. Er zog ihr Gesicht zu seinem und kostete ihre vollen Lippen.

»Wann musst du zu deinem Schiff zurückkehren?« Die Worte der Frau waren stark mit ihrem verführerischen spanischen Akzent durchsetzt.

»Bald.« Er stöhnte auf, als sie ihre Hüften gegen seine presste.

»Und wirst du lange weg sein?«, fragte sie und fuhr mit ihren Händen durch sein langes dunkles Haar. Normalerweise band er es mit einem Lederband zurück, aber sie hatte das Band bei seiner Ankunft gelockert.

»Man weiß nie. Ich bin den Winden und Gezeiten ausgeliefert.« Dominics Lippen senkten sich wieder auf die Brüste der Frau, und er knabberte an ihrer olivfarbenen Haut.

Sie wölbte ihren Rücken vor Vergnügen. »Mach es nicht zu lang.«

»Was hast du von den Häfen gehört, meine Liebe?«, fragte er, während er unter ihren Röcken mit ihr spielte.

»Die Häfen?«, wimmerte sie.

»Ja, was hat dein Mann dir erzählt?«

Sie bewegte sich zurück und blickte auf ihn herab. »Wenn ich es dir sage, *mi amor*, was wirst du für mich tun?«

»Alles, was du willst, meine Liebe. Alles, was du willst.« Er ließ seinen Blick über ihren üppigen Körper gleiten und wusste, dass es kein Problem sein würde, wieder und wieder mit ihr zu schlafen. Sie war sehr hübsch, aber für seinen Geschmack etwas zu fantasielos. Er mochte es, wenn seine Frauen einen Verstand hatten, der so scharf war wie sein Säbel. Es machte keinen Spaß, mit einer Frau ins Bett zu gehen, wenn er nicht mit Worten mit ihr streiten konnte - das hielt die Dinge interessant.

»Diego sagte, er habe gehört, dass die Engländer ein Handelsschiff, die *Fortune*, in die Karibik schicken würden. Sie verließ gestern den Hafen auf dem Weg nach Port Royal. Offenbar hat das Handelsschiff eine wertvolle Fracht an Bord.«

»Wertvolle Fracht?«

»Wertvoll genug, dass sie einen Admiral mitschicken.«

Dominics Blut erhitzte sich vor Aufregung, als er darüber nachdachte, was *wertvolle Fracht* bedeuten könnte. Geld? Juwelen? Was auch immer es war, er und seine Mannschaft könnten die *Fortune* abfangen und das Schiff um seine wertvolle Fracht erleichtern.

»Und du bist dir ganz sicher, dass er gesagt hat, dass die Ladung wertvoll ist?«, drängte er noch einmal. Es war ungewöhnlich, dass ein Admiral eine Fracht begleitete, was bedeutete, dass der Wert sehr hoch sein musste.

»*Sí*, sehr wertvoll. Diego war sehr neugierig, aber er wusste nicht, was es war. Ich glaube, es sind Juwelen.« Die Augen der Frau funkelten. »Meinst du nicht, dass ich mit Juwelen bedeckt wunderschön aussehen würde, *mi amor*? Juwelen und sonst nichts?« Sie ließ ihre Hände über seine Brust gleiten, während sie sprach, aber Dominics Gedanken waren weit weg von ihr.

Dominic benutzte seine Hände, um ihr die Lust zu bereiten, die sie suchte, und als sie gekommen war, ließ er sie von seinem

Schoß gleiten. Sie griff nach ihm, weil sie immer noch mehr wollte, aber er rutschte von ihr weg. Es bedeutete ihm nichts, mit ihr zusammen zu kommen - sie hatte ihre Anziehungskraft verloren, wie alle anderen Frauen, die er je gehabt hatte. Sobald eine Frau Anzeichen zeigte, dass er ihr fehlen könnte, brach er die Verbindung ab und segelte mit seinem Schiff endgültig aus dem Hafen der Liebe hinaus. Es gab zu viele Komplikationen, wenn sie sich jemals wieder auf der Straße begegnen sollten.

»Wohin gehst du?«, schnappte die Frau.

»Meine Liebe, es war sehr schön, aber ich muss gehen. Bis dahin, Francesca ...«

»*Maria!*«, korrigierte sie ihn scharf. Sie erhob sich vom Bett und verpasste ihm eine Ohrfeige. Als sie ihm erneut eine Ohrfeige geben wollte, hielt er ihr Handgelenk fest und drückte gerade so fest zu, dass sie nicht verletzt wurde, aber genug, um sie daran zu erinnern, wer die Kontrolle hatte.

»Na gut, dann geh, du herzloses Schwein!«, spuckte sie ihn an.

Er ließ sie los, nahm seinen Mantel, sein Entermesser und seine Pistole, und ohne einen weiteren Blick auf die finstere Spanierin zu werfen, verschwand er durch das offene Fenster und flüchtete über den Sims im zweiten Stock des Gebäudes.

Dominic war im Alter von achtundzwanzig Jahren Kapitän eines Schiffes namens *Emerald Dragon* geworden. Maria hatte ihn verlockend gefunden, weil er ein Schurke war. Für eine verheiratete Frau, die es leid war, dass ihr Mann sie vernachlässigte und zu viel trank, gab es nichts Reizvolleres, als mit einem Mann wie ihm zu schlafen. Einen seefahrenden Wüstling in ihr Bett zu nehmen, dessen Haut von den Jahren in der Sonne dunkel gefärbt war und dessen Handflächen vom Klettern an den durch das Meerwasser gehärteten Seilen rau waren, war etwas, womit die Damen in Spanien gerne prahlten. Für solche Frauen war er exotisch, und es störte ihn nicht im Geringsten, dass er dadurch in die besten Betten Spaniens, Frankreichs und der Karibik kam. Der einzige Ort, an dem er nicht landen würde, war England.

Er hatte seinem alten Leben den Rücken gekehrt. Zunächst hatte er keine Wahl gehabt, als er die herzlose Leibeigenschaft auf den Westindischen Inseln hatte überleben müssen, nachdem er aus Cornwall entführt worden war. Als er achtzehn Jahre alt geworden war, hatte er seine Freiheit gewonnen, indem er den Mann getötet hatte, der ihn versklavt hatte. Er war seit vier Jahren als Pirat an den amerikanischen Küsten und auf den Westindischen Inseln unterwegs.

Die harschen Worte und die Enttäuschung seines Vaters waren Dominic noch immer tief im Gedächtnis geblieben. Er hatte sich mit dem Gedanken getröstet, dass sein kleiner Bruder Adrian der Erbe seines Vaters in der Grafschaft sein würde, und dass er zweifellos besser darin sein würde, als Dominic es jemals gewesen wäre. Also nahm er sein neues Leben an und blieb ein Pirat, zu seinen eigenen Bedingungen, mit seinem eigenen Schiff, seiner eigenen Mannschaft und einem Ehrenkodex.

*Pirat* war allerdings ein sehr hartes Wort. Er zog es vor, als Unternehmer bezeichnet zu werden, wie die Freibeuter hundert Jahre zuvor. Aber in Wahrheit war er einfach zu versessen darauf, die Regeln zu brechen, um sich die Gelegenheit entgehen zu lassen, die Spanier, Franzosen und Engländer gleichermaßen anzugreifen. Für einen Piraten waren sie alle die gleiche Beute. Wenn Dominic und seine Mannschaft nicht gerade Handelsschiffe verfolgten, nahmen sie oft Sklavenschiffe ins Visier und befreiten die Männer und Frauen bei der ersten Gelegenheit. Nach seinen eigenen Jahren in der Sklaverei hatte er sich geschworen, niemals ein Sklavenschiff unbehelligt an sich vorbeizulassen.

Dominic rutschte die Mauer der Hacienda hinunter, wobei er sich mit Händen und Füßen an den rauen Steinen festhielt, um seinen Weg zu verlangsamen, bevor er auf die Straße hinunterfiel. Die Morgendämmerung war noch ein paar Stunden entfernt, und er würde bald wieder auf seinem Schiff sein. Er hatte von Maria bekommen, was er brauchte. Sie hatte die Nachricht von einem britischen Handelsschiff, der *Fortune*, auf dem Weg nach Port Royal mit einer wertvollen Ladung, mit Freuden weitergegeben. Dominic wollte zuerst dort sein, bevor Piratenschiffe, die in der Karibik unterwegs waren, versuchen würden, das Schiff abzufangen. Es war schon eine Weile her, dass er etwas von großem Wert gejagt hatte, und in seinem Kopf schwirrte ein Dutzend Ideen herum, was die Fracht sein könnte.

Als Dominic die Gangplanke der *Dragon* hinaufstieg, wurde er von seinem Bootsmann Jon Chibbs, einem stämmigen Engländer Ende vierzig, empfangen.

»Käpt'n.« Jon tippte sich gegen die Krempe des nicht vorhandenen Hutes.

»Chibbs. Sind wir bereit, die Segel zu setzen?«, fragte Dominic.

»Ich warte nur auf Sie, Käpt'n. Reese ist in Ihrer Kabine und bereit, den Kurs zu bestimmen«, fügte Chibbs hinzu.

»Gab es Probleme, während ich weg war?«

Jon gluckste und schüttelte den Kopf. »Kein einziges, Kapitän, kein einziges, außer vielleicht Mr. Lee. Er ist ziemlich durcheinander, seit er den Posten von Mr. Bolton übernehmen musste.«

Lee war der neue Koch, nachdem Bolton ein paar Wochen zuvor in Tortuga erschossen worden war, als er einen anderen Mann beim Kartenspiel betrogen hatte.

»Lee ist nicht glücklich?«

»Nicht so wirklich, Käpt'n. Er sagt, er sei kein richtiger Koch, und mein Magen siehst das übrigens ähnlich. Mein Vater sagte immer: Eine Mannschaft ist nur so gut wie ihr Koch.«

»Sag ihm, er soll sich noch ein wenig gedulden. Ich werde

bald einen Koch finden.« Er war versucht, in Port Royal anzu-halten und dort jemanden zu erwerben. Immerhin war es möglich, sein Schiff an einem privaten Strandabschnitt in Jamaika zu landen.

Lee war, wie Chibbs und Reese, ein loyaler Mann, der Dominic bis in den Tod hinein die Treue halten würde. Das traf auf die meisten seiner Leute zu. Piraten neigten dazu, sich nur an die Teile des Ehrenkodex zu halten, die ihnen passten, wenn sie den geheimnisvollen Brüdern beitraten. Dominic hatte jeden einzelnen Mann auf seinem Schiff gebeten, ihm gegen-über loyal zu sein, und wenn diese Loyalität nachließ, stand es ihnen frei, das Schiff zu verlassen, ohne dass Dominic es ihm übel nehmen würde. Er sorgte dafür, dass seine Männer gut genährt waren und für Verletzungen entschädigt wurden, und ihr Anteil an den Gewinnen war immer gerecht, selbst unter den Offizieren wie ihm und Reese.

»Ich bin in meiner Kajüte, wenn du mich brauchst, Chibbs.« Dominic überließ es seinem Bootsmann, sich um das Deck zu kümmern.

Dominic stieg auf das Achterdeck hinunter und grüßte einige seiner Besatzungsmitglieder, an denen er auf dem Weg zu seiner Kajüte vorbeikam, in der Halle. Der musikalische Mix aus Französisch, Englisch, Jamaikanisch und Spanisch brachte Dominic immer zum Lachen. Er nahm Männer auf seinem Schiff auf, unabhängig von ihrem Stand im Leben. Wenn sie hart arbeiteten und die Gefahren des Lebens an Bord seines Schiffes nicht scheuten, waren sie willkommen.

In Dominics Kajüte beugte sich sein Quartiermeister, Reese Belishaw, über den verzierten Schreibtisch. Landkarten verteilten sich auf der Oberfläche, an den Ecken waren sie mit Büchern beschwert. Ein Kompass lag offen da, der Pfeil zeigte nach Norden entlang der Küste, wo Reese mit einem Sextanten eine Route kartierte. Reese war acht Jahre jünger als er und hatte haselnussbraune Augen, die aufleuchteten, wenn er eine

Route plante, so wie er es jetzt tat. Sein blondes Haar war nicht so dunkel wie das von Dominic, aber es fiel ihm in die Augen und er strich es frustriert weg, bevor er sich wieder auf die Karten konzentrierte.

»Wie war Francesca?«, fragte Reese, ohne aufzublicken.

»Maria, anscheinend«, sagte Dominic kichernd, woraufhin sein Freund verwirrt aufschaute. »Francesca muss ein anderes Luder hier im Hafen sein.«

»Das bedeutet, dass wir diesen Ort für einige Zeit meiden werden, nehme ich an.«

»Ganz bestimmt.« Dominic ging zum Schreibtisch hinüber und ließ sich in den Stuhl dahinter fallen, wobei er die Füße auf die Schreibtischkante stützte.

Reese schob die Karten von Dominics Stiefeln weg, bevor er die Küstenlinie erneut studierte. »Großer Gott, Mann, wir werden bald keine Orte mehr haben, auf denen wir Vorräte aufnehmen können, wenn du mit deinen Frauen so weitermachst.« Reeses haselnussbraune Augen funkelten schelmisch, als er lachte. Auch er war wie Dominic ein Liebling der Frauen, aber er beschränkte seine Beziehungen auf die Bordelle und Tavernen in den Häfen.

»Das liegt daran, dass du noch feucht hinter den Ohren bist«, stichelte Dominic, denn er wusste, dass Reese mit seinen zwanzig Jahren im Vergleich zu Dominic noch sehr jung war, und ihn deshalb in Schutz nahm.

Reeses haselnussbraune Augen blitzten auf. »Also ... was hat *Maria* denn zu berichten?«

»Wertvolle Fracht ... auf dem Weg zu den Westindischen Inseln mit einem britischen Handelsschiff, der *Fortune*.«

»Münze, was meinst du? Oder vielleicht Waren? Die Jungs lieben es, wenn wir einen Preis mit Waren an Land ziehen.«

Dominic erinnerte sich an die letzte Beute, die sein Schiff gemacht hatte, ein Handelsschiff, das bis zum Rand mit Tee, Kaffee, Tabak und Seide beladen gewesen war. Sie hatten die gesamte Ladung innerhalb weniger Stunden nach dem Anlegen in Kingston verkauft und kannten mehr als einen Käufer, der nicht allzu viele Fragen stellen würde. Mit dem Geld, das sie sich in die Taschen gesteckt hatten, konnten sie die Tavernen und Bordelle eine ganze Woche lang füllen.

»Maria sagte nicht, um welche Art von Fracht es sich handelte, sondern nur, dass sie von einer kleinen Marinewache an Bord des Handelsschiffes bewacht werden sollte. Ein Admiral wird an Bord des Schiffes sein, das hat sie gehört.«

»Ein Admiral?« Reese dachte darüber nach.

Dominic interessierte sich weniger für die Art der Ladung, da er für seinen Lebensunterhalt nicht davon abhängig war. Er hatte sich schon vor langer Zeit einen Platz in Jamaika verdient und ein kleines Stück Land für sich gepachtet. Alles, was er jetzt tat, diente lediglich dazu, seine Mannschaft zufrieden zu stellen und sich selbst zu unterhalten.

»Wer weiß, was so ein alter, spießiger Ziegenbock auf hoher See zu suchen hat. Sie ziehen es vor, an Land zu bleiben und ihren Untergebenen Befehle zu erteilen«, kicherte Dominic.

Reese setzte den Sextanten ab, rollte die Karten auf, band sie mit einem blauen Seidenband zusammen und legte sie in die Kartentruhe.

»Ziemlich interessant. Klingt nach einem der seltenen Handelsschiffe, die Seiner Majestät gehören.«

Dominic zuckte mit den Schultern. Es war selten, aber nicht ungewöhnlich, dass ein Handelsschiff von einer Gruppe von Marineoffizieren kommandiert wurde, wenn die Waren an Bord mit der Krone in Verbindung standen.

»Was auch immer an Bord ist, es wird dann wohl die Mühe wert sein«, antwortete Dominic.

»Wann legen wir ab?« Reese rückte die in seinem Gürtel steckende Waffe zurecht, während er auf die Tür der Kajüte zuging.

»Sofort. Geh und mach das Schiff fertig.«

»Aye, Captain.« Reese verließ die Kammer.

Dominic nahm den Kompass in die Hand und klappte den Deckel auf. Er beobachtete, wie sich der Pfeil langsam drehte und schließlich anhielt, um nach Norden zu zeigen. Es war ein altes, abgenutztes Stück Messing, aber es hatte ihn in den letzten zehn Jahren nie im Stich gelassen. Er hatte sich den Kompass verdient, indem er mit einem anderen Jungen darum gekämpft hatte, während er unter dem Befehl seines alten Kapitäns gestanden hatte. Ein Kompass, eine Pistole und ein Laib von mit Rüsselkäfern befallenes Brot. Nur die Stärksten überlebten. Er hatte an jenem Tag seine Stärke bewiesen, indem er seinem Kapitän mit derselben Pistole ins Herz geschossen hatte.

Er starrte noch einen Moment lang auf den Kompass, und seine Gedanken schweiften tiefer in die Vergangenheit, über die Tage des Hungers, der Schmerzen und des Elends hinaus.

Er schüttelte den Kopf. Die Vergangenheit war genau das - Vergangenheit. Ein Mann konnte nicht gegen die Gezeiten ankämpfen, so sehr er sich das auch wünschen mochte. Es gab nur den nächsten Horizont, die nächste goldene Morgenröte, der man auf der Suche nach Schätzen und Ruhm hinterherjagen musste. Dominic klappte den Kompass zu und grinste, während er eine kleine Melodie summte und den Geräuschen der Männer lauschte, die sich zur Abfahrt bereit machten.

**2**

———

Roberta Harcourt lehnte an der Reling des Handelsschiffs der königlichen Marine, der *Fortune*, und blickte finster auf das wogende blaue Meer vor ihr. Sie liebte das Meer, aber nicht den Grund, warum sie es überquerte.

Ihr Vater, Konteradmiral Charles Harcourt, zog nach Port Royal, um vom Hafen aus ein Marinebüro zu leiten, und sie wurde mitgeschleppt. Es war nicht so, dass sie Port Royal nicht mochte - sie hatte sich immer danach gesehnt, die Westindischen Inseln zu besuchen. Aber sie war sich ziemlich sicher, dass ihr Vater zweifelhafte Absichten hegte, als er beschlossen hatte, dass sie mit ihm kommen sollte, anstatt in London zu bleiben.

Sie hatte die letzten zwei Wochen damit verbracht, ihm zuzuhören, wie er die verfügbaren adeligen Gentlemen beschrieb, die sie bei ihrer Ankunft in Port Royal wahrscheinlich treffen würden. Die Liste der Herren und ihrer Besitztümer hatte Roberta am Abend zuvor fast um den Schlaf gebracht. Sie hatte sich gerade noch gefangen, bevor ihr Gesicht in einer

Suppenschüssel gelandet war. Der Kajütenjunge, der sich um sie kümmern sollte, hatte gekichert, und fast hätte sie auch über sich selbst gelacht, aber der strenge Blick ihres Vaters hatte jeden Spaß in diesem Moment zunichte gemacht. Die Wahrheit war, dass sie wie eine wertvolle Kuh auf den Markt gebracht wurde.

»Roberta, meine Liebe«, grüßte ihr Vater, als er sich zu ihr an die Reling des Schiffes setzte. »Ich würde gerne mit dir sprechen.«

»Papa«, antwortete sie leise. »Wenn es um gestern Abend geht, ich war müde. Die Überfahrt war mehr, als ich gewohnt bin, mit den aufgewühlten Wellen.« Dieser Teil war ganz sicher eine Lüge. Sie hatte gut geschlafen; das Schaukeln des Meeres war etwas, an das sie sich gewöhnt hatte. Ihre Mutter war gestorben, als sie fünf Jahre alt gewesen war, und ihr Vater, der nicht gewusst hatte, was er mit seinem geliebten Kind tun sollte, es aber auch nicht der Obhut einer Erzieherin überlassen konnte, hatte sie und die Erzieherin einfach auf jede Reise mitgenommen. Sie kam auf hoher See besser zurecht als die Hälfte seiner Mannschaft.

»Oh nein, das ist es nicht, meine Liebe. Aber es gibt etwas Wichtiges, worüber ich mit dir sprechen muss. Ich habe gerade mit Kapitän Huntington gesprochen, und er hat um eine Privataudienz mit dir gebeten. Ich glaube, der Kapitän hat endlich den Mut aufgebracht, um deine Hand anzuhalten. Ich habe ihm versichert, dass du demgegenüber sehr aufgeschlossen sein wirst, und ich habe ihm meinen Segen gegeben.« Die Brust ihres Vaters blähte sich vor Stolz auf. Mit seinen neunundfünfzig Jahren war er immer noch ein gut aussehender Mann, auch wenn er seine besten Jahre hinter sich hatte, aber sein Gesicht war müde und zeigte, dass die Zeit auf See und die Jahre als alleinerziehender Vater schwer auf ihm lasteten.

»Ich ... Papa, ich weiß wirklich nicht, ob ...«

»Bitte, Roberta, denk darüber nach. Ein Kapitän als Schwiegersohn. Ich wäre sehr stolz auf dich. Du würdest mit ihm um die Welt reisen, so wie du es mit mir getan hast. Wäre das nicht schön?«

Sie wünschte, sie könnte zustimmen, aber sie wusste, was ihr Vater nicht wusste - dass die meisten Männer es verabscheuten, ihre Frauen oder Töchter auf Reisen mitzunehmen oder sie in fremde Länder zu bringen. Nein, sie hielten ihre Frauen in hübschen Käfigen zu Hause in London, während sie weit weg Affären hatten. Das war kein Schicksal, mit dem sie sich abfinden wollte.

Der Blick ihres Vaters fiel auf sie, und er seufzte schwer. »Du magst ihn wirklich nicht?«

»Ich mag ihn nicht *nicht*, Papa. Aber er ist wie all die anderen Gentlemen, die ich kennengelernt habe - aufgeblasen und arrogant in ihrem Glauben, dass eine Frau zu nichts anderem fähig ist, als über Kleider zu schnattern und Kinder zu zeugen. Ich glaube nicht, dass er mich überhaupt bei ihm an Bord des Schiffes bleiben lassen würde.«

Ihr Vater gluckste plötzlich. »Ich habe dich erst gestern gesehen, wie du über das Kleid geschnattert hast, das du gerade trägst. Du liebst ein hübsches Kleid wie jede andere Lady auch, und du hast mir schon oft gesagt, dass du dir Kinder wünschst.«

»Aber das ist nicht alles, was ich bin, Papa. Ich habe geholfen, die Karten zu reparieren, als dein Navigator krank war. Ich weiß mehr über das Laden von Waffen auf einem Schiff, als die meisten Kajütenjungen in ihren ersten Jahren lernen. Ich kann jeden Knoten genauso gut binden wie deine Männer. Ich kann alle Linienschiffe Seiner Majestät nennen ...«

»Ich gebe auf, meine Liebe, ich gebe auf.« Charles lachte leise. »Ich fürchte, ich habe dir einen großen Nachteil zugefügt, indem ich dich so frei leben ließ, wenn dich der Gedanke, Kapitän Huntington zu heiraten, so erschreckt hat.«

Roberta wollte widersprechen und behaupten, sie habe keine Angst vor Kapitän Huntington oder seinem Heiratsantrag, aber sie *hatte* Angst. Es würde das Ende von allem bedeuten, was in ihrem Leben wichtig war.

»Nun gut, dann. Hör den Mann an und weise ihn dann sanft zurück.« Ihr Vater tätschelte ihr die Wange, seine Augen funkelten. »Ich glaube, dass wir in Port Royal trotzdem einen Ehemann für dich finden werden. Vielleicht ein guter Teepflanzer? Oder ein erfolgreicher Kaufmann, der in England Geschäfte macht? Diese Art von Männern ist vielleicht offener für eine Frau, die sich in ihre Angelegenheiten einmischt. Ich werde die Hoffnung nicht aufgeben, dich glücklich verheiratet zu sehen.«

Sie ergriff seine Hand und drückte sie zärtlich. »Mir wäre es lieber, du würdest mich einfach nur glücklich sehen wollen, auf welche Weise auch immer.«

»Das tue ich, meine Liebe, das tue ich. Aber wenn ich nicht mehr bin, wirst du eine Kraft brauchen, die zwischen dir und den Wölfen dieser Welt steht. Das schulde ich deiner Mutter, Gott hab sie selig.« Er beugte sich vor und küsste sie auf die Stirn, bevor er zurück auf das Deck ging und durch eine Tür verschwand.

*Und was, wenn ich selbst die Kraft zwischen mir und der Welt bin, Papa?* Sie stellte die Frage im Stillen und ließ das Meer ihre Gedanken einfangen, während der Wind ihre blassblauen Seidenröcke um ihre Knöchel wehte. Ein Lächeln trat ihr auf die Lippen, als sie sich daran erinnerte, wie sie in der Tat vor Aufregung über das Kleid, das sie jetzt trug, geschwatzt hatte. Die blaue Seide war an der Taille gerafft und floss über die großen Reifen, die in ihre Unterröcke eingenäht waren, und das Mieder war mit winzigen Seepferdchen in Gold bestickt. Sie hatte die Näherin gebeten, es für die Reise anzufertigen. Die arme Frau hatte die Skizzen des Meerestieres angestarrt und dann etwas über verrückte junge Damen und ihre Fantasien gemurmelt.

Roberta warf einen Blick über ihre Schulter und beobachtete, wie die Männer die Takelage erklommen, während sie die Seile bearbeiteten. So oft fühlte sie sich hin- und hergerissen zwischen der glitzernden Welt der Bälle und dieser Welt, in der die Winde und Gezeiten das Schicksal eines Menschen bestimmten. Die Besatzung rief sich gegenseitig Befehle zu, die alle den Befehlen der Offiziere entsprachen, die im hinteren Teil des Schiffes in der Nähe des Steuerrades standen. Zwei Männer stachen noch deutlicher hervor. Ihre weißen Kniehosen und blauen Gehröcke waren mit Goldborten und glänzenden Goldknöpfen verziert, die sie als Offiziere auswiesen.

Kapitän Huntington und sein Stellvertreter, Leutnant Flynn. Es war ungewöhnlich, dass Marineoffiziere ein Schiff wie die *Fortune* befehligten, aber in diesem Fall wollte ihr Vater eine leichte Schaluppe, die den meisten Piraten entkommen konnte, falls sie auf welche stießen. Größere Schiffe der königlichen Marine wären zwar kampffähig, aber ihre Manövrierfähigkeit war eingeschränkt, und ihr Vater hatte noch nie Vertrauen in ein langsames Schiff gehabt. Und deshalb hatten sie Huntington und Flynn an Bord eines Handelsschiffes genommen, statt eines zivilen Kapitäns und seiner Mannschaft.

Huntington war ein netter Mann, ein höflicher Mann, sogar gutaussehend. Aber er war vierzig Jahre alt, während sie nicht einmal zwanzig war, und diese zwei Jahrzehnte zwischen ihnen fühlten sich eher wie hundert Jahre an. Sie war bereit, das Leben zu entdecken, nicht zu beenden, und die Ehe mit ihm würde genau das sein. Sie würde innerhalb eines Jahres schwanger sein und nie wieder die Welt sehen können. Ihre Leidenschaft für Wissen und Abenteuer würde in dem Moment erlöschen, in dem sie ihr Gelübde ablegte.

Wenn ein Mann auf diesem Schiff ihr Interesse weckte, dann war es der ruhige, intensive Lieutenant Nicholas Flynn.

Er hatte sie eines Abends nach dem Abendessen dabei ertappt, wie sie die Seekarten betrachtete, und dann mehr als eine Stunde lang mit ihr zusammengesessen, um ihr ihren Kurs von Südengland entlang der spanischen Küste zu zeigen, bevor sie den Atlantik überqueren würden. Flynn war ihr während der Reise zum Freund geworden. Sie hatten viele Abende damit verbracht, bei einem Glas Sherry über das Leben auf See zu sprechen, über die verschiedenen Häfen, die sie beide besucht hatten, und über die letzten Aktualisierungen der Karten, die der Royal Navy zur Verfügung gestellt wurden.

Seine stahlblauen Augen und sein dunkelblondes Haar, zusammen mit seinen klassisch schönen Zügen, wurden durch seine geduldige Art und sein stilles, unausgesprochenes Interesse an ihr noch unterstrichen. Doch in seinen Augen lag eine Traurigkeit, die eine Kluft zwischen ihnen zu schaffen schien, so als hätte er Angst, jemanden an sich heranzulassen, selbst sie. Aber sie hatten sich während der langen Reise angefreundet, sehr zum Missfallen von Kapitän Huntington.

Sie wandte sich wieder dem Meer zu, einer Herrin, die sie liebte, respektierte und zu gegebener Zeit auch fürchtete. Das Wasser hatte diesen spektakulären Blauton, der sie daran hinderte, tiefer als ein paar Meter zu sehen, und doch konnte sie die unendlichen Tiefen spüren, durch die das Schiff auf seiner Reise fuhr. Das Nachmittagslicht blitzte über die Wellen, wo sich Schaumkronen bildeten und eine diamantenartige Gischt in die Luft schickten, die sie verzauberte. Sie hatte stundenlang das Wasser beobachtet und wurde des Anblicks nicht müde.

Ein grauer Fleck unter dem Wasser fiel ihr auf, und einen Moment später brach ein Delfin durch die Wasseroberfläche. Roberta hob den Saum ihres Kleides an und kletterte auf den ersten Holzvorsprung, um einen genaueren Blick zu erhaschen. Ihr Kleid war im Stil einer *Robe à la française* gehalten, in zwei blassblaue Falten geteilt, die in der Meeresbrise von ihren

Schultern wegflossen. Sie wusste, wenn sie die Augen schloss, würde es sich anfühlen, als könnte sie auf den Winden selbst fliegen.

»Sie sehen heute reizend aus, Miss Harcourt«, sagte Huntington von hinten.

Sie riss die Augen auf und hielt sich am der Reling fest, als sie wieder auf das Deck trat. Sie beobachtete den Delfin weiter, als er nach Luft schnappte und dann wieder verschwand.

»Danke, Kapitän«, sagte sie leise.

»Ich hatte gehofft, Sie könnten mich mittlerweile Thomas nennen. Wir haben auf der Reise viel Zeit miteinander verbracht. Port Royal ist nur ein paar Tage entfernt.« Huntington stellte sich neben sie.

»Wenn der Wind uns antreibt«, stimmte Roberta zu.

Seine braunen Augen blickten sie mit dem leisesten Anflug von besitzergreifender Hoffnung an. Sie fragte sich, was er sah, wenn er sie anschaute. Sah er eine zierliche, aber feurige rothaarige Schönheit? Störte es ihn, dass sie ein paar Sommersprossen auf der Nase und den Wangen hatte, weil sie sich weigerte, in der Sonne Hüte zu tragen? Oder verlor er sich in ihren jadegrünen Augen, die von rauchigen, dunklen Wimpern umrahmt waren und langsam zuckten, während sie auf das Meer blickte? Sie wusste, dass einige sie für eine Schönheit hielten, aber sie hielt sich nicht für halb so schön wie die blonden, hellhäutigen Frauen, die in den Ballsälen Londons beliebt waren.

Roberta war ihrer eigenen Meinung nach eher flink als zierlich, und die Kleider, die sie trug, verbargen die glatten Muskeln und Kurven ihres Körpers. Ihr fehlte diese zarte, zerbrechliche Erscheinung, die Männer zu begehren schienen. Ihr leicht gebräuntes Gesicht hatte unter den Mitgliedern des *ton* für Klatsch und Tratsch gesorgt, und sie wusste genau, dass man sie hinter ihrem Rücken mit hässlichen Namen beschimpfte. Aber sie nahm an, dass sie hübsch genug war, um

Männer wie Huntington anzuziehen, mit ihrem herzförmigen Gesicht mit der hochgezogenen Nase und den geschwungenen Augenbrauen, die sie so aussehen ließen, als ob sie immer Unfug im Kopf hätte. Ihr Vater nannte sie seinen kleinen Wassergeist, weil sie auf jedem Schiff, auf dem sie war, oft für Ärger sorgte, meist zur Belustigung der Besatzung, was bewies, dass nicht alle Frauen auf dem Meer Pech brachten.

»Mögen Sie das Meer?«, fragte Huntington. Seine rechte Hand legte sich ganz leicht auf ihre eigene, die auf dem glatten Holzgeländer ruhte.

Sie spürte keine Wärme, keinen Funken, kein Leben; was sie suchte, war einfach nicht da. Müsste es nicht Feuer oder Hitzeexplosionen geben? Sie hatte gehört, wie die Männer unter Deck von der Leidenschaft sprachen, die eine Dame im Herzen und in den Lenden eines Mannes entfachen konnte - obwohl sie solche Dinge immer in weitaus gröberen Worten ausdrückten. Sollte es nicht für eine Frau dasselbe sein, diese Leidenschaft bei der Berührung des richtigen Mannes zu spüren? Wenn dem so war, dann war der Kapitän nicht der richtige Mann für sie.

»Ich liebe das Meer«, antwortete sie, während ihr Blick immer noch in die saphirblauen Tiefen hinabschweifte. Wie sehr sehnte sie sich danach, sich dem Delfin anzuschließen, keine Sorgen über der Wasseroberfläche zu haben. Sie hatte sich oft gewünscht, dass die alten Legenden über Meerjungfrauen wahr wären und dass sie mit einer Meeresprinzessin tauschen könnte, um sich nie wieder Sorgen über das Landleben machen zu müssen.

»Wenn wir heiraten würden, kann ich Sie immer mitnehmen«, schlug er vor.

Roberta konnte die Begeisterung, die diese Idee auslöste, nicht verbergen. Wenn sie ihn falsch eingeschätzt hatte, würde sie es zugeben und ihm eine Chance geben, ihr Interesse wieder zu wecken.

»Sie würden mich mitfahren lassen?« Ihre Miene hellte sich auf, als sie diese kleine Hoffnung verspürte. Huntington schien überrascht zu sein, dass ausgerechnet dies, was er ihr anzubieten bereit war, sie zu begeistern schien.

»Einige Kapitäne dürfen ihre Frauen mitnehmen ... auf kurzen Fahrten, in sicheren Gewässern«, erklärte er. »Ein Ausflug in die Bucht oder einen Tag lang die Küste hinauf und hinunter.«

Roberta sank in sich zusammen. »Ist das alles?«

Huntington richtete sich auf, als er auf das Meer blickte, als ob er sich an seine Pflicht erinnerte. »Das wäre gegen das Protokoll. Es ist einfach zu gefährlich für eine zarte junge Lady. Sicherlich fühlen Sie sich in einem Salon wohler, wenn Sie mit anderen Damen Tee trinken.«

Hatte der Kapitän das aus einem Buch mit dem Titel *Wie man junge und unabhängige Frauen auf die Palme bringt* gelesen? Vielleicht hatte er es geschrieben.

Ein kleiner Seufzer kam ihr über die Lippen. Es war besser, auf See zu sein - wie langweilig die Reise auch sein mochte - als gar nicht, dachte sie. Einmal in ihrem Leben wünschte sie sich, eine Seeschlacht zu sehen. Selbst das ferne Krachen und Donnern der Kanonen und der Dunst des Pulverdampfs am Horizont würden ihr genügen. So etwas hatte sie bisher nur bei Militärmanövern und Schießübungen aus nächster Nähe gesehen. Eine echte Seeschlacht wäre etwas ganz anderes und viel spannender. Sie wollte einfach nur *leben*, ihr Herz raste wie wild, wann immer sie sich zu den Männern an den Seilen gesellte und sich auf eine Einschiffung vorbereitete.

Aber sie war nicht dumm. Eine Seeschlacht bedeutete Gefahr und Tod, und sie wusste genau, wie gefährlich das Leben auf dem Wasser war. Frauen erging es dabei selten gut. Piraten waren berüchtigt dafür, Frauen zu vergewaltigen, bevor sie ihre Leichen über Bord warfen. Diese Gewalttätigkeit war nicht ruhmreich, aber ihr Herz hämmerte trotzdem bei dem

Gedanken, eine Piratenschaluppe zu jagen und ihre schwarz-
herzige Besatzung vor Gericht zu bringen.

»Ich habe natürlich mit Ihrem Vater gesprochen, und er hat
seinen Segen gegeben. Er hat sich sehr über eine mögliche
Hochzeit gefreut.«

»Kapitän, bitte, bemühen Sie sich nicht weiter. Ich habe
beschlossen, nicht zu heiraten, obwohl ich mich durch Ihr
Angebot sehr geehrt fühle.« *Es ist besser, ihm den Weg abzu-
schneiden, bevor er anfängt, unseren zukünftigen Kindern Namen zu
geben,* dachte sie.

»Was?« Huntingtons Mund öffnete sich vor Schreck, und er
stotterte. »Aber ... Ihr Vater sagte ...«

»Mein Vater hat sich geirrt. Er vergisst, wie sehr ich das
Meer liebe. Wenn er meine Aufregung mit der Hoffnung auf
einen Heiratsantrag von Ihnen verwechselt hat, tut es mir sehr
leid. Aber Sie müssen verstehen, ich will nicht heiraten.«

»Warum denn nicht?«, wollte der Kapitän wissen, sein
Tonfall war nun frostig.

»Weil ...« Sie suchte nach einer Ausrede und merkte, dass es
keine bessere gab als die Wahrheit. »Weil ich einfach viel zu
viel Ärger mache, Captain Huntington. Ein Monat Ehe mit mir
würde Sie völlig verrückt machen.«

»Nun ... ich verstehe nicht, wie eine hübsche junge Lady wie
Sie ...«

»Erlauben Sie mir, für einen Moment Klartext zu reden,
Kapitän. Ich würde darauf bestehen, Sie auf allen Reisen zu
begleiten, ganz gleich, wie lange sie dauern. Ich möchte lieber
nicht in einem Salon mit anderen Damen festsitzen. Ich würde
lieber mit den übelsten Piraten am Galgen enden, als auch nur
eine Minute damit zu verbringen, den Frauen zuzuhören, wie
sie beim Tee miteinander tratschen.«

Huntingtons Gesicht färbte sich bedenklich rot. »Aber das
ist doch der richtige Ort für Sie. Als Frau sollten Sie ...«

Sie unterbrach ihn erneut. »Und das ist *genau* der Grund,

warum wir beide uns endlos streiten würden. Ich glaube nicht an den Ort, an den ich Ihrer Meinung nach gehöre. Es gibt viele junge Damen, die Sie gerne heiraten würden, aber ich gehöre nicht dazu.«

Für eine lange Sekunde starrte er sie an, und seine Augen weiteten sich vor Schreck. Zweifellos war er noch nie einer Frau begegnet, die so unverblümt ihre Meinung sagte, und er würde eine Minute oder vielleicht auch mehrere brauchen, um zu ihr aufzuschließen und ihr zu antworten.

»Ich hoffe, Sie nehmen mir das nicht übel und verstehen meine Ablehnung Ihres Heiratsantrags nicht als einen Versuch, mich zu zieren. Ich möchte einfach nur ehrlich sein. Sie wären nicht glücklich mit mir, Kapitän, und ich mit Ihnen ebenfalls nicht, also brauchen wir uns nicht weiter zu bemühen.«

Huntington öffnete den Mund, um noch etwas zu sagen, aber der scharfe, durchdringende Pfiff des Bootsmanns unterbrach ihn.

»Segel im Süden!«, rief ein Mann im Krähennest. Plötzlich wimmelte es auf dem Deck von Männern. Roberta blieb an der Reling, um nicht im Weg zu stehen. Sie wusste, dass sie die Männer nicht stören durfte.

»Welche Flagge?«, schrie Huntington zu dem Mann im Nest hinauf. Seine Stimme war überraschend laut - sie hatte ihn noch nie in einem höheren Tonfall als im Gespräch sprechen hören. Der Seekapitän in ihm hatte sich durchgesetzt.

»Keine Landesfarben, Kapitän, aber es gibt eine Flagge«, rief der Mann nach unten. »Weiß mit einer Art schwarzer Form darauf.«

Huntington erbleichte. Er warf einen Blick auf Roberta, bevor er seinen Blick nach Süden richtete und ein Messingfernrohr aus seiner Brusttasche zog. Robertas Blick folgte der Richtung, in die sein Fernrohr zeigte. Sie konnte zwar sehr gut sehen, aber in diesem Moment nur ein vages, kräuselndes

Abzeichen erkennen. Wenn sie näher dran gewesen wäre, hätte sie schwören können, dass es aussah wie ...

»Die *Emerald Dragon*. Verflucht sei er!« Huntington zischte und steckte das Fernrohr zurück in seine Brusttasche. Robertas Gesicht glühte vor Aufregung.

»Die *Emerald Dragon*? Das Schiff, das von dem berüchtigten Kapitän Grey gesteuert wird?« Ihr Herz schlingerte in einer Mischung aus Aufregung und Angst in ihrer Brust. Huntingtons Gesicht verfinsterte sich vor Unmut.

»Sie haben von ihm gehört?«

»Ich bin die Tochter eines Konteradmirals. Ich erfahre Dinge, sogar während dieser schrecklichen Stunden, die ich in den Salons beim Tee verbringe.« Sie fand es beleidigend, dass er annahm, sie wisse nichts über die neuesten Skandale in der Marine. Der Kapitän des *Dragon* war in ganz Spanien bekannt. Er hatte sich noch nie in die Nähe Englands gewagt - seine Jagdgründe waren die Westindischen Inseln und die Küsten Spaniens und Portugals. Es wurde gemunkelt, dass er halb spanischer und halb englischer Herkunft war. Manche sagten, er wäre so gut aussehend, dass der Teufel selbst neidisch auf das gute Aussehen des Piraten sei. Diese Art von Klatsch war das Einzige, was sie hören wollte, wann immer sie in den spanischen Salons gefangen war, bevor sie den Hafen verlassen hatten.

»Er ist kein Mann, über den Sie nachdenken sollten. Er ist ein verdammter Pirat.« Huntington sah so wütend aus wie eine fauchende Katze. »Gehen Sie mit Ihrer Zofe unter Deck, sofort! Und bleiben Sie dort. Das Deck ist kein Ort für eine Frau, schon gar nicht während einer Schlacht«, schnauzte Huntington.

Robertas Blick bohrte sich in sein wütendes Gesicht, doch schließlich machte sie auf dem Absatz kehrt und stieg unter Deck. Ihr Herz klopfte so heftig gegen ihre Brust, dass ihr das Atmen weh tat. Sie musste ihr Dienstmädchen finden und, was noch wichtiger war, ihre Pistolen und ihren Dolch. Wenn sie geentert würden, müsste sie sich und ihre Zofe verteidigen.

Die *Emerald Dragon* ... es war, als hätte sie durch den bloßen Traum von Piraten einen der wildesten seit Kapitän Morgan herbeigerufen.

Sie hoffte nur, dass sie es nicht bereuen würde.

**3**

———————

»Wir holen sie ein, Käpt'n!«, brüllte Chibbs vom Achterdeck der *Emerald Dragon*.

»Haltet die Segel offen. Ich will auf der Steuerbordseite auftauchen. Macht die Rundschüsse in den Schwenkkanonen bereit!«, befahl Dominic von seinem Platz auf dem Vorderdeck aus. Reese stand ein Deck tiefer und wiederholte den Befehl.

»Bemannt die Kanonen!« Reese hob sein Entermesser, und die Kanonenbesatzung eilte auf ihre Posten.

Dominic lehnte sich gegen die Reling am Bug und grinste böse, als er die *Fortune* beobachtete, die versuchte, ihm zu entkommen. Die *Dragon* war dreihundert Meter von ihrer Beute entfernt, und das königliche Handelsschiff hätte Port Royal fast unversehrt erreicht.

Die *Dragon* war ihr in den letzten Wochen gefolgt, immer so, dass sie die Masten der *Fortune* knapp über dem Horizont gesehen hatten. Wenn es eine Sache gab, in der seine Mannschaft und das Schiff selbst gut waren, dann war es das Verschwinden aus dem Blickfeld, wie ein Wolf, der sich hinter Bäumen versteckt, während er ein Kaninchen beobachtet, das auf einer offenen Wiese Gras knabberte. Das Schiff konnte unbemerkt bleiben, bis es bereit war, und dann ohne Vorwarnung plötzlich auftauchen. Das war einer der vielen Vorteile, die eine Schaluppe mit sich brachte. Die *Dragon* hatte jedes Schiff abgehängt, das jemals hinter ihr hergewesen war.

Dominics Männer waren bewaffnet und bereit für die bevorstehende Schlacht, aber sie mussten die *Fortune* erst lahmlegen. Reese, der am Ruder stand, hatte es geschafft, die *Dragon* so hochzuziehen, dass ihr Rumpf dem direkten Beschuss durch die Kanonen der *Fortune* ausweichen könnte. Dann eilte Reese auf das Unterdeck, um sich um ihre eigenen Kanonen zu kümmern. Dominic hielt seinen Blick auf das andere Schiff gerichtet, hob sein Fernrohr und beobachtete die Besatzung der *Fortune*, die sich eilig bereit machte. Ihr Kapitän schrie, sein Gesicht war rot, als er seinen Männern befahl, die Kanonen zu laden.

»Reese! Kettenbeschuss auf den Großmast!«, rief Dominic über seine Schulter.

»Aye aye, Captain!« Reese änderte seine Befehle für die mittlere Geschützbesatzung. »Wir werden sie zum Krüppel machen, Männer!«

Dominic klappte sein Zielfernrohr zusammen und steckte es in seine Lederweste, während er in den Bauch des Schiffes hinunterlief.

»Kanonen ausrichten!«, bellte Reese. »Scharfmachen!«

Die erste Geräuschexplosion kam von der *Fortune*, als ihre Kanonen ein halbes Dutzend Schüsse gleichzeitig abfeuerten. Die Schüsse zischten über die *Dragon* hinweg und zerrissen ein Großsegel.

»Kanonen ausrichten! Zielt auf den Großmast!«, brüllte Reese. Während sie ihre Kanonen nachluden, versuchte die *Dragon*, den Hauptmast des Gegners zu stürzen.

»Zielen und schießen!«, brüllten Dominic und Reese gemeinsam.

Der donnernde Knall, begleitet von den Schüssen aus drei Kanonen der *Dragon*, verwüstete den Mast. Jede Kanone feuerte zwei aneinander gekettete Kanonenkugeln ab, die von ihrem Schiff zu dem anderen flogen und den Hauptmast der *Fortune* mit solcher Wucht trafen, dass der Mast in zwei Teile brach. Die Männer auf der *Fortune* schrien und wichen aus, als der Mast auf das Deck krachte und das weiße Segel wie die Flügel eines sterbenden Seevogels flatterte.

Die Besatzung der *Dragon* brach in Jubel aus, der abrupt unterbrochen wurde, als die *Fortune* eine neue Salve abfeuerte und eine Kugel die Besatzung auf dem Achterdeck zerfetzte. Dominics Sicht verschwamm, als der Schiffsarzt zu den Verletzten eilte. Dominic hielt den Atem an, die Schmerzensschreie seiner verletzten Männer bohrten sich in seinen Kopf. Er wartete auf den Report des Arztes.

»Zwei Tote!«, bestätigte Abel über die Schreie hinweg.

Dominics Körper wurde kalt, sein Verstand peitschte, als er seinen Blick auf die *Fortune* richtete.

»Zielt auf die Decks!«, befahl Dominic. »Dauerbeschuss auf alle Kanonen!«

Die *Dragon* führte fünfzehn Minuten lang Beschuss auf die *Fortune*, aber seine Beute gab nicht so leicht auf.

Chibbs eilte zu Dominic auf das Achterdeck. »Sie werden sich nicht ergeben!«

»Dann entern wir und bringen sie dazu, es sich noch einmal zu überlegen. Ich wette, wir haben ihnen den Kampfwillen ausgetrieben. Ich möchte, dass die Offiziere gefesselt werden und die Besatzung unter Deck festgehalten wird, bis wir wissen, was für eine Fracht sie transportieren.«

Der Entertrupp reihte sich an der Backbordseite der *Dragon* ein, die Waffen bereit, als die Schiffe einander nahe genug kamen, dass sich die Männer an Seilen hinüberschwingen konnten. Aus den Kanonen der beiden Schiffe stieg Rauch auf, und die Schreie der kampfbereiten Männer hallten über das offene Wasser. Die *Dragon* stieß ihre Beute an und knarrte unter hölzernem Ächzen, als die Schiffe zusammenstießen. Dominic steckte sich einen Dolch zwischen die Zähne, steckte sein Entermesser in den Hosenbund und sprang von seinem Schiff auf das Handelsschiff hinüber.

Er landete mit einem Aufprall in der Mitte des Oberdecks der *Fortune*. Zwei Besatzungsmitglieder des Handelsschiffs stürzten sich mit erhobenen Schwertern auf ihn. Er zog sein Entermesser und schlug den einen Mann mit der Wucht seines Hiebes zurück, während der andere Mann nach seiner Taille schlug. Dominic sprang zurück und wich dem tödlichen Schlag nur knapp aus. Reese tauchte plötzlich hinter ihm auf, und sie stürmten auf die Mitte des Schiffes zu, die Besatzung der *Dragon* in ihrem Rücken. Um ihn herum krachten Schüsse, während er und seine Männer sich durch die Menge der Seeleute kämpften.

Innerhalb einer halben Stunde hatten sich die Kämpfe gelegt, und Dominics Männer feierten den Sieg. Der Kapitän und sein Leutnant sowie ein Konteradmiral wurden gefesselt und an die Reste des Hauptmastes gebunden, während die übrigen Überlebenden der Besatzung der *Fortune* unter Deck eingesperrt wurden.

»Bereit zum Plündern, Kapitän?«, fragte Chibbs, während Dominic einen Blick in Richtung der drei Offiziere warf. »Wie mein Vater zu sagen pflegte: Wenn ein Mann geschlagen ist, sollte man ihm keine Zeit zum Verschnaufen lassen.«

»Ich nehme an, du hast Recht«, murmelte Dominic. Am wenigsten mochte er den Umgang mit Offizieren, wenn er ein Schiff übernahm. Sie waren immer arrogante Kerle und erinnerten ihn an zu Hause. Deshalb mied er normalerweise englische Schiffe, aber die Verlockung der Ladung, was auch immer das sein mochte, brachte ihn dazu, sich entgegen seiner Gewohnheit zu verhalten.

Er schritt zu den gefesselten Offizieren, Reese im Rücken.

Als er sich die Männer ansah, fiel ihm an dem Leutnant etwas Vertrautes auf. Blondes Haar, das nach der gängigen Mode geschnitten war, umrahmte ein aristokratisches Gesicht mit blauen Augen, die Dominic zu kennen glaubte, aber seit mehr als einem Jahrzehnt nicht mehr gesehen hatte. Man konnte ihn nicht verwechseln. Die Jahre mochten sein jungenhaftes Aussehen verändert haben, aber Dominic würde dieses Gesicht überall erkennen. Eine Welle von Gefühlen, die er schon lange für tot gehalten hatte, stieg in seiner Brust auf.

»Du!«, knurrte Dominic, als er versuchte, die Tatsache zu begreifen, dass er Nicholas nach all dieser Zeit gegenüberstand.

Der wütende Blick des Leutnants traf ihn, und seine Wut wurde von unsagbarem Schmerz abgelöst, als Nicholas Flynns Augen aufblitzten. Für einen Augenblick war es so, als hätten sich ihre Wege erst gestern getrennt, als wäre Dominic nie entführt worden und als hätte seine Kindheit nicht ein vernichtendes Ende genommen, als er alles, seine Familie, seinen besten Freund und seine Freiheit, auf einmal verlor.

»Sie kennen diesen Schurken?«, wollte der Kapitän der *Fortune* mit gerötetem Gesicht wissen.

Nicholas, mit aschfahlem Gesicht, schüttelte nur den Kopf in Richtung von Dominic, der ihn sofort verstand. Die Bande ihrer Freundschaft hatten sich in all den Jahren, die sie getrennt gewesen waren, nicht verändert.

»Nein, er kennt mich nicht. Er erinnert mich nur an jemanden, den ich mal kannte ... jemand, der lange her ist«, antwortete Dominic ruhig und wandte sich dann an den Kapitän. »Sie haben also das Sagen, nehme ich an? Oder soll ich hier mit dem Admiral sprechen?«

Der Admiral war angespannt. Er schien trotz seiner misslichen Lage kampfbereit zu sein, aber an seinem Kopf rann Blut herunter, und er sah etwas zu blass aus, um eine Bedrohung darzustellen.

»Ich habe das Kommando«, sagte der Kapitän. »Der Admiral ist ein Gast, und ich begleite ihn und ...« Der Kapitän schloss plötzlich den Mund.

»Und die wertvolle Fracht des Admirals«, beendete Dominic. »Nun, genau dabei würden meine Crew und ich Ihnen gerne helfen. Nun, Kapitän ...« Er ließ den Titel noch etwas nachklingen.

»Huntington.« Der Kapitän fügte seinen Namen mit einem finsteren Blick hinzu.

»Huntington. Sagen Sie mir, was für eine Fracht Sie haben, und dann machen meine Jungs und ich uns auf den Weg.«

»Seide ... es ist Seide«, schaltete sich Flynn hastig ein. »Machen Sie mich los, und ich bringe Sie hinunter in den Frachtraum.«

Dominic starrte seinen alten Freund an. Er log. Die Spannung in seinen Lippen und die Art, wie sich seine Augen verengten, das war der Flynn, an den er sich erinnerte, der Flynn, der fast jeden außer ihm hatte täuschen können, als sie noch Jungen gewesen waren.

»Seide also, Captain Huntington?«, fragte Dominic. Er beobachtete, wie der Mann langsam zustimmend nickte, doch der Ausdruck des Admirals verriet die Wahrheit. Die Verzweiflung in den Augen des Mannes verriet ihm, dass das, was sich unter Deck befand, in der Tat viel wertvoller war, als irgendeiner der Männer Dominic wissen lassen wollte.

»Seide, genau«, knurrte Huntington.

Dominic strich sich über das Kinn und sah dann zu Reese und Chibbs, die auf ihre Befehle warteten. »Bitte geleitet den Kapitän und seine Mannschaft zu den Langbooten. Jeder Mann, der sich meiner Mannschaft anschließen möchte, ist willkommen. Der Leutnant bleibt als Sicherheit zurück, bis wir den Hafen erreichen, dann wird er freigelassen.«

»Nein! Das können Sie nicht tun!«, keuchte der Admiral,

aber seine atemlosen Worte waren begleitet von seinem Kampf, bei Bewusstsein zu bleiben.

Dominic sah zu Flynn. »Haben Sie einen Arzt an Bord?«

Flynn nickte. »Ja, Dr. Frankston.«

»Chibbs, lass ihren Arzt einen Blick auf den Admiral werfen, sobald sie auf das Langboot gebracht wurden. Vergewissere dich, dass sie einen Kompass und alle benötigten Vorräte haben, bevor wir weiterfahren. Ich möchte, dass die gesamte wertvolle Fracht zusammen mit dem Leutnant sofort auf die *Dragon* gebracht wird. Bringt ihn nach unten und werft ihn in eine der Zellen.«

»Das können Sie uns nicht antun!«, rief Huntington. »Wir werden da draußen sterben.«

Dominic wandte sich an Huntington. »Sie sind nur zwei Tagesreisen von Port Royal entfernt, genau westlich, leicht zu rudern. Wenn Sie nicht zu blöd sind, werden Sie gut zurechtkommen. Sie haben Glück, dass Sie nicht auf eine andere Piratencrew gestoßen sind. Wir gehören zu den wenigen, die Überlebende zurücklassen.«

Dann wandte er sich der *Fortune* zu. Sie war so stark beschädigt, dass sie in weniger als einer Stunde auf dem Meeresgrund liegen würde.

Aus dem Augenwinkel sah er, wie sich die Besatzung der *Fortune* in den Langbooten niederließ und der Arzt sich um den verletzten Admiral kümmerte. Flynn wurde vom Mast befreit und seine Hände hinter ihm gefesselt, bevor Reese ihn zu Dominic schob.

»Gib mir eine Minute mit ihm, bevor du ihn auf die *Dragon* bringst«, sagte Dominic zu Reese. Sein Quartiermeister trat zurück und entfernte sich ein Stück.

Einen Moment lang sprach keiner der beiden. Dominic war hin- und hergerissen zwischen dem Wunsch, seinen alten Freund zu umarmen, und dem Wunsch, ihn zu schlagen, weil er in einem Kampf auf der anderen Seite gestanden hatte.

»Dominic«, flüsterte Flynn. »Bist du es wirklich?«

Dominics Kehle schnürte sich zu, als er versuchte, den Mann nicht anzusehen, der ihm einst so nah wie ein echter Blutsbruder gewesen war.

»Ich bezweifle, dass ich so bin wie der Junge, an den du dich erinnerst«, antwortete er leise und ließ seinen Blick zum Meer schweifen.

»Was ist mit dir passiert? Du bist verschwunden, und wir haben monatelang gesucht. Dein Vater ...«

»... ist wahrscheinlich froh, dass ich tot bin. Hör mir zu, Nick - ich werde dir nichts tun, solange du keinen Ärger machst. Sobald wir den Hafen erreichen, lasse ich dich als freien Mann gehen. Hast du verstanden?«

Flynn nickte. »Wenn Huntington mich erwischt, werde ich wahrscheinlich in Eisen gelegt. Er wird es so sehen, dass ich mich euch anschließe, anstatt ein Gefangener zu sein.«

»Du könntest dich uns jederzeit anschließen«, bot Dominic an, wohl wissend, dass Nick ihn abweisen würde. Von ihnen beiden war Nicholas immer derjenige mit dem edlen Herzen gewesen.

»Du weißt, dass ich das nicht kann, Dom. Du weißt, dass ich nicht ...« Er brach ab.

»Dass du nicht das schwarze Herz hast, das man braucht, um ein Pirat zu sein? Nein, das hast du nicht. Reese! Bringt ihn auf die *Dragon*.« Nicholas' Weigerung, sich ihm anzuschließen, schmerzte ihn mehr, als er erwartet hatte. Ihre Schwüre aus der Kindheit, immer zusammenzubleiben und einander bis zum Ende treu zu sein, waren nur noch eine verschwommene Erinnerung zwischen ihnen. Nicholas würde sich niemals auf seine Seite stellen, nicht mit einem Piraten. Es würde wahrscheinlich keine Rolle spielen, dass Dominic sich vorwiegend damit beschäftigte, spanische Sklavenschiffe zu versenken, um Sklaven zu befreien. Er war trotzdem ein Pirat. Es hätte ihn nicht überraschen dürfen, dass Nicholas den ehrenwerten Weg gegangen und der verdammten Royal Navy beigetreten war.

»Dom! Warte!« Flynn wehrte sich gegen den Griff von Reese und versuchte, sich zu befreien. Reese schlug ihm mit dem Handschutz seines Schwertes hart gegen die Schläfe, und Flynn ging mit einem schweren Schlag auf das Deck zu Boden.

Reese verzog das Gesicht. »Tut mir leid, Captain, ich wusste nicht, wie ich ihn sonst aufhalten sollte.«

»Es ist alles in Ordnung, Reese. Sorg einfach dafür, dass er nicht verletzt wird. Der Mann war ... einst ein Freund von mir. Das ist schon lange her.«

Der junge Quartiermeister nickte feierlich. »Verstanden.« Dann hob er Flynn hoch und ging auf den Steg zu, der mittlerweile zwischen den beiden Schiffen lag.

Chibbs rannte keuchend herbei. »Käpt'n, wir haben ein Problem.«

»Was ist es?« Dominics Hand legte sich instinktiv um den Griff seines Entermessers.

»Es sind zwei Kajütenjungen - ich habe sie in der Garderobe der Kapitänskajüte kauernd gefunden.«

»Oh?« Dominic verspürte einen Anflug von Schuldgefühlen. Diese Jungs sollten auf den Langbooten sein und nicht hier festsitzen. Sie würden zu einem Leben als Seeräuber gezwungen werden, wenn Dominic sie nicht bald an Land bringen konnte, und er wollte nicht noch mehr junge Männer in das Leben schicken, das ihm aufgezwungen worden war.

»Bring sie herauf, Chibbs. Und wo ist die Seide?«

»Wir laden sie gerade um, Kapitän. Sieht aus wie ein Satz Kisten, nicht viel mehr. Das muss verdammt gute Seide sein, wenn das alles ist, was sie haben. Aber wie mein Vater zu sagen pflegte: Ein Vermögen ist ein Vermögen, egal ob es sich um Goldbarren oder eine Handvoll Diamanten handelt, aber das eine ist sicherlich leichter zu tragen. Seide ist verdammt schwer. Ich wünschte, wir hätten stattdessen Juwelen gefunden.«

Chibbs winkte mit einem Arm zu zwei wankenden Schatten in der Nähe der Treppe, die unter Deck führte. Die Jungen waren beide klein. Der eine hatte leuchtend rotes Haar, das im Nacken zu einem Pferdeschwanz zusammengebunden war, der andere war ein braunhaariges kleines Wesen mit großen, ängstlichen Augen. Der rothaarige Junge beäugte Dominic mit offener Neugierde. Er war es nicht gewohnt, dass junge Burschen ihn anstarrten wie ... was? Irgendetwas stimmte nicht mit dem Jungen, und das ließ Dominic unruhig auf den Beinen wippen.

»Wie heißt ihr beide?«, verlangte er unwirsch. Der braunhaarige Junge unterdrückte ein erschrockenes Keuchen und umklammerte den Ärmel seines mutigeren Begleiters.

»Ich bin ... Robbie, und das ist Luke«, verkündete der rothaarige Junge. Seine Stimme war ziemlich hoch, und es schien, dass keiner der beiden Jungen auch nur annähernd männlich war. Sie konnten nicht älter als zwölf oder dreizehn sein, mit ihren kleinen Händen, hohen Stimmen und zarten Gesichtszügen. Sie erinnerten ihn viel zu sehr an die jüngeren Burschen, mit denen er in den ersten Jahren gedient hatte. Die meisten waren nicht stark genug gewesen, um an Bord desselben Schiffes wie der berüchtigte französische Pirat Gerard La Roux zu überleben.

»Nun, Jungs, es tut mir leid, dass wir euch nicht früher gefunden haben, sonst wärt ihr jetzt beim Kapitän und seinen Männern auf den Langbooten. Ihr befindet euch als Passagiere an Bord meines Schiffes. Ich bin Captain Dominic Grey.«

»Was ist mit dem Admiral? War er bei ihnen?«, wollte der rothaarige Junge wissen. Dominic war ziemlich überrascht. Welches Interesse könnte dieser Junge am Schicksal des Admirals haben? Und was noch wichtiger war: Welcher Kajütenjunge hatte die Dreistigkeit, von einem Piratenkapitän Antworten zu verlangen?

»Er ist bei ihnen. Er erlitt eine Verletzung, wurde aber vorsichtig in das Boot verladen. Der Schiffsarzt hat sich um ihn gekümmert.«

Tränen glitzerten in den grünen Augen des Jungen. Das Letzte, was Dominic an Bord der *Dragon* brauchte, waren ein paar weinende Kinder. Sie würden den ersten großen Sturm oder die erste Schlacht nicht überstehen.

»Kopf hoch, Jungs, alles wird gut. Ihr müsst jetzt mit mir zu meinem Schiff kommen.«

Der rothaarige Junge sah aus, als wolle er protestieren, also fuhr Dominic fort. »Dieses Schiff wird bald unter dem Meeresspiegel liegen. Wenn ihr also nicht gerade Davy Jones besuchen wollt, solltet ihr keinen Augenblick länger hier bleiben.« Seine Erklärung über das endgültige Schicksal des Schiffes erregte Robbies Aufmerksamkeit.

»Sinkt das Schiff wirklich, Kapitän?« Der Junge schaute sich auf dem Schiff mit einem Wissen um, das darauf schließen ließ, dass er vielleicht ein besserer Seemann war, als Dominic ursprünglich angenommen hatte.

»Aye, also beeilt euch lieber.«

Robbie studierte ihn einen Moment lang. Dann schien er zu entscheiden, dass er Dominic tatsächlich vertrauen konnte, nahm seinen Begleiter am Arm und marschierte hinüber zum Rand des Schiffes, wo sie auf den Steg sprangen, der hinüber zur *Dragon* führte. Dominic sah zu, wie sie unter dem Deck verschwanden, bevor er sich wieder Chibbs zuwandte. Irgendetwas an ihnen schien nicht zu stimmen, aber er hatte keine Zeit herauszufinden, was es war, das ihn störte. Vielleicht lag es daran, dass sie beide noch so jung waren. Daran war er nicht gewöhnt.

»Welche andere Fracht habt ihr gefunden?«, fragte er leise, um nicht belauscht zu werden.

Chibbs zuckte mit den Schultern. »Nicht viel, Käpt'n, nur ein paar Kisten mit feinen Damenkleidern.«

»*Kleider?* Sahen sie in irgendeiner Weise besonders aus? Teure Seide?«

»Ich kann nicht mit Sicherheit sagen, ob sie etwas Besonderes sind, Käpt'n, aber es sind hübsche Dinger«, sagte Chibbs. »Sicherlich Seide.«

Dominic runzelte die Stirn und rieb mit dem Handballen über den Kolben seiner Pistole, während er darüber nachdachte.

»Vielleicht sind sie wertvoll. Die Männer sollen die Truhen an Bord bringen. Zumindest können wir sie verkaufen, wenn wir Tortuga erreichen. Entfernt alles Wertvolle aus dem Schiff, bevor wir ablegen.« Obwohl Tortuga angesichts der Art der Männer, die dort anlegten, normalerweise kein Ort für Geschäfte war, war es Dominic im Laufe der Jahre gelungen, einen Teil seiner gestohlenen Waren dort mit einem ordentlichen Gewinn zu verkaufen.

»Aye aye, Cap'n.« Chibbs eilte davon, um seinen Auftrag zu erfüllen.

Dominic überließ die *Fortune* ihrem Schicksal und ging an Bord der *Dragon*, während er über die neuen Kabinenjungen nachdachte. Er hatte schon öfter gesehen, wie Jungs zitterten, wenn es ihre erste Reise war. Und er hat diesen beiden eine ordentliche Erinnerung geschenkt. Bittere Erinnerungen an seine eigene erste Reise mit vierzehn Jahren ließen ihn zusammenzucken. Er wollte sich nicht an den Biss der Neunschwänzigen erinnern, die seinen Rücken peitschten, oder an das Gefühl einer fleischigen Faust, die ihn zum Schweigen brachte, wenn er etwas erwiderte, oder an die tastenden Hände in der Dunkelheit, die sein Essen und Wasser stahlen, weil er nicht stark genug war, sie aufzuhalten. Er hatte schnell gelernt, wie lange ein Mensch ohne Nahrung und Wasser auskommen konnte, bevor er sterben musste, und er hatte auch gelernt, was er bereit war zu tun, wenn er seinen eigenen Tod vor Augen hatte.

Dominic schüttelte den Kopf und versuchte, die dunklen Erinnerungen loszuwerden, die in seinem Kopf wie ein tückisches Gewässer aufgewühlt waren. Die Vergangenheit konnte einen Menschen in die Tiefe stürzen, ähnlich wie Riffe, die sich an die Küsten schmiegen.

Er wandte seine Aufmerksamkeit wieder der Ladung und Flynns Versuch zu, ihn davon zu überzeugen, dass es sich bei der wertvollen Fracht um ein paar nutzlose Kisten Seide handelte. Waren es wirklich nur Kleider? Vielleicht waren aber auch die Kleider selbst ein Hinweis. Er hatte schon von Juwelen und Münzen gehört, die in Kleider eingenäht worden waren, um Reichtum zu verbergen. Irgendetwas zerrte an seinem Verstand, aber er konnte nicht herausfinden, was ihn bedrückte.

Er kletterte die Leiter zum Vorderdeck hinauf, wo Reese am Steuerruder wartete.

»Legen wir von der *Fortune* ab. Hisst die Großsegel und die Obersegel. In Richtung Nord-Nordost. Ich will, dass wir den Horizont bis nach Tortuga verfolgen.«

»Aye aye, Cap'n!« Jubel ging durch das ganze Schiff, und Dominic lehnte sich gegen die Reling des Oberdecks.

Heute Abend würde es für jeden Mann Rum geben, um seinen Sieg zu feiern. Und während sie sich mit Getränken ablenken ließen, würde er der Sache mit der »wertvollen Fracht« auf den Grund gehen und herausfinden, was Flynn zu verbergen hatte.

4

———

»Nimm dich zusammen, Lucy!« Roberta zischte ihr schniefendes Dienstmädchen an. Die junge Frau war kurz davor zu schluchzen. »Wenn du nicht aufhörst zu weinen, werden sie dich hören und nachsehen, was los ist. Kajütenjungen weinen nicht.«

»Mylady ... Wir befinden uns unter der schlimmsten Sorte von Menschen!« Lucy jammerte. »Was passiert, wenn sie herausfinden, was wir wirklich sind?«

Roberta unterdrückte ein ungeduldiges Stöhnen. Sie befanden sich in einer gefährlichen Lage, und wenn sie nicht aufpassten, würde Lucys Schluchzen sie mit Sicherheit entlarven. Einen Moment lang hatte sie geglaubt, dass der Kapitän ihre Scharade durchschauen würde, aber er war mit sich selbst beschäftigt gewesen. Das Glück war auf ihrer Seite, aber nur so lange, wie sie es schafften, als junge Männer durchzugehen.

»Das werden sie nicht, wenn du einen kühlen Kopf bewahrst. Lucy, hör mir zu - du musst Luke werden, ein Kajütenjunge. Tu, was sie sagen, und sie werden dir nichts tun. Folge einfach meinem Beispiel.« Sie befanden sich gerade in der Kapitänskabine, wo ein griesgrämig aussehender Mann namens Jon Chibbs sie vor der Weiterfahrt darüber informiert hatte, dass der Kapitän ihnen Aufgaben zuweisen würde, sobald sie unterwegs seien.

Lucys Gesicht verkniff sich vor Angst. »Aber ich weiß nichts über Schiffe, Mylady. Ich kann unmöglich so tun, als wäre ich ein Kajütenjunge.«

»Ich aber schon, Lucy. Tu einfach, was ich dir sage, und niemand wird erraten, was wir beide wirklich sind«, riet Roberta.

»Und was *seid ihr* genau?« Eine tiefe Stimme gluckste amüsiert hinter ihnen.

Robertas Herz stotterte mehrere Sekunden lang. Sie hatte nicht gehört, dass die Kabinentür geöffnet wurde, was bedeutete, dass sie vielleicht schon seit Gott weiß wie langer Zeit belauscht worden waren.

Sie holte tief Luft und drehte sich um, wobei sie Lucy sicher hinter sich stieß. Kapitän Grey lehnte sich an den Türpfosten, die Lippen zu einem schiefen Lächeln verzogen. Sein Körper strahlte maskuline Kraft aus, seine gebräunte Haut ließ seine glatten, straffen Muskeln erkennen. Seine dunklen Augen und sein langes dunkles Haar ließen sie vermuten, dass er tatsächlich Spanier war, wie die Gerüchte besagten. Aber sein Akzent war perfekt englisch - eigentlich zu perfekt für einen rauen Piraten. Er klang fast genauso wie Captain Huntington oder Lieutenant Flynn.

Seine Schultern waren so breit, dass sie die Türöffnung fast vollständig versperrten und keine Fluchtmöglichkeit boten. Und wohin sollten sie auch fliehen, selbst wenn sie es könnten? Robertas Haut errötete mit einem unerklärlichen Feuer, als sie bemerkte, wie sein Körper von den breiten, muskulösen Schultern zu seiner schlanken, schmalen Taille überging und wie sich seine schlanken, aber muskulösen Beine in den wadenlangen Hosen, die er trug, abzeichneten, und wie sich die Lederweste dunkel von seinem weißen Leinenhemd abhob. Er trug einen Schnurrbart und einen sehr ordentlich geschnittenen kurzen Bart, und ein einzelner goldener Ohrring blitzte in seinem rechten Ohr. Roberta hatte nur wenige Männer gekannt, die so gut aussahen, nachdem sie ihren Rasierer vernachlässigt hatten. Der Kapitän machte den Bart an seiner Kieferpartie sowohl faszinierend als auch unausstehlich attraktiv.

»Ihr seid keine Kajütenjungen, so viel ist klar.« Er verschränkte die Arme und lehnte sich weiterhin gegen die Tür, um zu signalisieren, dass er sich nicht bewegen würde, bis sie sich erklärt hätten.

»Sagen Sie es ihm, Mylady«, flüsterte Lucy ängstlich.

Dominic wandte seine Augen nicht von Roberta. »My*lady*? Ja, sagen Sie es mir.« Die dunkelbraunen Augen von Dominic funkelten. Er schien sich viel zu sehr über den Austausch ihrer panischen Blicke zu amüsieren. Die törichte Lucy hatte verraten, dass sie keine Jungen waren, und nun musste Roberta mit allen Mitteln handeln, um sich und ihr Dienstmädchen zu schützen. Sie hatte ihre Pistolen noch immer sicher in ihrem weiten Mantel verstaut, ebenso wie ihren Dolch in ihrem Stiefel, aber sie glaubte nicht, dass sie etwas davon benutzen würde, es sei denn, sie fände eine sichere Gelegenheit, sie gegen den Kapitän einzusetzen.

»Dann werde ich es Ihnen sagen. Aber ich möchte Ihr Wort als Engländer, dass wir eine sichere Überfahrt zum nächsten neutralen Hafen haben werden.« Roberta verschränkte die Arme und versuchte, seine sture Haltung zu imitieren. Aber sie war so klein, dass es weit weniger effektiv schien.

Der Kapitän stieß ein schallendes Lachen aus. »Ich fürchte, dass mein Wort als Engländer keinen Wert hat. Vielleicht sollte ich auf die Schönheit deiner Augen schwören? Oder die Üppigkeit deiner Lippen?«

Er spottete über sie! Roberta stampfte mit ihrem kleinen Fuß auf, um seine Aufmerksamkeit zu erregen.

»Zügeln Sie Ihre Zunge, Sir. Sie befinden sich in der Gegenwart von Miss Roberta Harcourt!«, schnappte Lucy mit überraschendem Mut, bevor sie ihren Kopf wieder hinter Roberta duckte. Der Kapitän grinste, als er dies hörte.

»Harcourt sagst du? Also die Tochter von Konteradmiral Harcourt, den ich gerade in ein Langboot geworfen habe? Ich fühle mich sehr geehrt.« Er bot ihr eine spöttische Verbeugung an, und Roberta wünschte sich, dass der Klang seines Lachens ihren Körper nicht erwärmen würde, ein Lachen, das dunkel und tief war. Unter anderen Umständen hätte sie diese Begegnung sehr genossen. Aber in diesem Moment wäre sie lieber in der Lage gewesen, dem Mann schnell ein Knie in die Eier zu rammen, um ihn zum Schweigen zu bringen.

»Wenn uns etwas zustößt, werden Sie sich vor meinem Vater und Kapitän Thomas Huntington verantworten müssen. Wir sind verlobt.« Roberta hatte natürlich nicht die Absicht, Huntington zu heiraten, aber die Behauptung könnte ihn dazu bringen, seine Handlungen noch einmal zu überdenken.

Die Augen des Kapitäns weiteten sich. »Du bist mit diesem starrköpfigen Narren verlobt?« Er lachte nicht mehr, und ein Hauch von Ärger färbte seinen Tonfall. Sie erschauderte und fragte sich, ob diese Lüge ein Fehler gewesen war.

»Ja.« Ihre Stimme klang weniger sicher, als sie hätte sein sollen.

»Würdest du uns eine Minute unter vier Augen geben, *Luke*? Ich muss mit deiner Freundin hier sprechen.« Der Kapitän deutete Lucy an, an ihm vorbeizugehen und vor der Kabine zu warten, aber Lucy weigerte sich, sich zu bewegen.

»Geh nur, ich komme schon zurecht«, versicherte Roberta ihrem Dienstmädchen, obwohl sie sich angesichts des dunklen Schimmers in den Augen des Piraten nicht sicher war.

Als Lucy draußen war, schloss der Kapitän die Tür und schob den Riegel vor, um sie beide einzuschließen. Robertas Herzschlag beschleunigte sich, als er die kurze Strecke zwischen ihnen zurücklegte. Sie versuchte, zurückzuweichen, aber sie stolperte über eine Holzkiste neben dem Schreibtisch und begann zu fallen. Er packte sie an der Taille und zog sie an sich heran.

Sie wollte schreien, aber er bedeckte ihren Mund mit seiner Hand. Roberta reagierte instinktiv und biss ihn. Er hob sie vom Boden hoch und setzte sie auf den Schreibtisch, sodass ihre Hüften auf einer Höhe mit seinen waren. Sie wehrte sich und griff nach einer der Pistolen, während er seine Hand vor Schmerz schüttelte. Sie holte die Waffe ganz aus ihrem Mantel heraus und richtete die Mündung halb auf ihn, bevor er begriff, was geschah.

Er schlug ihr die Waffe aus der Hand, aber nicht ohne Mühe. »Verdammte Scheiße, Frau!« Dann durchsuchte er sie grob und fand die zweite Pistole, die er zu seinen Füßen auf den Boden warf.

»Und jetzt hör mir mal zu, *Robbie* - du hast zwei Möglichkeiten auf meinem Schiff. Du kannst mein Bett wärmen und hast den vollen Schutz meiner Besatzung, oder du kannst dein Glück als Kabinenjunge versuchen und deine dumme Scharade spielen. Ich werde dein Geheimnis nicht verraten, aber ich bezweifle, dass du auch nur einen einzigen Tag überlebst, bevor es sowieso herauskommt.«

»Ich ...« Zum ersten Mal in ihrem Leben war Roberta sprachlos. Mit einem Piraten schlafen oder ihre Chance als Kajütenjunge bei der Crew nutzen? Nun, es war offensichtlich, dass es überhaupt keine Wahl gab.

»Und?« Er packte ihr Kinn, und ihre Blicke trafen aufeinander, Feuer prallte auf Feuer.

»Lieber würde ich mit meiner Zunge das verdammte Scheißdeck abwischen, als auch nur eine Minute in deinem Bett zu verbringen.« Noch während sie das sagte, blitzten in ihrem Kopf verräterische Bilder von ihrem Körper auf, der unter seinem gefangen war, von seinem muskulösen Körper, der den ihren überwältigte, während er sie heftig nahm. Es war der Albtraum jeder Frau … und doch war es auch eine Fantasie, der sie in den letzten Jahren leider das eine oder andere Mal nachgegeben hatte. Aber dies hier war kein dummer Traum, und der Mann, der sie in diesem Moment festhielt, war kein Held. Er war ein Pirat, der einen Teil der Besatzung der *Fortune* getötet und ihren Vater verletzt hatte, so dass er hilflos in ein Langboot mit der übrigen Besatzung geraten war. Er war ein herzloses, kaltes Monster, kein missverstandener Held aus einem Roman.

»Und du bist ganz sicher?«, fragte er mit tiefer und gefährlicher Stimme.

Der Geruch von Leder gemischt mit Schweiß umhüllte sie, als er ihre Beine auseinander drückte und ihren Körper fester an seinen zog. Sie wehrte sich und streckte ihre Arme aus, um gegen seine Brust zu schlagen, aber der Schock, dass sein Körper ihren berührte, erschreckte sie. Seine Arme legten sich um ihren unteren Rücken und drückten ihre Haut durch den Stoff ihrer Hose. Sie stöhnte ein wenig auf, als ein heißer Schauer durch sie hindurchschoss. Ihr Kopf neigte sich zurück, so dass sie zu ihm aufblicken konnte, und sie keuchte schockiert und überrascht auf, als er sich vorbeugte, um sie zu küssen.

Dies war kein zartes Liebkosen der Lippen, sondern ein kraftvolles Verwüsten ihres Mundes mit seiner Zunge. Sie wand sich und versuchte verzweifelt, dem fremden Gefühl seines Mundes auf ihrem zu entkommen. Erschöpft erschauderte sie, wurde weich und gab voller Bedauern nach. In dem Moment, in dem sie sich in seinen Armen hingab, wurden seine Lippen sanfter und der Kuss fast zärtlich. Er lachte, nicht spöttisch wie zuvor, sondern eher so, als ob er sich über ihre Entscheidung freuen würde. Ein prickelndes Gefühl erstreckte sich von ihrem Unterleib bis zu ihren Zehen.

»Wenn du nur eine Minute aufhörst, dich gegen mich zu

wehren, kleines Luder, wirst du vielleicht merken, dass dir das gefällt«, murmelte er gegen ihre Lippen.

»Ich könnte dich immer noch erschießen«, warnte sie, bevor sie sich wieder von ihm küssen ließ. Sie wölbte ihren Rücken und presste sich gegen ihn. Sie war hingerissen von der ersten männlichen körperlichen Besessenheit, der sie je begegnet war. Diese Empfindungen waren ihr neu, und ihr Körper zitterte in Erwartung dessen, was als Nächstes kommen würde. Er ließ ihre Lippen langsam los und lächelte sanft, als sie sich nach vorne beugte, sobald er sich zurückzog.

Was zum Teufel war mit ihr passiert? Es sollte ihr nicht *gefallen*, von ihm geküsst zu werden. Ihr erster Kuss mit einem Mann hätte sicher auch nicht von einem Piraten kommen sollen. Mein Gott, was für ein Chaos ... was für ein *gefährliches* Chaos.

»Jetzt, wo du vernünftig bist, sollten wir uns unterhalten.« Sein Körper berührte immer noch den ihren, und sie war wie hypnotisiert von der Bewegung seiner Lippen. »Ich bringe dich nicht zu einem neutralen Hafen, sondern fahre nach Tortuga, aber sobald wir dort sind, kannst du gehen. Ich kann sogar dafür sorgen, dass eine Nachricht nach Port Royal geschickt wird, um deinem Vater deine baldige Rückkehr zu versichern. Ich würde es sehr genießen, einen Wildfang wie dich in meinem Bett zu haben, aber wie ich schon sagte, es ist deine Wahl. Ich zwinge keine Frauen.«

»Du hast den Kuss erzwungen«, argumentierte sie.

Er grinste. »Du *brauchtest* diesen Kuss, Robbie. Den hast du mehr gebraucht als deinen nächsten Atemzug. Außerdem musste ich wissen, wie eine süße, unschuldige englische Lady schmeckt, falls du es dir nicht anders überlegst, bevor wir den Hafen erreichen, aber ich denke, das wirst du. Alle Damen kommen früher oder später in mein Bett.«

Sie prustete. »Glauben Sie, dass Sie so unwiderstehlich sind, Captain Grey?«

Sein herzhaftes Lachen ärgerte sie. »Nenn mich Grey, wenn du willst, oder Dominic - oder Dom, wenn du besonders zärtlich sein willst, mein Täubchen.« Er strich ihr eine verirrte Haarsträhne aus dem Gesicht, und sie widerstand dem Drang, ihn in die Finger zu beißen wie eine wütende Katze.

»Sie sind nicht unwiderstehlich, Kapitän Grey. Du bist ein Tyrann, ein übergroßer Trottel, der niemals ...«

Er drückte ihr einen Finger auf die Lippen, um sie zum Schweigen zu bringen. »Du solltest besser schweigen, mein Täubchen, man könnte uns hören. Wir möchten doch nicht, dass die Männer wissen, dass hier Frauen herumlaufen. Es sind gute Jungs, aber sie sind keine Heiligen, wenn du verstehst, was ich meine.«

Sie verstand, was er meinte, und es erfüllte sie mit neuer Furcht.

»Ich rate dir und deinem ‚Luke‘, euch wie anständige Kajütenjungen zu verhalten, sonst könntet ihr Ärger bekommen. Ich werde mit den drei Männern von der *Fortune* sprechen, die sich uns heute angeschlossen haben, und sie dazu bringen, über eure Identität zu schweigen. Das wird ein einzigartiger Loyalitätstest sein, wenn nicht sogar noch mehr. Kannst du diesen Bedingungen zustimmen?«

Seine Hände wurden wieder fester und glitten tiefer, um ihren Po zu umschließen und sie eng an sich zu drücken. Es vernebelte ihr die Sinne. Das Gefühl, wie seine Hände sie so fest umklammerten, war beängstigend und erheiternd zugleich. Doch mit dem Rausch kam auch die Scham. Irgendetwas konnte mit ihr nicht stimmen, wenn sie in diesem Moment Erregung empfand.

»Und?«, fragte er, seine Lippen wieder gefährlich nahe an den ihren, immer noch lächelnd. Er wusste genau, wie sein Handeln auf sie wirkte.

»Ich ... stimme zu«, sagte sie schließlich und versuchte, nicht daran zu denken, wie aufregend seine Küsse waren, oder wie sehr sie sich mehr gewünscht hatte, oder wie sehr sie sich für dieses Verlangen hasste.

»Gut. Nun zu euren Aufgaben an Bord - ich nehme an, dass zumindest eine von euch kochen kann?«

Roberta nickte. »Lucy ... Äh, Luke kann das. Ihre Mutter war die Köchin bei mir zu Hause in London.«

»Gut. Wir haben unseren letzten Koch verloren, und unser jetziger ...« Dominic schüttelte den Kopf. »Sagen wir einfach, dass eine Änderung der Rezepte für mich und meine Männer sehr willkommen wäre. Ich werde Luke als Assistenten für den Koch abstellen.«

»Und was ist mit mir?« Roberta wünschte sich, sie könnte Lucy in der Kombüse Gesellschaft leisten, auch wenn sie keinerlei Erfahrung im Kochen hatte.

»Du wirst dich um mich und ein paar andere Aufgaben kümmern. Mein Kajütenjunge Griffin ist jetzt alt genug, um mit den Männern an Deck zu gehen, und wird sich über die unerwartete Beförderung freuen.«

Roberta brachte ein Nicken zustande. Ja, sie könnte ein Kabinenjunge sein. Das war eine ganz einfache Aufgabe. Sie würde Besorgungen auf dem Schiff erledigen, das Quartier des Kapitäns in Ordnung halten und den Offizieren die Mahlzeiten servieren. Gab es auf Piratenschiffen Offiziere? Sicherlich den Kapitän, vielleicht auch Chibbs und dieser andere hübsche Kerl, Reese? Wahrscheinlich aßen sie immer zusammen, und es würde ihr nichts ausmachen, sie zu bedienen. Das Austeilen von Tellern mit Essen und das Nachfüllen von Weingläsern war überhaupt nicht anstrengend.

»Gut, ich bin froh, dass das geklärt ist. Und nun dazu, wer wo schlafen wird. Die Kabinenjungen schlafen in der Regel in der Nähe der Männer.«

Roberta starrte ihn an, plötzlich erschrocken. Er hielt sie immer noch fest, und seine Augen verengten sich angesichts der plötzlichen Anspannung in ihr.

»Beruhige dich, Robbie. Ich kann einen Lagerraum ausräumen lassen, und Luke kann dort bleiben. Was dich betrifft ...« Diese dunkelbraunen Augen musterten sie auf eine Weise, die jeden weiblichen Instinkt warnend aufschreien ließ. Der Kapitän begehrte sie, das war offensichtlich, aber sie wusste nicht, wie lange er seinem Verlangen widerstehen und ihre Bitte, in Ruhe gelassen zu werden, respektieren würde.

»Was soll mit mir sein?« Sie konnte nicht die Kraft aufbringen, so tapfer zu klingen, wie sie es gerne getan hätte.

»Ich nehme an, du würdest dich in einer Hängematte mit dem Rest der Männer wohlfühlen?«, schlug er vor. Ein fröhliches Funkeln in seinen Augen vertrieb ihre Angst und brachte eine neue Welle der Wut an die Oberfläche.

»Eine Hängematte mit dem Rest der Piraten? Bist du verrückt?« Sie stieß gegen seinen Körper, sprang vom Schreibtisch und warf ihm einen finsteren Blick zu, während sie ihr Hemd und ihre Weste glatt strich.

»Sag bloß, du bist so ,zart‘ wie deine Freundin da draußen?« Dominic sah ihr zu, wie sie versuchte, sich eine bessere Schlafgelegenheit zu sichern. Sie wollte weder mit den Männern zusammen schlafen, noch wollte sie zugeben, dass sie genauso verängstigt war wie Lucy.

»Könnte ich das Zimmer nicht mit meinem Dienstmädchen teilen?«, fragte sie.

»Ich fürchte, das wäre deiner Freundin gegenüber ungerecht, weil der Raum ohnehin schon so klein ist. Wenn du nicht bei den anderen schlafen willst, kannst du in meiner Kabine schlafen. Er seufzte, und der resignierte Laut machte deutlich, dass er nicht begeistert war von der Idee, sein Bett für sie aufzugeben. Kein Kapitän würde seine geräumige Kabine aufgeben wollen, um mit seiner Mannschaft in einer unbequemen Hängematte zu schlafen.

Roberta lächelte. Er würde seinen Platz für sie opfern? *Ein wahrer Gentleman!*

»Das wird mir sehr gut passen«, erklärte sie und freute sich, dass die Schlafmöglichkeiten endlich geklärt waren.

»Das wird mir auch passen«, sagte Dominic mit einem langsamen Lächeln, das Roberta nicht verstand. »Also, an die Arbeit. Ich bin viel zu beschäftigt, um für euch beide das Kindermädchen zu spielen. Chibbs wird dafür sorgen, dass Luke sich mit dem Koch arrangiert, und er wird dir auch deine Aufgaben erklären.« Er ging hinüber, um die Kabinentür zu entriegeln. Lucy kam wieder herein und ging vorsichtig am Kapitän vorbei, als dieser sich entfernte.

»Was sollen wir tun, Mylady?«, fragte sie und rang die Hände vor Verzweiflung.

Roberta bedeckte die Hände des Dienstmädchens. »Alles wird gut werden. Mr. Chibbs wird gleich hier sein, um dich dem Koch vorzustellen. Offenbar brauchen sie dringend jemanden, der anständige Mahlzeiten zubereiten kann. Du wirst die meiste Zeit des Tages damit verbringen, dich um das Essen in der Kombüse zu kümmern.«

Die junge Dienerin stieß einen erleichterten Seufzer aus. »Wenn ich mich mit einer Sache gut auskenne, Herrin, dann ist es das Essen. Solange sie anständige Lagerbestände haben, kann ich Mamas Kekse und ihr Rosmarinhähnchen backen und ...« Lucys Gesicht wurde verträumt, als sie sich augenblicklich in Gedanken an die gute Küche ihrer Mutter verlor.

Mr. Chibbs' schroffe Stimme verkündete seine Anwesenheit einige Sekunden später, als sich die Kabinentür wieder öffnete. »Seid ihr bereit, Jungs?«

»Ja, Mr. Chibbs«, antworteten sie gleichzeitig.

»Sehr gut, also. Hier entlang.« Er nickte in Richtung des Ganges, und sie folgten ihm.

Roberta konnte sich ein Grinsen nicht verkneifen. Sie und Lucy begaben sich auf das größte Abenteuer, das sie sich jemals hätte erhoffen können: das Leben an Bord eines Piratenschiffs. Ja, es war gefährlich, und Dominic füllte ihren Bauch mit

Schmetterlingen, aber sie wollte nicht zulassen, dass er eine solche Erfahrung ruinierte. Sobald sie und Lucy frei und sicher in Port Royal waren, würde sie wieder in einer Welt von Bällen, Teesalons und dem starren Leben eines Käfigvogels gefangen sein, während sie auf die Heirat mit einem Mann wartete, der sie nie verstehen würde. Wenn dies ihre einzige Chance war, ein wildes Leben zu führen, würde sie sie nutzen, so lange es ging.

5

———

Dominic betrat den leeren Lagerraum, den er in eine provisorische Arrestzelle für seinen anderen Gast hatte umwandeln lassen. Flynn saß auf einer umgestürzten Kiste, das Kinn auf die Handfläche gestützt, und starrte die Wand an. Die andere Hand war in einer eisernen Handschelle gefesselt, die an der Wand befestigt war. Er hatte genug Freiheit, um sich zu bewegen und in die Hängematte zu klettern, die im hinteren Teil des Lagerraums aufgehängt war, aber er konnte nicht entkommen. Reese hatte den einzigen Satz Schlüssel, und er bewahrte ihn in Dominics Kabine zwei Decks höher auf.

»Flynn«, grüßte Dominic, während er die Tür schloss, sodass sie allein im Raum waren. Er sprach leise, da er nicht wollte, dass jemand aus seiner Mannschaft sie belauschte.

»Dom.« Nicholas richtete sich langsam auf. »Wir müssen reden.«

»Ja, das tun wir. Ich will wissen, wo zum Teufel diese wertvolle Fracht ist. Meine Mannschaft war nicht erfreut, als wir eine Truhe mit Seidenkleidern als Beute fanden.«

Nicholas starrte ihn einen Moment lang an, dann kicherte er. »Wertvolle Fracht? Ist es das, was du gehört hast?«

»Ja. Warum, zum Teufel, lachst du?« Dominics Blut brannte vor Wut. Er mochte es nicht, ausgelacht zu werden, und sie waren keine Jungen mehr.

»Wir hatten keine Ladung. Ja, die *Fortune* ist ein Handelsschiff, aber sie war auf dem Weg nach Port Royal, um Fracht zu *holen*. Kapitän Huntington und ich wurden beauftragt, Konteradmiral Harcourt nach Jamaika zu eskortieren. Sobald wir dort angekommen wären, hätte man uns ein neues Schiff zugewiesen, und die *Fortune* wäre einem zivilen Kapitän übergeben worden. Die einzige *wertvolle Fracht*, die mir einfällt, ist die Tochter des Admirals.«

»Ah ja, die Tochter des Admirals. Wann hattest du vor, mir zu sagen, dass ich den Gastgeber für sie und ihre Zofe spielen soll?«, fragte Dominic.

Nicholas' Kichern verstummte sofort, und er sah Dominic besorgt an. »Miss Harcourt ist hier? Ich hatte gehofft, dass sie mit ihrem Vater an Bord des Langbootes geschickt worden wäre.«

»Leider wurden sie und ihr Dienstmädchen an Bord der *Fortune* zu spät entdeckt. Die beiden haben versucht, sich als Kajütenjungen auszugeben.« Dominic stellte einen Fuß auf eine Holzkiste und stützte sich auf sein Knie, während er seinen Freund musterte. »Und sie ist das Letzte, was ich an Bord dieses Schiffes gebrauchen kann, die Verlobte eines verdammten englischen Offiziers. Dieser rotgesichtige Pavian wird uns von Hafen zu Hafen jagen, damit er mich verdammt noch mal aufhängen kann.«

»Ich wollte dich wegen ihr warnen, aber du hast mir keine Gelegenheit dazu gegeben.« Nicholas strich sich mit der Hand über den Kiefer und hielt einen langen Moment inne. »Dom, was ist mit dir passiert?«

»Was ist passiert?« Dominics Tonfall wurde eisig, und eine

alte Wut kehrte zurück. »Ich bin weggelaufen und zur See gefahren, wie ich es versprochen hatte.« Er war sich nicht sicher, warum er Nicholas anlog, aber der Gedanke, seinem alten Freund gegenüber zuzugeben, dass er entführt und in die Schuldknechtschaft verkauft worden war, bereitete ihm Bauchschmerzen.

Nicholas schüttelte leicht den Kopf, sein Ton wurde weicher. »Aber du hast mich nicht mitgenommen. Ich sagte, ich würde mit dir gehen, *wohin auch immer* du gehst, sogar bis zum weitesten Horizont.«

»Bis zum weitesten Horizont«, wiederholte Dominic, und die Sehnsucht der Kindheit traf sein Herz wie ein Messer. Im Nu war er wieder auf dieser Steinmauer, saß neben Nicholas und träumte von der Zukunft, einer hellen, sonnigen Zukunft, in der sie ihr ganzes Leben lang Freunde sein würden. Eine Zukunft, die ihm entrissen worden war - ihnen beiden.

»Dom, sag mir, was wirklich passiert ist. *Bitte.*« Nicholas streckte die Hand aus, um ihn zu berühren, aber die Fessel hielt ihn davon ab, Dominics Schultern zu erreichen.

Plötzlich konnte Dominic nicht mehr atmen und trat zurück, wobei seine Hand den Türgriff berührte. »Ich ... ich kann nicht, Nick. Jedenfalls ... nicht jetzt.« Die Schrecken, die er erlitten hatte, waren an den besten Tagen dunkle Schatten in seinem Hinterkopf, aber als er seinen alten Freund ansah, sich für einen kurzen Moment an sein früheres Leben erinnerte, an den Jungen, der er gewesen war, an die Familie, die er verloren hatte, und sich daran erinnerte, was hätte sein können, wurden diese baumelnden Skelette ans Licht gezerrt. Er drehte den Türgriff und begann, die Tür aufzureißen.

»Gut, dann sag es mir nicht«, sagte Nicholas. »Aber bitte, sei vorsichtig mit der Lady und ihrem Dienstmädchen. Sie hat es nicht verdient, dass ihr das Schicksal widerfährt, das deine Leute für sie vorgesehen haben könnten.«

Irgendetwas in Dominic drehte sich vor Schmerz und ließ

ihn grausam sprechen. »Es ist meine Entscheidung, welche Verwendung ich für sie finde. Das Mädchen ist hübsch genug und wird mein Bett wärmen, wenn ich es wünsche. Wenn ich sie mit der Crew teile, ist das auch meine Entscheidung.«

»Dom«, knurrte Nicholas. »Der Junge, den ich kannte, würde niemals einer Frau oder überhaupt einem unschuldigen Menschen etwas antun.«

Er wollte Nick so gerne sagen, dass er immer noch der Junge war, der diejenigen verteidigte, die nicht für sich selbst einstehen konnten. Nicholas' Augen füllten sich mit Hoffnung, aber Dominic konnte ihn nicht an etwas glauben lassen, das nicht mehr da war.

»Dieser Junge ist tot. Du solltest dich bei seinem Geist bedanken, dass du so großzügig behandelt wirst.« Dann verließ Dominic die behelfsmäßige Gefängniszelle und schlug die Tür hinter sich zu. Nicholas rief ihm nach, er solle zurückkommen, aber Dominic ignorierte ihn und ließ das Rauschen des Meeres, das gegen den hölzernen Rumpf des Schiffes schlug, die Schreie seines alten Freundes übertönen.

In düsterer Stimmung schlich er die Treppe hinauf und auf das Oberdeck, um etwas zu finden, das ihn besser beschäftigte. Er verbrachte den Rest des Tages weit weg von den Frauen, was sich als schwieriger erwies, als er erwartet hatte. Es schien, als ob er überall, wo er sich umdrehte, Roberta vorfand. Es schien ihr Spaß zu machen, Nachrichten über das Schiff von ihm an Reese und Chibbs weiterzuleiten.

Sie kam direkt vor ihm zum Stehen, grüßte ihn auf die frechste Art und Weise und rief: »Eine Nachricht für Sie von Mr. Chibbs.« Und jedes Mal war Dominic versucht, einen Arm um ihre Taille zu legen und sie zu einem Kuss zu sich zu ziehen oder ihr vielleicht den Hintern zu versohlen, weil sie sich ein wenig zu sehr amüsiert hatte. Sie sollte sich nicht mit der Rolle eines Kabinenjungen amüsieren. Sie sollte erschöpft sein, gereizt von der Arbeit und bereit, sich ihm leidenschaftlich hinzugeben, damit er sie so verwöhnen konnte, wie es jede schöne Frau verdient hatte.

Bis dahin begnügte er sich damit, ihr dabei zuzusehen, wie sie mit dem Wischmopp über die Decks fuhr und Seifenwasser verspritzte. Er konnte sehen, wie sich ihre Hüften bewegten, und sein Körper versteifte sich vor Erregung, als er sich vorstellte, wie sie sich über das nächste Fass beugte und sich das nahm, womit sie ihn verführte. Mehr als einmal musste er sich umdrehen und dem Meer zuwenden, um seine deutliche Erregung zu verbergen, wie ein unerfahrener Jugendlicher, der noch nie eine Frau gesehen hatte.

Aber was ihn wirklich verwirrte - nein, eher faszinierte - war die Art und Weise, wie Roberta bei ihren Aufgaben immer wieder kurz innehielt, um auf das Meer hinauszustarren, während der Wind an ihrem hellroten Haar zerrte, das sie mit einem schwarzen Band zurückgebunden hatte. Ihre Augen leuchteten auf, und ihre Lippen verzogen sich zu einem Lächeln, das pure Freude ausstrahlte. Das war etwas, das er erkannte. Die Gelassenheit und der Frieden, die der Blick auf das Meer bringen konnte. Nicht jeder verstand das, aber Dominic konnte sehen, dass Roberta das Meer genauso verstand wie er, und das nötigte ihm mehr Respekt ab als alles andere.

*Sie möchte hier sein. Sie will dieses Leben in Freiheit genauso sehr wie ich.*

Als hätte sie seine unausgesprochenen Gedanken gehört, stellte Roberta ihren Wischmopp und den Holzeimer beiseite und kam herüber.

»Wie ist unser Kurs, Captain? Ich habe Messungen vorgenommen, und es scheint, dass die Gezeiten uns weiter nach Norden treiben. Soll ich Mr. Reese Bescheid geben, dass er den Kurs ändern sollte?«

»Was weißt du denn über Gezeiten?«, fragte er, aufrichtig neugierig. Die meisten Menschen nahmen an, dass es Gezeiten nur in Küstennähe gab. Aber die Gezeiten in tiefen Gewässern änderten sich jede Minute und konnten ein Schiff weit vom Kurs abbringen, was selbst die erfahrensten Seeleute verwirrte, wenn sie ihre Position nicht ständig im Auge behielten.

»Ich weiß genug. Man ist keine Admiralstochter, ohne etwas über die See zu lernen.«

Er antwortete mit einem leisen Brummen, weil er spürte, dass sie noch viel mehr über den Ozean wusste, aber das würde er erst später herausfinden. »Geh und sag Reese, er soll unseren Kurs ändern.«

»Ja, Kapitän.« Und schon sprintete sie los, flink wie ein Kaninchen. Dominic neigte seinen Kopf zur Seite, amüsiert und erregt zugleich. Er hatte noch nie eine Frau gesehen, die sich so bewegte, die sprang und schlitterte und allen möglichen Dingen an Deck auswich, von Kanonen, die gereinigt wurden, bis zu Matrosen, die sich über Fischernetze beugten, die sie befestigten.

Im Großen und Ganzen schien die Besatzung damit zufrieden zu sein, sie überall herumlaufen zu lassen. Die meisten Jungs wären unbeholfen gewesen, da sie noch in ihre größeren Hände und Füße hineinwuchsen, aber Roberta war an ihre Größe gewöhnt und fühlte sich in ihrer eigenen Haut wohl. Sie hatte überhaupt nichts Unbeholfenes an sich. Noch wichtiger war, dass sie genau zu wissen schien, was sie tat. Er war froh, dass keiner seiner Mannschaft herausgefunden hatte, dass sie zwei Frauen an Bord hatten. Und wenn es allein auf Robertas schauspielerische Leistung ankäme, würden sie es wahrscheinlich nie tun.

Die Dinge liefen gut, auch wenn einige der Männer über den Mangel an Beute und das Risiko, das sie eingegangen waren, indem sie ein Handelsschiff versenkt und dessen Kapitän und einen Admiral in ein Langboot geworfen hatten, murrten. Er hatte ihnen versprochen, dass sie bald neue Beute machen würden, und sie vertrauten ihm. Er würde sich ein anderes Schiff suchen müssen, das sie entern könnten, oder das Murren könnte zu laut werden, als dass er sich wohlfühlen würde. Er hatte noch nie eine Meuterei erlebt, und er wollte auch jetzt keine.

Chibbs gesellte sich nach einer Weile zu Dominic und beobachtete, wie sich die blauen Wellen mit dem Sinken der Sonne am Himmel verdunkelten.

»Wie geht es den Männern? Sind sie wütend?«, fragte er Chibbs halb im Scherz. Der andere Mann nickte knapp, sein dunkler Bart warf zusätzliche Schatten auf sein Gesicht, als die Sonne begann, den Horizont zu küssen. Der rote Himmel war ein willkommener Anblick, und die Abwesenheit von Wolken stimmte ihn zuversichtlich, dass sie eine problemlose Nachtfahrt haben würden.

»Käpt'n, ich bin nicht der Erste, der das sagt, aber die Männer haben sich ein bisschen mehr erhofft als ein paar Seidenkleider.«

Herr, wie kam es, dass selbst bei privaten Besprechungen mit Reese die Nachricht von den Schiffen, die sie ins Visier nehmen wollten, immer schneller durchs Schiff ging als Ratten auf der Flucht vor einem sinkenden Schiff?

»Sag den Männern, dass wir uns in Tortuga ein wenig ausruhen, bevor wir die nächste Beute jagen.«

»Aye, Käpt'n.« Chibbs wanderte das Deck hinunter und brüllte Befehle, die Ausrichtung bestimmter Segel zu ändern, um einen besseren Winkel bei den ständig wechselnden karibischen Winden zu erwischen.

Dominic lehnte sich gegen die Reling, als Roberta und ihr Dienstmädchen auf dem Oberdeck erschienen. Chibbs war hinter ihnen und scheuchte sie weiter wie ein Taubenpaar, das er aus dem Nest treiben wollte. Der Bootsmann deutete auf die Großsegel und gab einen Befehl, aber Dominic konnte ihn nicht hören, da er am Steuer stand. Zufrieden beobachtete er, was auch immer geschehen würde, und lächelte.

Roberta versuchte, Lucy zu überreden, die Takelage des Großmastes hinaufzuklettern. Dominic verbarg sein Lächeln, als er beobachtete, wie die Tochter des Admirals mit Leichtigkeit die Takelage erklomm und wieder herunterkam, um ihrem Dienstmädchen zu zeigen, wie es gemacht wurde. Lucy zögerte ein wenig und rutschte ein paar Mal auf der Takelage aus, bevor sie sich wieder aufrappeln konnte. Die Schuhe, die die beiden Mädchen trugen, waren ein bisschen zu groß, zweifellos weil sie sie dem Kajütenjungen der *Fortune* gestohlen hatten. Aber eines war klar: Das Mädchen war ein Naturtalent im Umgang mit den Seilen.

»Das Meer liegt dir im Blut, nicht wahr?«, murmelte er vor sich hin.

Wäre sie nicht die Tochter eines Admirals gewesen, sondern ein kleines Kind, das er auf der Straße gefunden hatte, würde er in Betracht ziehen, sie zu zwingen, auf der *Dragon* zu bleiben. Er konnte ihr ansehen, dass sie die Aktivitäten auf dem Schiff und das Abenteuer, das dieses Leben mit sich brachte, genoss. Ihr Lächeln war selbst aus einiger Entfernung sogar heller als die untergehende Sonne hinter ihr.

Seine Gedanken drifteten nun in gefährliche Gewässer ab. Diese kleine, zierliche Frau war mit diesem Trottel Huntington verlobt. Zorn ließ sein Blut kochen. Männer wie Huntington jagten Piraten wie ihn. Viele Piraten wie er befanden sich in einer ähnlichen Situation und bekämen nie die Möglichkeit, dem Leben als Pirat zu entkommen. Als er seine Freiheit erlangt hatte, hatte er bereits einen Preis auf seinem Kopf getragen, der dafür sorgte, dass er nie wieder nach Hause gehen konnte. Wäre er nicht entführt worden, wäre er nicht so töricht gewesen, in jener Nacht die Sicherheit seines Elternhauses zu verlassen, wäre er der Earl of Camden geworden, ein respektabler Gentleman, ein Mann, der einer Frau wie Roberta den Hof hätte machen können.

Zum ersten Mal seit Ewigkeiten malte sich Dominic ein

Bild davon aus, wie dieses Leben hätte aussehen können. Bälle und Abendessen, Festmahle und Jagdgesellschaften, Weihnachten mit seiner Familie und das Einfangen einer reizenden Schönheit wie Roberta in einer Nische, wo er mehr als nur einen Kuss unter einem Mistelzweig stehlen könnte. Sie hätte wunderschön ausgesehen, gekleidet in ihre feinste Seide, ihr Mieder eng genug, um ihre Brüste nach oben zu drücken und sie so zu präsentieren, dass ein hungriger Mann wie er sie mit weichen, heißen Küssen überhäufen konnte. Er würde eine Hand unter die weichen Röcke gleiten und sie auf ihrer Haut flüstern lassen, während er ihr Zentrum fand und sie streichelte, bis sie seinen Namen gegen seine Lippen schrie. Er hätte diesen Schrei der Lust eingeatmet und wäre für immer von einer Frau wie ihr verzaubert worden.

Aber so einen Moment würde er nie erleben. Weil er ein Pirat war. Die Grafschaft Camden würde an seinen jüngeren Bruder Adrian fallen, der inzwischen sechzehn Jahre alt sein musste. Das Leben, das er vielleicht als Graf geführt hätte, war nur noch ein Traum. Träume taten einem Menschen nur weh, also war es besser, sich nicht mit ihnen zu beschäftigen.

»Käpt'n, kann ich dich kurz sprechen?« Chibbs durchbrach Dominics dunkle Gedanken.

»Was ist los, Chibbs?«

»Diese neuen Jungs ... irgendetwas ist komisch an ihnen.«

Dominic biss sich auf die Lippe, um nicht zu lachen. »Oh?«

Chibbs strich sich über den Bart. »Sie ... nun, ich kann es nicht genau sagen, aber etwas stimmt mit ihnen nicht.« Chibbs beobachtete, wie die verängstigte Lucy ein paar zaghafte Schritte in die Seile der Takelage machte.

Dominic schaute sich um und vergewisserte sich, dass sie allein waren, bevor er sprach. »Chibbs, diese Jungs ... sind keine Jungs. Das sind die Tochter des Admirals und ihr Dienstmädchen.«

Chibbs blinzelte und wandte sich dann ernsthaft an Dominic.

»*Damen* an Bord des Schiffes? Das ist Pech, das weißt du doch. Und auch noch gleich zwei von ihnen? Doppelter Fluch, doppelte Gefahr, das würde mein Vater sagen.«

Dominic versuchte, nicht zu lachen. Die Liste der Sprüche von Chibbs' Vater war umfangreich, und Dominic war sich ziemlich sicher, dass der Mann keinen davon gesagt hatte.

»Was willst du mit ihnen machen?«, fragte Chibbs.

»Ich nehme an, ich werde ehrenhaft sein und versuchen, sie aus der Gefahrenzone herauszuhalten. Wir werden sie sicher nach Tortuga bringen und vielleicht sogar ein Schiff nach Port Royal finden.«

Chibbs schien zu erkennen, dass er weitaus mehr im Kopf hatte als das. »Oh aye, Käpt'n, sicher, und du hast vor, dich bald an eines der hübschen Mädchen heranzumachen. Es steht dir ins Gesicht geschrieben. Nun, das ist eine Gefahr, die ich nicht riskieren würde, Käpt'n, nicht, wenn ich du wäre.« Aber sie wussten beide, dass Chibbs' Warnung auf taube Ohren stieß.

Wenn Dominic eine Frau wollte, fand er immer einen Weg, sie zu bekommen. Er hatte sich in Spanien nicht umsonst den Ruf eines Meisterverführers erworben. Aber er würde sich mit Roberta Zeit lassen, die Verfolgungsjagd genießen, bevor sie ihm endgültig erlag.

6

Bei Einbruch der Dunkelheit war Roberta in Dominics Kajüte zurückgekehrt. Sie war erschöpft, jeder Muskel, jeder Knochen war in einem langen Arbeitstag bis zum Äußersten beansprucht worden. Roberta zuckte zusammen, als sie sich auf das Bett des Kapitäns sinken ließ und die roten Blasen an ihren Handflächen untersuchte. Wenn sie keine Salbe finden würde, würde die Haut bald aufreißen und bluten. Es war gut, dass sie Lucy nur ein paar Meter auf und ab hatte klettern lassen, bevor sie die andere Frau in die Kombüse zurückkehren ließ. Lucy hätte die Schmerzen von Blasen überhaupt nicht gut verkraftet. Für eine Dienerin war sie ziemlich zart.

Um sich von ihrer Erschöpfung und den Schmerzen in ihren Händen abzulenken, wandte sie sich dem Stapel Kleider zu, den Lucy an diesem Tag heimlich aus Robertas Koffern im Frachtraum geholt hatte und zu dem zum Glück auch ihr neues Kleid mit dem aufgestickten Seepferdchen gehörte. Ein langes, hauchdünnes Nachthemd gehörte zu den Gegenständen, die Lucy für sie auf das Bett gelegt hatte. Sie hob es auf und fuhr mit den Fingern über die feine Spitze am Ausschnitt. Ein langer, schwerer Seufzer entrang sich ihr. Es wäre eine Erleichterung, etwas Weiches anzuziehen und einzuschlafen.

Der heutige Tag war zwar anstrengend, aber gut gewesen. Besser als erwartet, wenn man bedachte, dass sie und Lucy zusammen mit dem armen Lieutenant Flynn gefangen gehalten wurden. Als sie entdeckt hatte, dass Flynn an Bord war, hatte sie sich erkundigt, ob sie ihn sehen dürfe, aber die beiden Führungsoffiziere der *Dragon* hatten es ihr verweigert. Kapitän Grey hatte sie jedoch nicht gefragt. Sie hatte das Gefühl, dass er der letzte Mensch sein würde, der sie zu Nicholas lassen würde.

Außerdem hatte sie den Kapitän heute genug mit ihren Nachrichten belästigt. Der wilde Blick, den er ihr zuwarf, wann immer sie ihm zu nahe kam, hatte ihr Angst eingejagt. Sie konnte nicht sagen, ob er sie küssen oder über Bord werfen wollte. Sie und Lucy würden weiterhin vorsichtig sein müssen. Frauen an Bord eines Schiffes waren sicherlich der Gefahr der Vergewaltigung und Belästigung ausgesetzt, und auch die Kabinenjungen waren nicht ganz sicher. Es war bekannt, dass sowohl junge Männer als auch Frauen an Bord von Schiffen, sogar von Schiffen der Marine Seiner Majestät, zu Opfern wurden.

Trotz ihrer Befürchtungen, an Bord eines Piratenschiffs gefangen zu sein, hatte Roberta den Tag genossen. Sie gewöhnte sich an die Freiheit der Reithosen und lockeren Hemden. Es war viel angenehmer, ihre Brüste leicht mit Stoff zu umwickeln, als in einem engen Korsett gefangen zu sein, und ihre Beine frei auf den Decks des Schiffes herumlaufen zu lassen, war wunderbar. Leider erinnerte sie der Gedanke an Hosen an den Kapitän, wie der ihre Beine gespreizt und sich zwischen sie gestellt hatte.

*Dominic ...* Sie wusste, dass sie nicht so intim an ihn denken sollte, aber sein Name war ein so schöner, dunkler ... *verführerischer* Name. Genau wie er selbst.

Sie legte eine Hand auf ihren Unterleib, als sie einen plötzlichen Schmerz spürte. Sein Kuss und die Art und Weise, wie er sie in seinen Armen gehalten hatte, während er ihren Mund plünderte, das Gefühl seines Körpers, der sich an ihren presste und keinen Raum für Luft zwischen ihnen ließ ...

Roberta zitterte. Dominic war in so vielerlei Hinsicht gefährlich.

Ein leises Klopfen an der Kabinentür rüttelte sie aus ihren Gedanken. Sie ging, um zu öffnen, und fragte sich, was Lucy wohl brauchen könnte. Sie hatte Roberta bereits eine gute Nacht gewünscht.

Sie öffnete die Tür einen Spalt breit und sah Dominics hübsches Gesicht auf sie herabblicken.

»Was haben Sie ...?«

Dominic stieß die Tür auf und drängte sie zurück, als er ohne eine höfliche Begrüßung oder irgendeine Erklärung hereinspazierte. Er schloss die Tür ab und sah sich im Raum um.

»Ich hoffe, die Unterkunft ist nach deinem Geschmack?«, fragte er lächelnd.

Die Kajüte gefiel ihr in der Tat. Es gab ein anständig großes Bett, einen großen Schreibtisch und ein Fenster mit Blick aufs Meer. Roberta hatte es sich nicht verkneifen können, einen Blick auf die Karten auf dem Schreibtisch zu werfen, um sich zu orientieren.

»Ja, es ist sehr bequem«, sagte sie. Ihr Blick fiel auf die verschlossene Tür, und sie fragte sich, was er mit dieser späten Störung ihres Schlafzimmers sagen wollte. Sicherlich wollte er nicht ...

So angenehm es auch gewesen war, ihn zu küssen, dieses Verhalten konnte sie nicht tolerieren, weil es zu anderen Dingen führen konnte, die sie ihrer Unschuld und, offen gesagt, ihres gesunden Menschenverstands berauben würden. Ihre Erzieherin hatte ihr beigebracht, sich vor Männern und ihren Begierden in Acht zu nehmen. Wenn eine Frau nicht aufpasste, konnte sie ihren Kopf und ihr Herz an einen Mann verlieren, der sie benutzen und dann wegwerfen würde. Selbst eine Frau wie Roberta hatte Angst vor dem Ruin.

»Gut. Es freut mich zu hören, dass du dich eingelebt hast. Wenn du mich jetzt entschuldigen würdest ...« Er ging an ihr vorbei und öffnete die kleine Schranktür.

Er zog sein Hemd aus, faltete es zusammen und warf es auf das kleine Regal im Kleiderschrank. Roberta stand wie ange- wurzelt und konnte den Blick nicht von der Oberfläche seines muskulösen, braungebrannten Rückens abwenden. Sie hatte plötzlich das Verlangen, ihn zu berühren, um zu sehen, ob sich seine Haut so warm anfühlte, wie sie aussah - und sie sah sehr, sehr warm aus. Dann gewann sie ihre Selbstbeherrschung zurück und erkannte, dass ein halbnackter Piratenkapitän in dem Raum stand, der eigentlich ihr einziger sicherer Hafen an Bord dieses Schiffes sein sollte.

»Was tun Sie da, Kapitän Grey? Dies ist mein Quartier, und ich lasse mich nicht auf diese Weise behandeln.« Sie verschränkte die Arme und verbarg ein Zusammenzucken, als ihre verletzten Handflächen über den Stoff ihrer Weste kratzten.

Dominic drehte sich um und enthüllte eine ebenso perfekt geformte Brust, deren Anblick ihren Körper von innen heraus erhitzte.

»Du irrst dich, Robbie. Dies sind meine Gemächer - *du* bist nur ein Gast. Ich war so freundlich, mein Zimmer mit dir zu teilen, nicht es zu opfern.« Er grinste verrucht.

Es juckte Roberta in der Hand, ihn für seine Täuschung zu ohrfeigen. Stattdessen schnappte sie sich ihr Nachthemd und schlenderte zur Tür. Wenn er so sein wollte, würde sie sich weigern, hier zu bleiben.

Er streckte einen Arm aus und versperrte ihr den Weg. Sie wäre fast in seinen muskulösen Arm gelaufen. Sie starrte ihn an, aber ihre Wut begann zu versickern, als sie merkte, wie nahe sie ihm war. Die Wärme seines halbnackten Körpers strahlte auf ihren aus und wärmte ihre kalte Haut.

»Ich glaube nicht, dass es klug wäre, wenn die Männer sehen würden, dass du nicht Robbie, sondern Roberta bist. Sie könnten weniger höflich sein als ich.« Er sagte dies ganz sachlich, aber sie wusste, dass er die mögliche Gefahr, in der sie sich befinden könnte, nicht übertrieb.

*Lieber einen schönen Teufel bekämpfen als dreißig üble*, dachte sie düster.

»Gut, aber dann schlafen Sie auf dem Boden«, sagte sie und ging auf sein Bett zu.

Dominic lachte und packte sie an der Taille. Sie reagierte sofort und trat ihm hart auf den Fuß, der noch in seinem Stiefel steckte. Er grunzte, und sie stolperte sich frei. Dominic wölbte herausfordernd eine Augenbraue, aber anstatt ihr zu folgen, ging er zu seinem Bett und streckte sich gemächlich darauf aus, nachdem er seine Stiefel abgestreift hatte. Er verschränkte die Hände hinter dem Kopf auf dem Kissen.

»*Du* kannst auf dem Boden schlafen, aber ich würde es nicht empfehlen.« Dominic schloss seine Augen. »Ein Rollen über eine Welle, und du krachst direkt in den Tisch.«

»Das riskiere ich lieber als die Alternative, bei der ich vermute, dass ich meine Tugend verlieren würde.« Sie griff nach dem Ersatzkissen, das unter einem seiner Ellbogen eingeklemmt war, und kämpfte einen Moment lang, bevor er lächelte und seinen Arm ein wenig anhob. Sie befreite das Kissen und ließ es auf den Boden fallen.

»Bettdecke?«, bot er an.

Seine Augen waren immer noch geschlossen, aber er hielt ihr eine dunkelblaue Decke hin, und sie versuchte, sie ihm zu entreißen. Sie lieferten sich ein kurzes Tauziehen, das so weit ging, dass sie fast ins Bett über ihn kippte, was, wie sie vermutete, seine Absicht gewesen war. Sie grub ihre Fersen in den Boden. Da sie ein gutes Gleichgewichtsgefühl hatte, gelang es ihr schließlich, die Decke aus seiner Hand zu reißen. Es war ihr nicht entgangen, dass er die Decke beinahe träge in seiner Hand gehalten hatte, während sie sich mit beiden Händen todesmutig an dem anderen Ende festgehalten hatte. Der Mann war zu stark, und allein der Gedanke daran ließ eine wilde Hitze durch ihren Körper fluten.

Die Vorstellung, auf dem Boden zu schlafen, klang schrecklich, aber neben ihm in diesem Bett zu schlafen, das kaum groß genug für zwei Körper war, wenn sie direkt aneinander lagen - das wäre eine weitaus größere Gefahr für sie.

Roberta warf Dominic einen bösen Blick zu, aber er konnte ihr Gesicht nicht sehen, da seine Augen noch geschlossen waren. Sie schaute noch einmal zur Tür, dann wieder zu ihm, drehte ihm den Rücken zu und betete, dass er seine Augen geschlossen halten würde. Sie warf einen prüfenden Blick über ihre Schulter und schrie fast auf, als sie sah, dass er ein Auge aufgeschlagen hatte. Hektisch ließ sie ihr Nachthemd über ihren Körper fallen und murmelte eine Reihe von Schimpfwörtern, die ihren Vater zum Erröten gebracht hätten.

»Hast du die auf einem schicken Ball gelernt?«, fragte Dominic.

»Nein, ich habe sie von den Männern auf den Schiffen meines Vaters gelernt.«

Der Kapitän lachte leise, und der satte Klang ließ ihren Körper erröten. »Ich hatte mich schon gewundert, warum du dich so nahtlos in die Rolle des Kabinenjungen eingefunden hast. Viel besser als deine Freundin. Wie viel Zeit hast du denn schon auf See verbracht?«

Sein Interesse an ihrer Vergangenheit überraschte sie, und einen Moment lang war sie nicht sicher, was sie sagen sollte. Konnte man sich mit einem Piraten einfach so unterhalten?

»Ich ... nun, ziemlich viel. Mein Vater nahm mich jeden Sommer mit zur See. Wir sind nach Frankreich, Spanien,

Portugal, Italien und sogar nach Amerika gereist, obwohl ich die Überquerung des Nordatlantiks nicht mochte. Die Stürme ...« Sie erschauderte bei der Erinnerung daran, wie kalt sich das Wasser angefühlt hatte, wenn der Wind es über die Decks peitschte, selbst im Juli.

»Die Stürme auf der Nordhalbkugel sind die meiste Zeit des Jahres tückisch«, stimmte Dominic zu. »Die Karibik ist weniger rachsüchtig gegenüber den Seeleuten, aber im Frühjahr und Herbst gibt es Hurrikane, wie du sie noch nie gesehen haben dürftest. Ich schwöre, ganze Inseln können wochenlang verschwinden, bis sich das Wasser zurückzieht. Ganze Städte wurden ausgelöscht, und alle sind ertrunken.« Seine Augen waren wieder offen, und er starrte an die Decke, nicht auf sie, eine Mischung aus Sehnsucht und Schmerz überzog sein Gesicht. Er sah aus wie der tragische Held aus einem antiken griechischen Theaterstück.

»Mein Vater sagte, dass das Meer seine Geheimnisse hat und dass wir Sterblichen es nie gut genug kennen werden, um ihm völlig zu vertrauen.« Ihre leise Antwort lenkte seine Aufmerksamkeit auf sie. Die wenigen Kerzen, die die Kajüte beleuchteten, warfen Schatten an die Wände.

»Dein Vater ist ein kluger Mann.«

»Das ist er.« Sie zögerte, bevor sie wieder sprach. »Captain, war mein Vater schwer verletzt, als Sie ihn zuletzt gesehen haben?«

»Er war nicht tödlich verwundet, aber seine Kopfwunde war nicht nur ein Kratzer. Sei versichert, dass er es mit ein wenig Pflege schaffen wird. Ich vergewisserte mich, dass der Arzt von der *Fortune* seine Ausrüstung dabeihatte, bevor ich ihn in das Langboot schickte. Sie waren nur zwei Tage östlich von Port Royal. Ich rechne damit, dass sie morgen landen und dieser Narr Huntington tausend Schiffe ausschicken wird, um dich zu retten.«

Roberta biss sich auf die Lippe. Sie hatte fast vergessen, dass sie ihm gesagt hatte, dass sie mit Huntington verlobt war.

»Ja, da bin ich mir sicher«, fügte sie leise hinzu. Der plötzliche Spannungsanstieg zwischen ihnen war fast greifbar. Dominic schien den Kapitän der *Fortune* wirklich zu verachten.

»Und was werden Sie mit mir machen? Werden Sie mich gehen lassen, wie Sie es versprochen haben?«, fragte sie, ihre Stimme kaum mehr als ein Flüstern. Sie hatte fast Angst, seine Antwort zu hören.

Dominics dunkle Augen starrten sie an. »Dich gehen lassen? Ich weiß es ehrlich gesagt nicht. Ich mag dich lieber da, wo du jetzt bist.«

»Als Ihre Gefangene?«

»Oder mein Gast, wenn dir das lieber ist.« Sein intensiver Blick wurde durch sein wölfisches Grinsen etwas gemildert. »Sei versichert, kleiner Robbie, ich werde dich heute Nacht nicht anfassen, auch nicht, wenn du mich anflehst.« Er blickte wieder an die Decke und schloss die Augen.

Sie pirschte sich an das Bett heran und stieß einen Finger in seine nackte Brust, um ihn wachzurütteln. »Aber das ist nicht gut genug. Ich möchte Ihr Wort, dass Sie nichts unternehmen werden, was meine Ehre bedroht.«

»Ich dachte, wir hätten uns darauf geeinigt, dass mein Wort wenig Wert hat.« Er lächelte und schaute ihr ins Gesicht. »Entspann dich, Roberta. Ich werde deine *Ehre nicht bedrohen*«, sagte er.

Damit ließ sie sich auf den Boden sinken, so weit weg von seinem Bett, wie es ihr möglich war, und zog ihr Kissen unter ihren Kopf. Sie rollte sich zu einer Kugel zusammen und zog die Decke über ihren Körper, um so viel Wärme gegen die eisigen Bretter unter ihr aufzubringen, wie sie konnte.

Sie rieb ihr Gesicht am Kissen und atmete den schweren Geruch von Leder und einem Hauch von Gewürzen ein, nicht den Schweißgeruch, den sie von Seeleuten gewohnt war. Sie stellte sich kurz vor, wie es wohl wäre, von diesem Duft und der Wärme des Körpers, von dem er ausging, umgeben zu sein. Es war ein Jammer, dass der Mann ein Pirat war. Warum hätte sie ihn nicht auf einem Ball oder einer Dinnerparty kennenlernen können? Alles hätte so anders sein können. Er würde eine gute Figur machen in einer schneidigen Weste und Reithose, mit kurz geschnittenem Haar, vielleicht ohne Bart und Schnurrbart. Sie wünschte sich, sie könnte ihn sich ohne beides vorstellen, aber sie konnte keine Bilder aufbringen.

Hätte er sie um einen Tanz gebeten? Oder wäre er auf hübschere Frauen fixiert gewesen? Wäre er ein guter Tänzer gewesen? Sie konnte sich fast vorstellen, wie sie in einem vergoldeten Ballsaal herumwirbelten, der Schein von Kerzenlicht und die Klänge der Musik erfüllten die Luft um sie herum. Seine Hand in ihrem Rücken hätte sie erröten lassen, und sie hätte sich nach seiner Schulter gestreckt ...

»Ist der Boden bequem genug für dich?« Dominics Stimme zerstörte ihre albernen, mädchenhaften Träume und ließ sie vor Frustration und der Kälte des Raumes erschaudern. Wenigstens erhitzte ihre Wut ihr Blut und hielt sie einen Moment lang warm.

»Es ist recht behaglich«, log sie und schloss die Augen fest, wünschend, sie könnte einschlafen. Es würde eine sehr lange Nacht werden.

## 7

Dominic lag still und atmete kaum, während er Roberta zuhörte, wie sie sich bewegte und zappelte. Er konnte nicht glauben, dass sie tatsächlich den Boden gewählt hatte. Er hatte erwartet, dass sie weinen oder betteln und flehen würde, sein Bett zu bekommen. Er war bereit gewesen, ihr nachzugeben, je nachdem, wie hübsch sie mit Tränen in den Augen war.

Aber es stellte sich heraus, dass das kleine Biest aus Eisen war. Sie schniefte ein paar Mal und murmelte ein paar herrlich unflätige Flüche, doch nach einiger Zeit beruhigte sich ihr Atem. Unfähig, seiner Neugier zu widerstehen, rollte er sich an den Rand des Bettes und schaute zu ihr hinunter.

Sie lag auf der Seite, ihm zugewandt, ihr Körper wie eine Nautilusschale gekrümmt. Die Decke bedeckte den größten Teil von ihr, aber eine Hand streckte sich mit der Handfläche nach oben. Eine klaffende Wunde verunstaltete die Haut ihrer Handfläche. Verbrennungen von den Seilen. Die Frau hatte sich beim Klettern an der Takelage verletzt. Ihre schöne, glatte Haut war von den Seilen aufgerieben worden. Und da er die Seile kannte, wusste er, dass sie durch das Salz gehärtet sein würden, da sie lange auf See gewesen waren. Ihre Wunden mussten durch das tief eingeriebene Salz ganz schön brennen.

Dabei hatte sie den ganzen Tag über nicht einmal einen Mucks von sich gegeben. Er war beeindruckt - das musste er der Dame zugestehen. So sehr er auch versucht war, sie ungestört zu lassen, wollte er nicht, dass ihre Hände auf die falsche Weise heilten. Sobald sie morgen ihre Handflächen öffnete, würden die Wunden aufbrechen und wieder bluten. Dominic schlüpfte aus dem Bett und stieg über ihren Körper hinweg, bevor er sein Hemd und seine Stiefel wieder anzog. Dann verließ er ganz leise seine Kabine. Er ging durch das Schiff, hörte das Läuten der Glocken, die die Stunden der Wache zählten, und klopfte leicht an die Tür der Krankenstation.

Dr. Abel Maynard war ein älterer Gentleman, der sich vor einem Jahr bei einem Halt in den Kolonien der *Dragon* angeschlossen hatte. »Kapitän?« Er schielte auf die nun offene Tür und hielt eine Laterne in die Höhe.

»Entschuldige, dass ich dich wecke, Abel, aber ich brauche das Glas mit der Salbe, die man für Verbrennungen am Seil benutzt. Einer der Kajütenjungen hat ein paar Wunden an den Handflächen.«

Der Arzt zog die Stirn in Falten, wandte sich seinem Schrank zu und beleuchtete die Ansammlung von Flaschen und Gläsern, deren Etiketten krakelig mit Tinte beschrieben waren.

»Salbe ...«, murmelte er und schob die Flaschen hin und her, während er suchte. »Ah!« Er fand ein grünes Glasgefäß und reichte es Dominic. »Trage dies auf und verbinde dem Jungen damit die Hände. Wenn die Wunde tief ist, solltest du ihn ein paar Tage lang von den Seilen fernhalten, bis alles verheilt ist.« Er hielt ein paar Streifen sauberen weißen Verbandsmaterials hoch.

»Danke.« Dominic ließ den Arzt wieder allein und trug das

Glas zurück in seine Kabine. Roberta lag genau dort, wo er sie zurückgelassen hatte, und schlief tief und fest auf dem Boden.

Er kniete sich neben sie und hob vorsichtig eine Hand an, um sie im schwachen Licht zu betrachten. Dann ließ er einen Finger voll Salbe auf die Wunde gleiten. Ihre Finger krümmten sich leicht, aber sie wachte nicht auf. Er rieb sie noch ein wenig ein und verband dann ihre Handfläche mit den Bandagen. Dann wiederholte er den Vorgang mit ihrer anderen Handfläche.

Sie wimmerte im Schlaf und zog ihre verletzten Handflächen näher an ihre Brust, die Stirn in Falten gelegt. Der Anblick einer anderen Person, die nicht an Schmerzen gewöhnt war, weckte bei ihm dunkle Erinnerungen. Flynn hatte Recht. Roberta war eine süße, unschuldige junge Frau, die Art von Frau, für die er als Junge geblutet hätte oder sogar gestorben wäre, um sie zu schützen.

Aber der Mensch, der er einmal gewesen war, konnte er nie wieder sein. Diese Erkenntnis brannte tief in ihm und verursachte ihm Schmerzen in der Brust. Man konnte seine Unschuld nie zurückgewinnen. Einmal verloren, war sie für immer verloren. Doch er hatte eine Art zweiter Chance bekommen - er konnte Roberta und ihr Dienstmädchen beschützen, bis er sie sicher nach Port Royal gebracht hatte, doch beim Gedanken, ein so einzigartiges Wesen gehen zu lassen, zuckte er zusammen.

Er stand wieder auf und brachte etwas Abstand zwischen sich und ihre schlafende Gestalt. Die Versuchung, etwas anzufassen und mitzunehmen, was ihm nicht gehörte, war fast wie ein Sirenengesang. Mit einem schweren Seufzer verließ er seine Kabine und begab sich auf das Vorschiff, um die Wache zu übernehmen.

»Captain«, grüßte Reese, dessen Augen im Licht der Lampen fast golden glühten.

Dominic lehnte sich an die Reling, von der aus er den Rest des Schiffes überblicken konnte. »Ruhig heute Abend?«

»Aye, ruhig und gelassen. Wir haben eine gute Brise. Wir sollten Tortuga in ein oder zwei Tagen erreichen, wenn der Wind günstig bleibt, aber ...«

Dominic gefiel das Zögern seines Quartiermeisters nicht. »Aber?«

»Ich rieche einen aufkommenden Sturm, einen bösen Sturm. Ich fürchte, wir sind zu weit draußen, um Land zu erreichen, bevor der uns trifft.« Reese hatte ein Gespür für diese Dinge und hatte sich noch nie geirrt. Selbst die erfahrensten Seeleute an Bord vertrauten seinem Urteil. Er konnte erkennen, wann die Winde die kleinste Veränderung erfuhren und wie sie ihren Kurs korrigieren mussten, um über Wasser zu bleiben.

»Aus welcher Richtung wird der Sturm kommen?«, fragte er.

»Aus dem Osten. Ich würde empfehlen, so weit wie möglich nach Norden zu segeln und dann umzudrehen, wenn er kommt.«

»Triff alle notwendigen Vorkehrungen, um die Sicherheit des Schiffes und der Besatzung zu gewährleisten.«

»Und die Damen? Was ist mit ihnen?«, erkundigte sich Reese.

Dominic hätte nicht überrascht sein dürfen. Natürlich würde Reese ihr Geheimnis herausgefunden haben.

»Woher hast du das gewusst?«

Reese kicherte, und es klang eher alt, als dass es zu einem Mann seines jungen Alters gepasst hätte.

»Es war die Art und Weise, wie du sie heute beobachtet hast. Du hast geduldig, fast amüsiert gewirkt. Normalerweise ziehen neue Kabinenjungen deinen Zorn und deinen Frust auf sich. Nicht diese beiden. Du warst geradezu sanft, als du sie ansahst.« Reese schenkte ihm ein verruchtes

Lächeln. »Außerdem roch eine von ihnen nach Rosenwasser.«

Dominic lachte und schüttelte den Kopf. »Ich hätte es besser wissen müssen, als es vor dir zu verheimlichen.«

Reese verzog die Lippen, als er das Spiel des Mondlichts auf dem schwarzen Wasser beobachtete. »Ich nehme an, du hast die Rothaarige schon mit ins Bett genommen?«

»Nein, eigentlich nicht. Die Lady protestiert zu viel«, schnaubte er. »Das verdammte kleine Biest schläft auf meinem Fußboden. Sie wollte mich nicht haben.«

»Wahrhaftig? Sie muss in der Tat eine kluge Frau sein, um Leuten wie dir zu widerstehen.«

»Sie ist in der Tat zu schlau für ihr eigenes Wohl.« Dominic lauschte den Geräuschen seines Schiffes, hörte das Knarren und Ächzen des hölzernen Rumpfes, während die Nachtbrise sie näher an Tortuga heranbrachte. Er wollte nicht an den aufkommenden Sturm und die letzten Stunden der Ruhe denken, die er und seine Mannschaft an Bord hatten.

»Weck mich, wenn der Sturm kommt.«

»Ja, Kapitän.«

Dominic kehrte unter Deck in sein Quartier zurück und betrachtete die Frau, die auf seinem Boden schlief. Wenn ein Sturm aufkam, konnte sie herumgeschleudert werden und sich verletzen, und das wollte er nicht. Also riskierte er den Zorn des kleinen Luders und legte sie auf sein Bett. Sie rührte sich ein wenig, aber nur, um zu seufzen und sich noch tiefer in seine Decken zu verkriechen, die sie um ihren Körper wickelte, so dass für ihn nichts übrig blieb.

»Kleine Diebin«, kicherte er und legte sich neben sie. Er wandte sich ihr zu und zog sie an sich. Es fühlte sich gut an, eine Frau so nah zu halten und den süßen Rosenwasserduft einzuatmen.

Er sollte nicht zu tief schlafen, denn er musste seinen Geist halbwegs wach halten, falls das Unwetter schon bald heran war. Es war ein Trick, den er vor langer Zeit gelernt hatte, die Fähigkeit, bei Bedarf sofort hellwach und aufbruchsbereit zu sein, und sie hatte ihm über viele Jahre hinweg gute Dienste geleistet. Aber das Gefühl von Robertas warmem, zierlichem Körper, der sich an seinen schmiegte, zog ihn immer tiefer in einen gefährlich tiefen Schlaf.

Schwarze Wellen rollten unter Dominic, und ein kaltes, herzloses Lachen verfolgte ihn, als er in die Tiefe stürzte.

»Halt still, Junge. Hör auf, dich zu wehren.« Das bösartige Knurren des Kapitäns war so heftig wie die Hände, die Dominic an den gefesselten Gliedern hielten. Die Seile schnitten tief ein, und er stöhnte vor Schmerzen, als der Mann sich nahm, was er wollte. Dominic konnte gegen den Lappen, der ihm in die Kehle gestopft war, nur wimmern. Tränen stachen ihm in die Augen, als er versuchte, einen geheimen Ort in seinem Kopf zu finden. Bäume voller Gold, während die Sonne am Horizont versank, der glockenhelle Klang des Lachens seiner Mutter, das kichernde Geplapper der Zwillinge, der Geruch der Zigarren seines Vaters und das seltene Lächeln, das er Dominic zuwarf. Nicholas, der Junge, der geschworen hatte, ihm bis zum äußersten Horizont zu folgen ...

»Dom!« Die Stimme von Nicholas durchzuckte ihn. Die sonnigen Erinnerungen begannen an den Rändern auszulaufen wie Tinte auf Pergament.

»Nein!«, rief Dominic, der doch nur in dieser sicheren, geheimen Welt bleiben wollte. Aber die schwarzen Wellen waren wieder da, und die See war wütend, und ihre heulenden Winde erinnerten ihn daran, dass sie immer die Kontrolle hatte.

»Dom!« Eine andere Stimme, nicht die von Nicholas, rüttelte ihn wach.

Reese stand über ihm, eine Laterne in der Dunkelheit der Kabine erhoben. »Sie kommt«, flüsterte er eindringlich. »Sie kommt *jetzt*.«

Der Sturm war da. Dominic rüttelte sanft an der Frau, die neben ihm im Bett lag. »Robbie, wach auf.« Er schüttelte sie noch heftiger, als sie versuchte, ihn abzuschütteln.

»Robbie, wach auf, verdammt noch mal. Ein Sturm zieht auf.«

Roberta blinzelte, und sie setzte sich auf. Ihre momentane Verwirrung darüber, dass sie sich in seinem Bett befand, hätte ihn unter anderen Umständen zum Lachen gebracht, aber nicht jetzt.

»Zieh dich an und such dein Dienstmädchen. Nimm sie mit in meine Kabine, und dann bleibt ihr beide hier. Geht nicht an Deck, es sei denn, ich lasse euch holen, und geht nicht tiefer in das Schiff hinein. Wenn wir zu sinken beginnen, möchte ich, dass du in der Nähe des Oberdecks bist. Hast du das verstanden?« Er hielt ihren Blick fest, selbst als die *Dragon* tief in das Tal einer mächtigen Welle stürzte.

»Ja, Kapitän«, flüsterte sie mit vor Schreck geweiteten Augen. Sie kannte das Meer, kannte es besser als jede andere Frau, die er je kennengelernt hatte, abgesehen von ein paar Piratenmädchen im Laufe der Jahre.

»Los, zieh dich an.« Er ließ sie los, obwohl er den seltsamen Drang verspürte, sie an sich zu ziehen und sie nicht mehr aus den Augen zu lassen. Er musste hoch an Deck gehen.

Er folgte Reese auf das Deck und konzentrierte sich nur noch auf sein Schiff und das Leben seiner Mannschaft.

»Holt die Segel ein, verschließt alle Luken und weckt alle Männer«, befahl er Reese. Dann gesellte er sich zu Chibbs ans Ruder.

»Halte ihr Gesicht in den Wind, Chibbs.«

»Aye, Käpt'n.«

Dominic blinzelte den Regen weg, als sich der Himmel

öffnete und eine Sintflut über sie hereinbrach. Direkt vor ihnen war der Himmel schwarz, und die Wolken waren so heftig aufgewühlt wie die See unter ihnen. Dominic konnte kaum erkennen, wo eines begann und das andere aufhörte - er sah nur die Wut der Natur vor sich.

»Gott sei uns gnädig. Es ist schlimmer, als Reese vorausgesagt hat!« Chibbs brüllte in den heulenden Wind, während er das Ruder mit aller Kraft festhielt. Dominic ergriff zwei weitere Spindeln und half so, das Rad an seinem Platz zu halten, während die See versuchte, es hin und her zu werfen. Sie müssten schon Glück haben, wenn sie die Nacht überleben würden.

*Bitte, Mylady,* flehte Dominic das Meer an. *Bitte, hab Mitleid mit uns armen Seelen ...*

Roberta kämpfte damit, sich anzuziehen, und stolperte auf unbeholfenen Füßen, während das Schiff in die Wellenberge und -täler eintauchte und wieder aufstieg. Ihr Magen verdrehte sich, aber sie übergab sich nicht. Sobald sie angezogen war, stützte sie sich mit den Händen an den Wänden ab, als sie sich den Flur hinunter zu der Abstellkammer tastete, die für Lucy zu einer Kabine umfunktioniert worden war. Ihr Dienstmädchen hing über einen Eimer gebeugt und würgte.

Roberta kniete neben ihrem Dienstmädchen und band ihr mit einem Lederriemen die Haare aus dem Gesicht. »Oh, Lucy. Versuch zu atmen, Liebes, atme einfach.« Sie strich Lucy über den Rücken und tröstete sie über den heulenden Wind hinweg.

»Mylady, werden wir sterben?«, fragte Lucy zwischen keuchenden Atemzügen.

»Nein. Kapitän Grey ist ein erfahrener Seemann. Er wird nicht zulassen, dass seinem Schiff oder denen an Bord etwas zustößt.« Sie glaubte an ihre eigenen Worte, aber sie wusste auch, dass die See selbst das stärkste Schiff und seinen mutigsten Kapitän überwältigen konnte. Die Angst, die sie in Dominics Augen gesehen hatte, hatte sie mit Schrecken erfüllt. Wenn ein Mann wie er besorgt war, sollte sie es auch sein. Aber sie konnte nicht vor ihrem Dienstmädchen zusammenbrechen. Sie musste stark sein, so wie ihr Vater es ihr beigebracht hatte.

Sobald Lucy sich dazu in der Lage fühlte, half Roberta ihr zurück auf das Bett. »Liege still und ruhe dich aus. Ich werde sehen, ob der Arzt etwas hat, das dir helfen könnte.« Sie wickelte Lucy in ihre Decken ein.

»Ich sollte doch Ihnen helfen«, sagte Lucy mit einem Schniefen.

»Unsinn. Wir kümmern uns umeinander.« Roberta prüfte den Docht der Kerze in der schwingenden Laterne, die über Lucys Bett hing. Sie wollte nicht, dass ihr Dienstmädchen in Panik geriet, wenn die Kerze ausbrannte, während draußen noch der Sturm tobte. Sie betrat den Korridor. Das Schiff neigte sich unerwartet, und sie prallte hart gegen die Wand. Schmerz strahlte von ihrer Schulter aus, wo sie auf das Holz geprallt war. Sie richtete sich auf und benutzte ihre Arme, die sie weit ausgebreitet hielt, um sich vor einem erneuten Sturz abzufangen, während sie zum Quartier des Arztes ging.

Dr. Maynard war hellwach, sein Krankenzimmer war voller Patienten. Drei Männer lagen auf Feldbetten, einer übergab sich, einer mit einem gebrochenen Arm und einer mit einem großen Holzsplitter in der Wade. Der letzte Mann brüllte vor Schmerz.

»Hör auf zu schreien«, brüllte Dr. Maynard dem Matrosen an. Er bemerkte Roberta, die in der Tür verweilte. »Du, Junge. Hol den Schlaftrunk aus der dunkelblauen Flasche mit den zwei Kreisen darauf.« Er nickte zu den Schränken hin. Roberta schwankte auf ihrem Weg zum Schrank und fummelte daran herum, bis sie das Gewünschte gefunden hatte. Sie nahm es heraus und reichte es ihm. Er entkorkte die Flasche und drückte sie dem Seemann an die Lippen.

»Trink jetzt, ein großer Schluck.«

Der Seemann schluckte einmal und fluchte, bevor er dem Arzt die Flasche zurückgab. Als Maynard den Korken wieder hineindrückte, zuckte der Seemann zusammen und sackte bewusstlos auf seiner Pritsche zusammen.

»Steh nicht einfach so da, Junge. Komm her und hilf!«, schnappte Maynard.

Roberta schloss die Tür und versuchte, die Panik zu ignorieren, die den Raum erfüllte, der nach Blut und Meerwasser roch. Ihre Stiefel rutschten auf dem Wasser aus, das von den Wellen, die ein Deck höher über die Schiffswände schwappten, hereinströmte. Sie erreichte den Tisch, und Maynard nickte dem Bein des bewusstlosen Matrosen zu.

»Hilf mir, ihn zu fesseln. Wir müssen den Splitter herausholen und das Bein abbinden, sonst verblutet er.« Maynard warf mehrere Lederriemen über den Körper des Matrosen, und Roberta half, den Mann zu sichern. Dann zog der Arzt den großen Splitter mit einer Zange heraus. Aus der offenen Wunde sickerte Blut. Robertas Magen krampfte sich bei diesem Anblick zusammen, und Galle stieg in ihrer Kehle auf.

»Dreh deinen Kopf, Junge.« Die Stimme des Arztes wurde sanfter, und sie tat, was er ihr befahl. Der Arzt schnallte einen Gürtel über der Wunde des Mannes knapp unterhalb des Knies fest. Als Roberta ihren Magen wieder unter Kontrolle hatte, wandte sie sich dem Arzt zu, und er nickte dem Mann zu, der seinen gebrochenen Arm hielt.

»Richtig. Lass uns den Knochen von ihm dort richten.«

Eine halbe Stunde später lehnte Roberta mit dem Rücken an der Wand der Krankenstation, ihre Kleidung war mit Blut, Schweiß und Meerwasser bespritzt. Maynard betrachtete die drei Matrosen, die alle behandelt waren und sich nun ausruhten.

»Geh zurück in deine Kajüte, Junge. Ich weiß die Hilfe zu schätzen.«

»Danke, Doktor.« Roberta ging zurück in den Korridor. Sie kehrte in die Kapitänskajüte zurück und zog sich ein frisches Hemd an, das Dominics früherer Kajütenjunge ihr noch am Morgen geliehen hatte. Dann ging sie zurück in den Korridor, um noch einmal nach Lucy zu sehen.

Blitze erhellten die Treppe, die zum Hauptdeck über ihr führte. Figuren tanzten in makabren Silhouetten, während die Matrosen an Deck versuchten, die Takelage an den Masten zu befestigen. Sie klammerte sich an das Geländer der Treppe und konnte ihren Blick nicht von der Szene abwenden. Griffin, der frühere Kajütenjunge von Kapitän Grey, der zur Arbeit mit den übrigen Männern befördert worden war, versuchte erfolglos, eine Leine am Großmast zu befestigen. Eine Welle schwappte über die Bordwand, und Griffin rutschte auf dem Deck aus und steuerte auf die Reling zu. Roberta handelte, ohne nachzudenken. Sie lief die Treppe hinauf und fing Griffin ab, als er an ihr vorbei über das Deck schlitterte.

Ihre Arme hakten sich ineinander, seine Hand umschloss ihren Ellenbogen. Schmerz durchzuckten sie, und etwas stach in ihre Schulter. Sie schluckte den Schmerz hinunter, ließ aber nicht los. Mehr Wasser schwappte an ihnen vorbei.

»Halt dich fest!«, keuchte sie. Griffins Augen weiteten sich, und er versuchte, seinen Griff zu halten, aber sie gerieten beide ins Rutschen. Wenn sie es nicht schaffen würden, sich in Sicherheit zu bringen, würden sie über Bord gespült werden.

Blitze zuckten über den Himmel, und die Wucht des Donners drang tief in ihre Brust. Roberta presste ihre Beine fest in den Spalt zwischen den Stufen auf dem Deck, aber das würde nicht lange halten. Sie würden über Bord gespült werden.

»Lass los, Robbie, oder wir werden beide sterben!« Griffins Schrei war wegen des Sturms kaum zu hören.

Sie weigerte sich, ihn sterben zu lassen, aber ihre Finger begannen sich zu lockern, und der Schmerz in ihrem Arm und ihrer Schulter war fast nicht mehr zu ertragen. Schwarze Punkte tanzten an den Rändern ihres Blickfelds, als ihre Arme zu versagen begannen.

Gerade als Griffin wegzuschwimmen begann, waren Dominic und Reese zur Stelle. Reese packte Griffin wie einen Welpen am Genick und zog ihn an den Fuß des Vorschiffs, wo er nicht über Bord gespült werden konnte. Roberta wurde von Dominic hochgehoben und auf die andere Seite des Decks getragen, wo sich ihr Körper in einer Mischung aus Erleichterung und Schmerz krümmte. Der Kapitän schirmte sie mit seinen Beinen in der Ecke ab und hielt einen Arm um ihre Taille gelegt.

»Du verdammte Närrin«, knurrte Dominic in ihr Ohr, während ein Blitz sein Gesicht erhellte. Sie hatte nicht die Kraft, sich zu bewegen oder gar zu streiten. Er drückte sie dicht an seine Brust, ihre Körper lagen in einer engen, verzweifelten Umarmung, während das Schiff hin und her geworfen wurde. Sie vergrub sich in ihm und hielt sich mit ihrem unverletzten Arm fest, während der Schrecken durch ihre Adern floss. Das Schiff kippte und wogte, und das Wasser spritzte so heftig und so lange über sie hinweg, dass sie mehr als einmal befürchtete, sie könnten ertrinken.

»Halt durch, Robbie«, rief Dominic ihr ins Ohr. »Nicht loslassen.«

Das tat sie auch nicht, bis sich der Wellenschlag kurzzeitig legte und das Schiff für einige Augenblicke ruhig war. Dominic beugte sich vor und zog ihren unverletzten Arm um seinen Hals, um ihr beim Gehen zu helfen, und sie stiegen unter Deck in Richtung seiner Kabine.

Dominic murmelte eine Reihe von Flüchen, während er ihr

half, sich auf sein Bett zu legen. »Nicht bewegen. Ich werde den Arzt holen.«

Roberta hielt ihr Weinen im Zaum, als er sie allein ließ. Es schien Stunden zu dauern, bis er mit Maynard zurückkehrte.

»Der kleine Narr hat sich verletzt. Er hat seinen verdammten Hals riskiert, um Griffin davor zu bewahren, über Bord zu gehen.«

Maynard schob Dominic beiseite und kniete sich neben das Bett. »Lass mich mal sehen.« Er ergriff ihren linken Arm und versuchte, ihn zu bewegen. Sie schrie vor Schmerz - sie konnte nicht anders.

»Ausgekugelte Schulter«, sagte Maynard zu Dominic. »Du musst mir helfen, ihn in eine sitzende Position zu heben und ihn ruhig zu halten, während ich den Arm einrenke.«

»Mein Gott«, zischte Dominic und half Roberta, sich aufzusetzen. Sie wollte ihn anschreien, aber ihr Schmerz ließ etwas nach, als sie sich in die harte Wärme seines Körpers zurücklehnte.

»Beiß da drauf, Junge.« Der Arzt schob ein Stück dickes Leder zwischen ihre Zähne. Sie drückte ihre Zähne in das Lederband und versuchte, sich auf etwas anderes als den Schmerz zu konzentrieren, als Maynard ihren Arm anhob und begann, ihn zu drehen. Jede Sehne in ihrem Arm und ihrer Schulter stand in Flammen.

»Robbie.« Maynards Stimme klang düster, als käme sie aus der Ferne, aus dem weiten Meer. »Wir sind fast fertig.«

»Sieh dir das Meer an«, flüsterte Dominics verführerische Stimme in ihr Ohr. Sie starrte durch die Fenster der Kabine, hinaus auf die schwarzen Wellen, die in alle Richtungen schlugen.

»Wir befinden uns jetzt im Auge des Sturms.« Dominic zeigte auf die wirbelnden Wolken, die aus der Hölle selbst gespuckt worden zu sein schienen.

»Jetzt!«, zischte Dominic, nicht zu ihr, sondern zu dem Arzt.

Maynard bewegte ihren Arm schnell zu ihrem Körper hin, und wieder knallte etwas. Sie schrie gegen den Lederriemen an. Wenige Sekunden später ebbte der quälende Schmerz ab und zog sich wie eine zurückweichende Flut aus ihr heraus. Es blieben nur ein dumpfes Summen.

»Er ist ein zäher Bursche«, sagte Maynard. »Ich habe gesehen, wie erwachsene Männer sich eingepisst haben, wenn ich eine Schulter so richten musste.« Maynard gackerte und krähte wie ein altes Huhn, während er eine Schlinge für Robertas Arm anfertigte und sie ihr fest um den Hals band.

»Kein Heben, keine harte Arbeit, Captain. Nicht, wenn du willst, dass der Junge richtig heilt.«

»Ein nutzloser Kabinenjunge«, brummte Dominic.

»Ein *lebendiger* Kabinenjunge. Du solltest dankbar sein. Ich hatte den Jungen vor nicht einmal einer halben Stunde bei mir auf der Krankenstation.«

»Seekrank, was?« Dominics bitterer Ton durchbrach etwas von Robertas Schmerz. Sie wollte ihn treten, ihre Zähne in ihn schlagen, aber ihre Schulter nahm ihr die meiste Energie.

»Nein, nicht im Geringsten. Er hat mir bei Jennings, Schaefer und Colton geholfen. Der Junge behielt den Kopf auf den Schultern, als die meisten Männer es nicht getan hätten. Es war viel Blut im Spiel.«

Dominic versteifte sich leicht unter ihr. »Nun, ich bin froh zu wissen, dass er nicht nutzlos ist.«

»Gewiss nicht«, sagte Maynard. »Er ist noch jung. Gib ihm eine Chance, und er wird ein ebenso guter Mann an Bord sein wie alle anderen.« Maynard tätschelte Robertas Knie und sah dann zu Dominic auf. »Lass ihn den Sturm aushalten. Wenn du noch ein paar Hände brauchst, holst du einfach den gefangenen Leutnant an Deck. Er mag zwar ein Mann der Royal Navy sein, aber er wird genauso gerne wieder Land sehen wollen wie jeder von uns.«

Dominic antwortete dem Arzt mit einem Grunzen, und dann ließ Maynard sie allein.

»Ich halte dich immer noch für einen Dummkopf«, knurrte er, aber die Worte hatten weniger Biss als zuvor. »Du hast dich einem direkten Befehl widersetzt. Das wird Konsequenzen haben.«

Er hielt sie noch einen Moment lang fest, und sie schloss die Augen. Am Morgen würde sie sich dafür hassen, dass sie seine Wärme und die Unterstützung seiner Arme genossen hatte. Im Moment tat ihr alles zu sehr weh, um an etwas anderes zu denken.

Dominic ließ sie sanft auf sein Bett sinken. »Schlaf jetzt. Wir reden morgen früh weiter.«

Sie murmelte schläfrig vor sich hin und versank in einen tiefen, erschöpften Schlummer. Nicht einmal die rollenden Wellen des wilden Sturms, der mit der *Emerald Dragon* spielte, konnten sie wecken.

8

»Wie geht es Robbie?«, fragte Reese.

Dominic schloss die Tür hinter sich und trat auf den Flur hinaus. »Ausgekugelte Schulter.«

Reese zuckte zusammen. »Mein Gott, das muss weh tun. Eine junge Frau, die diesen Schmerz erträgt ... Sie muss sehr stark sein.«

»Und stur. Wie geht es Griffin?« Dominic spannte sich an, als die *Dragon* eine weitere große Welle überquerte.

»Er macht sich Vorwürfe, weil er Robbie in Gefahr gebracht hat. Du weißt doch, wie er ist, Captain. Wenn du den Jungen das nächste Mal siehst, solltest du ihm zuzwinkern und ihn aufmuntern. Sonst wird er denken, dass er dich enttäuscht hat.«

»Nun gut«, sagte Dominic. Er mochte Griffin sehr. Der Junge war ein guter Arbeiter. Dominic hatte ihn von einem anderen Piratenschiff gerettet, indem er seine Schulden bezahlt hatte. Seitdem war Griffin ihm wie ein junger Welpe gefolgt, der unbedingt gefallen wollte. Dominic konnte es ihm nicht verdenken. Er wusste, wie das Leben auf einem Schiff war, auf dem man einem Mann gehörte.

Er wandte sich an seinen Quartiermeister und sprach erneut. »Wie lange wird uns der Sturm noch verfolgen?«

»Noch eine Stunde, denke ich.« Reese schnupperte in die Luft. »Wir brauchen aber Hilfe an Deck. Jemanden, der das Meer kennt. Wir sollten den Leutnant der *Fortune* einsetzen.«

»Maynard hat das Gleiche gesagt. Ich kann ihn genauso gut holen.« Dominic streckte seine Hand aus, und Reese reichte ihm die Schlüssel für die Zelle. »Ich treffe dich an Deck.«

Dominic nahm die Treppe zu der Zelle, in der Nicholas saß, in nur zwei Schritten. Kaum hatte er die Tür geöffnet, war der Mann schon auf den Beinen.

»Das wurde aber auch Zeit, Dom. Nimm mir das ab, damit ich helfen kann.« Er schüttelte sein gefesseltes Handgelenk.

Dominic löste die eiserne Fessel von Nicholas' Handgelenk. »Das ist nur vorübergehend. Sobald wir in ruhigeren Gewässern sind, gehst du wieder hier runter.«

»Alles ist besser als hier unten aufs Ertrinken zu warten.« Dem Zustand der Zelle war zu entnehmen, dass Nicholas während des Sturms stark mitgenommen worden war. Schwere hölzerne Lagerkisten lagen um ihn herum verstreut.

Nicholas beugte seinen Arm und berührte die raue Haut an der Stelle, an der die Fessel zu stark gerieben hatte, aber er verbarg jede Andeutung von Missfallen. Er hatte eine Wunde an der Stirn und hinkte, als er Dominic durch die Tür folgte.

»Wie stark ist der Wind?«

»Heftig«, stöhnte Dominic. »Kommt von Nordosten.«

»Nordosten? Das ist ungewöhnlich für diese Jahreszeit in dieser Gegend.« Nicholas folgte ihnen dicht auf den Fersen, als sie an Deck stolperten.

»Das ist aber verdammt nochmal Zeit, Käpt'n!« Chibbs, der bis auf die Knochen durchnässt war, hatte seinen kräftigen

Körper um das Ruder geschlungen, als sie ihn auf dem Vordeck erreichten.

»Reese!«, brüllte Dominic. Der junge Quartiermeister befand sich ein Deck tiefer mit zwanzig Männern, die die Taue zur Sicherung der Masten festzogen.

»Dom!« Nicholas deutete auf einen Mast, der sich durch die Kraft des Windes zu biegen begann.

»Reese, geh aus dem Weg!« Dominic versuchte, seinen Quartiermeister zu warnen, als der Mast, der ihm und der Besatzung am nächsten stand, brach und direkt auf sie zustürzte. Nicholas und Dom sprangen über das Geländer, landeten auf dem Deck und rollten sich ab, bevor sie sich hochrappelten. Gemeinsam rannten sie in den Sturm und sprangen über umgestürzte Balken, um sich um die Mannschaft zu kümmern.

Dominic vergaß die Vergangenheit, vergaß den Schmerz, vergaß alles außer Nicholas und die Freude, die er als Junge mit seinem besten Freund gehabt hatte. Selbst im Angesicht der Gefahr freute er sich über dieses unerwartete Wiedersehen. All die Jahre, die sie beide zu Männern gemacht hatten, hatten dieses instinktive Vertrauen nicht geschwächt. Es war immer noch da, jetzt, wo es am wichtigsten war.

»Bis zum hintersten Horizont!«, rief er Nicholas zu, als sie über die glitschigen Decks sprinteten, während das Schiff über die nächste Welle rollte.

Ein Blitz erleuchtete das Schiff, und er hatte nur einen Augenblick Zeit, Nicholas' vertrautes Grinsen zu sehen, als er zu lachen wagte, während sie kopfüber in die Gefahr rannten.

Roberta wachte auf, und die verstreuten Träume fühlten sich an wie englische Weinreben vor ihrem alten Haus in England. Sie versuchte, einen klaren Kopf zu bekommen, als sanftes Licht ihre Augenlider berührte.

So seltsame Träume. Von schwarzer See und weißen Flaggen, von zersplittertem Holz und Blut, das sich mit Meerwasser vermischte, bis ihr Magen ...

Sie drehte sich um und übergab sich mit einem schmerzhaften Wimmern auf den Boden. Ihr linker Arm und ihre linke Schulter pochten unter dem starken Schmerz. Also doch kein Traum.

»Dafür haben wir Nachttöpfe.« Eine raue Stimme hinter ihr ließ sie zusammenzucken, als sie ihre Umgebung in Augenschein nahm.

»Griffin!« Sie versuchte, aus dem Bett aufzustehen, aber ein brauner, muskulöser Arm legte sich um ihren Körper und zerrte sie zurück in das schmale Bett.

»Bleib liegen. Dem Jungen geht es gut. Nur ein paar Prellungen«, sagte Dominic. »Bleib jetzt ruhig und lass mich weiterschlafen. Ich war die ganze Nacht an Deck.«

Sie hörte auf, zu versuchen, sich aus seinem Griff zu befreien, als sie die Müdigkeit in seinem Tonfall hörte. Er hatte nicht vor, ihr etwas anzutun. Im Moment nicht.

»So ist es besser. Und jetzt schlaf.«

Roberta hätte sich darüber empört, herumkommandiert zu werden, aber sie war ehrlich gesagt froh, sich ausruhen zu können. Alles tat weh. Sie fühlte sich, als wäre sie mit jeder Wand des Schiffes zweimal zusammengestoßen. Sich sanft an Dominics Körper zu schmiegen, fühlte sich auf eine Weise beruhigend an, die sie sehr genoss. Sie fühlte sich ... *sicher*. Mit einem Seeräuber. Das war nicht gut.

»Hast du Leute verloren?«, fragte sie nach einem Moment. Dunkle Erinnerungen an das Meer und an die Wasserwand, die höher als der Schiffsmast aufgeragt hatte, während

Dominic sie eng an sich drückte, brannten sich in ihr Gehirn ein.

»Kein einziges Leben ging verloren, obwohl die meisten von uns schon bessere Tage gesehen haben.« Dominics Stimme war gedämpft, und sie wagte es, sich auf dem Bett ein wenig zu bewegen, um ihn anzusehen. Er lag auf dem Rücken, den Kopf weggedreht auf dem Kissen. Sein braungebrannter Körper war eine wahre Schönheit, mit Hügeln und Tälern aus reinen Muskeln. Aber die Narben ... es waren zu viele auf seinem Rücken, um sie zu zählen. Sie erschauderte, als sie darüber nachdachte, wie er sie bekommen haben könnte, welche Schmerzen er für jeden Peitschenhieb hatte ertragen müssen.

Sie bemühte sich, zu ihrem Gespräch zurückzukehren, um ihn nicht nach seinen Narben fragen zu müssen. »Dem Himmel sei Dank. Ich war mir sicher, dass mindestens einer ...« Sie ließ den tragischen Gedanken unvollendet.

Sie versuchte, sich zurückzulehnen und nicht daran zu denken, dass sie mit einem Piraten im Bett lag, der sie auf sehr unangemessene Weise festhielt, oder dass einer ihrer eigenen Arme in einer Schlinge steckte.

»Ich kann dich denken hören, Robbie«, knurrte er. »Schlaf, um Gottes willen.«

Sie schloss die Augen und schwor sich, dass sie es nicht tun würde, aber sie wusste, dass sie diesen Kampf irgendwann verlieren würde. Keine zehn Minuten später beruhigte sich Dominics Atem, und sie stützte ihr Kinn auf seine Brust. Sie machte eine stille Bestandsaufnahme der Narben, die sie sehen konnte, und fragte sich, wie er sie alle bekommen hatte. Einige sahen älter aus als andere.

Er war trotzdem der Inbegriff männlicher Perfektion, aber die Narben ... bei diesem Anblick wollte sie ihr Gesicht in seinem Nacken vergraben, ihn fest an sich drücken und ihm leise Entschuldigungen für sein Leiden zuzuflüstern. Sie war keine zärtliche Frau, und sie hatte noch nie viel Anlass zu solchen Gefühlen gehabt, aber zu wissen, dass dieser Mann, der ihr das Leben gerettet hatte, so tief verletzt worden war, weckte in ihr den Wunsch, sich um ihn zu kümmern, so wie er es für sie getan hatte. Sie stellte fest, dass er irgendwann in der Nacht sogar ihre Verbrennungen von den Seilen behandelt hatte.

Unfähig, der Versuchung zu widerstehen, küsste sie die erste Narbe, die sie erreichen konnte, nur ein schwacher Hauch ihrer Lippen, bevor sie wieder in sein Gesicht blickte, dessen harte Züge nur leicht vom Schlaf gemildert waren. Dann kuschelte sie sich zurück ins Bett und drückte ihre Wange an seinen Arm, bis sie einschlief.

Dominic hielt ganz still, während Roberta seine Brust erforschte, wobei sie darauf achtete, dass seine Atmung gleichmäßig und seine Muskeln entspannt blieben. Er war sich nicht sicher, was sie vorhatte, bis sie anfing, seine alten Narben nachzuzeichnen, die er vergessen hatte, weil sie schon so lange an seinem Körper waren, dass sie ein Teil von ihm geworden waren.

Sie gab einen leisen Laut der Verzweiflung von sich, als sie eine besonders tiefe Narbe entdeckte, die über eine seiner Rippen verlief. Den Hieb mit dem Säbel hatte er sich verdient, als er mit fünfzehn Jahren mit seinem Kapitän zu streiten versucht hatte. Gerard La Roux hatte ihn in Tortuga auf einem Tisch festgehalten und ihm die Brust aufgeschnitten, um ihn zu warnen, ihm nie wieder zu widersprechen.

Dominics Herz begann bei der schrecklichen Erinnerung zu rasen, als er sich daran erinnerte, wie sein Blut auf den schmutzigen Boden der Taverne getropft war, in der sie auf einen Schluck Rum eingekehrt waren, aber dann spürte er, wie Robertas Lippen ihre Fingerspitzen ersetzten, und der leichte Kuss, den sie auf seine Narbe hauchte, war nicht sinnlich, obwohl sie damit seinen Körper an den Rand seiner Selbstbeherrschung brachte. Es war die Zärtlichkeit, die ehrfürchtige Süße in ihrem Kuss, die ihn verwirrte. Warum sorgte sich die Frau? Er hatte sie gefangen genommen und sie gezwungen, auf seinem Schiff zu arbeiten, ohne ein Wort der Anerkennung. Die meisten Frauen würden ihn dafür hassen. Dennoch schien sie fast ... dankbar zu sein?

Nun, er nahm an, das sollte sie auch sein, wenn man bedachte, dass er letzte Nacht fast gestorben wäre, um sie zu retten, und dass Reese fast gestorben wäre, um Griffin zu retten. So sehr er Griffin auch mochte, auf See gab es kalte Gleichungen zu berücksichtigen, und die Entscheidung zwischen dem Verlust eines Besatzungsmitglieds und dem Verlust von vier, so schwer sie auch war, war oft gar keine Entscheidung.

Frische Wut kochte in ihm hoch, aber er hielt still, bis er spürte, dass sie einschlief. Dachte Roberta, sie hätte alles unter Kontrolle? Dass sie auf seinem Schiff herumlaufen und das Leben seiner Männer und ihr eigenes riskieren konnte, ohne an die Konsequenzen zu denken? Wenn sie das tat, würde er sie verdammt noch mal daran erinnern, wer das Kommando über dieses Schiff hatte und was der Preis für Befehlsverweigerung war. Nicht, wenn Leben davon abhingen. Niemand durfte ihm das Gefühl geben, wieder ein junger Bursche zu sein, gebrochen und der Kontrolle beraubt. Nie wieder.

Als Roberta wieder aufwachte, glaubte sie, dass es bereits weit nach Mittag war, als sie die Schatten im Zimmer betrachtete. Das Bett war leer, nur sie selbst lag darin. Sie beugte sich vor, um den Fußboden zu mustern, aber die Spuren ihres unruhigen Magens waren beseitigt worden. Hatte Dominic das getan? Sie konnte sich nicht vorstellen, dass er so etwas tun würde, aber sie konnte sich auch nicht vorstellen, dass er es jemand anderem befehlen würde, während sie noch in seinem Bett lag.

Die Tür zur Kabine schwang auf, und Lucy trat ein. »Morgen, Miss!«, grüßte sie und murmelte einen Fluch, den sie wohl von dem Schiffskoch gelernt hatte. »Robbie, meine ich.« Obwohl sie allein waren, wusste man nie, wann jemand sich in Hörweite ihres Gesprächs befinden würde.

»Luke, wie geht es dir? Ich bin gar nicht mit Tinkturen für dich zurückgekommen.« Roberta zwang sich in eine sitzende Position und zuckte zusammen, als der Schmerz wieder aufflammte.

»Oh, mir geht es gut. Nachdem Sie weg waren, habe ich fast die ganze Nacht geschlafen. Aber wie geht es Ihnen?«

»Mir?«

»Ja?« Ihr Dienstmädchen stellte einen kleinen Teller mit Essen auf den Tisch des Kapitäns. »Das ganze Schiff ist in heller Aufregung darüber, wie Sie Griffin gerettet haben. Sie sind so etwas wie ein Held.«

Roberta unterdrückte ein schmerzerfülltes Wimmern. »Ich fühle mich ganz sicher nicht wie einer.«

»Kommen Sie, ich habe hier Tee und Kekse. Mit etwas Essen geht es Ihnen gleich besser.«

Bei dem Gedanken an eine gute Tasse Tee wurde sie munter.

»Er ist ein bisschen fade, aber trinkbar«, versicherte Lucy ihr.

Roberta setzte sich an den Tisch und versuchte, den unangenehmen Geruch ihrer Kleidung zu ignorieren, in der noch immer das Salzwasser und der Schweiß der letzten Nacht steckten. Vorsichtig, um sich nicht den Arm zu stoßen, knabberte sie an den frischen Keksen. Dem Geschmack nach zu urteilen, hatte Lucy sie gemacht. Es handelte sich definitiv nicht um die Hartkekse, die der Besatzung auf den meisten Schiffen vorgesetzt bekamen. Lucy lehnte sich gegen die großen Fenster, während Roberta aß.

»Wie läuft deine Arbeit in der Kombüse? Behandelt Mr. Lee dich gut?«

Lucy drehte sich zu ihr um und wurde rot. Der Aushilfskoch auf der *Dragon* war ein großer, einschüchternder, dunkelhäutiger Mann, ein ehemaliger afrikanischer Sklave, der von Dominic befreit worden war, und ebenfalls recht attraktiv. Lucy hatte fast gezittert, als sie sich ihm zum ersten Mal genähert hatte, aber nicht aus Angst, so viel konnte Roberta sagen.

»Mr. Lee ist sehr nett«, antwortete Lucy vorsichtig. »Am Anfang war er so schroff, aber jetzt reden wir miteinander. Im Dienst von Kapitän Grey ist er viel in der Welt herumgekommen. Er erzählte mir von dieser kleinen Insel, die sie letztes Jahr besucht hatten und auf der es so viele Papageien gab. Können Sie sich das vorstellen? Tausende von bunten Vögeln, soweit das Auge reicht?«

»Es klingt großartig.« Roberta wünschte, sie könnte das sehen. Sie fragte sich, ob Dominic sein Schiff dorthin bringen würde, während sie und Lucy noch an Bord waren.

Nachdem sie gefrühstückt hatte, verließ Lucy sie, um in die Kombüse zurückzukehren und Lee bei der Zubereitung der nächsten Mahlzeit für die Besatzung zu helfen. Roberta wusste nicht, was sie tun sollte, aber sie konnte nicht einen Moment länger in der Kabine bleiben. Sie verließ ihr Quartier und stieg die Treppe zum Achterdeck hinauf. Beim Anblick von Lieutenant Flynn blieb sie stehen. Zusammen mit sechs anderen Männern kümmerte er sich um die Taue des Großmastes. Sie ging auf ihn zu, aber eine Hand legte sich auf ihre unverletzte Schulter.

»Ich habe mich schon gefragt, wann du an Deck auftauchen würdest.« Die Stimme von Dominic ließ sie zusammenzucken.

Sie drehte sich um und sah den großen, dunkelhaarigen Kapitän auf sie herabblicken. Hatte sie wirklich die ganze Nacht im Bett dieses Mannes verbracht und sogar seinen vernarbten, muskulösen Körper geküsst? Jedes Mal, wenn sie ihm gegenüberstand, wurde sie daran erinnert, wie groß und mächtig er war. Die Art, wie er mit gespreizten Beinen auf dem Deck stand, betonte die kräftigen Oberschenkel in seinen knielangen Hosen, und die schlanken Hüften, die in einen breiten Rumpf und ein schönes Paar Schultern übergingen.

Roberta konnte nicht anders, als ihn mit einem Mann wie Huntington zu vergleichen. Huntington war ebenfalls gut in Form, wie jeder Kapitän in seinem Alter, aber Dominic hatte eine Kraft, eine Präsenz von Macht und Bewegung, selbst wenn er ganz still stand, als ob er jeden Moment in Aktion treten könnte.

Er erinnerte sie an den Tiger, den sie als Kind einmal gesehen hatte, als sie und ihr Vater den König besucht hatten. Würdenträger aus Indien hatten das wilde Tier bei Hofe vorgeführt, und alle hatten den mächtigen Tiger an seiner langen Kette beobachtet. Seine natürliche Schönheit, das glänzende gestreifte Fell und die goldenen Augen hatten einen törichten Höfling dazu verleitet, sich zu nahe heranzuwagen, und er war zerfleischt worden. Ein kräftiger, stumpfer Hieb der Tigerkrallen und der Mann war zum Arzt gebracht worden. Roberta hatte sich an den Hals ihres Vaters geklammert, während sie beide voller Ehrfurcht auf die Bestie gestarrt hatten.

Dominic war wie dieser Tiger. Gutaussehend, verführerisch und tödlich.

»Ich habe dir gestern Abend gesagt, du sollst unter Deck bleiben.« Sein Tonfall war sanft, aber es lag eine gewisse

Schärfe darin, die in ihr Spannung auslöste. Sie rutschte einen Schritt zurück und stieß mit ihrem Körper gegen das Geländer, das den Blick auf das darunter liegende Zwischendeck freigab.

»Ich war ... das habe ich doch getan«, protestierte sie.

»Und doch hast du deinen hübschen kleinen Hals für einen Jungen wie Griffin riskiert?« Dominic warf dem jungen Mann, der an Deck neben Flynn arbeitete, einen fast mörderischen Blick zu.

»Ich sah eine Chance, ihm zu helfen«, zischte sie. »Wenn Sie sich darüber aufregen, dann sind Sie ein Narr, Kapitän Grey.«

»Ich bin versucht, dich auspeitschen zu lassen«, murmelte er zurück.

Sie starrte ihn an. »Auspeitschen? Das würden Sie nicht *wagen*!«

Er packte ihren gesunden Arm und drückte sie mit seinem Körper an das Geländer.

»Ich würde mehr tun, als mich zu trauen, mein Schatz. Vergiss nicht, dass du die Wahl hattest: als Dame mein Bett zu teilen oder als Mann auf diesem Schiff zu arbeiten. Du hast dich für Letzteres entschieden und dann meine Befehle missachtet. Drei weitere Menschen hätten ihr Leben verlieren können, nicht nur Griffin. Du, Griffin, Reese und ich, wir könnten alle tot auf dem Grund des verfluchten Ozeans liegen und die Haie füttern, weil du getan hast, was du getan hast. Es ist immer besser, *ein* Leben auf diesem Schiff zu verlieren, um andere zu retten.«

Roberta konnte nicht anders - ihr Temperament wurde von ihm angefacht. Sie hatte noch nie einen kühlen Kopf bewahren können, wenn sie mit Narren zu tun hatte.

»Ich habe *das Leben eines Mannes gerettet*. Wenn Sie mich dafür häuten und den Zorn Ihrer Mannschaft riskieren wollen, dann nur zu.« Sie wollte ihn auf die Probe stellen. Er würde es nicht wagen, sie zu bestrafen, nicht, solange sie das Ansehen der Mannschaft genoss, weil sie einen der ihren gerettet hatte. Dominics Mund verfestigte sich zu einem kalten Lächeln.

»Du bist erst seit ein paar Tagen auf meinem Schiff und glaubst bereits, dass du dir in dieser kurzen Zeit die Loyalität meiner Männer gegenüber mir verdient hast? Das ist eine Überprüfung wert, findest du nicht auch?«

Roberta schluckte schwer. *Oh Gott, jetzt habe ich es geschafft ...*

Er zerrte sie hinunter auf das Zwischendeck.

»Reese, komm her«, brüllte Dominic. Der junge Quartiermeister verließ seinen Posten, um die Reparaturen nach dem Sturm der letzten Nacht zu beaufsichtigen.

»Kapitän?« Die haselnussbraunen Augen von Reese bewegten sich vorsichtig zwischen ihr und Dominic. Roberta zuckte heftig mit ihrem Arm und versuchte, sich aus Dominics Hand zu befreien.

»Bring das Fass her.«

Reeses Augen weiteten sich. »Aber du willst doch sicher nicht ...«

»Das Fass, Reese. Jetzt. Und die Mannschaft soll sich an Deck versammeln. Ich möchte, dass alle dies miterleben.«

»Aye, Captain.« Reeses Augen waren voller Bedauern, als er das Deck überquerte und zwei Männer der Besatzung bat, ihm zu helfen, ein großes Fass in die Mitte des Schiffes zu bringen. Sie drehten es auf die Seite und hängten es in die Haken am Boden des Decks ein, um es zu fixieren.

»Bitte ... Bitte nicht«, flehte Roberta ihn flüsternd an. Sie war nicht stark genug, um Peitschenhiebe einzustecken. Die Neunschwänzige würde sie in Stücke reißen. Die Erinnerung an Dominics Rücken, der mit Narben übersät war, ließ ihren Körper erbeben. Sie war nicht stark genug, um das zu überleben.

»Du hattest die Wahl, Robbie.« Er flüsterte leise, fast süßlich. »Ich biete es ein letztes Mal an. Mein Bett oder das Fass.«

»Du schwarzherziges Monster!« Sie weigerte sich, ihre Tugend einfach so aufzugeben, um einer Strafe zu entgehen. Sie war vieles, aber sie war kein Feigling. Sie wehrte sich und drückte ihre Fersen ins Deck, aber er zog sie an das Fass. Er musste sie fast tragen.

In diesem Moment erschien Lucy an Deck und wollte zu ihr laufen, aber Mr. Lee legte einen Arm um ihre Taille und hielt sie zurück.

»Kapitän?« Griffin trat vor, ebenso wie Lieutenant Flynn hinter ihm. »Stimmt etwas nicht?« Alle hatten sich an Deck versammelt, und insgesamt fast hundert Männer sahen mit großen Augen zu. Das einzige Geräusch an Deck war der Wind, der durch die Segel wehte. Ihr freier, glorreicher Klang schien sie zu verhöhnen.

»Robbie hat gestern Abend Befehle missachtet und sein Leben und das Leben anderer in Gefahr gebracht. Dafür wird er fünf Peitschenhiebe einstecken.«

»Kapitän!« Griffins graue Augen quollen vor Angst hervor. »Kapitän, er hat mich gerettet. Er hat nicht ...«

»Schweig«, sagte Dominic. Er brauchte nicht zu schreien. Das Wort war laut genug, um über das Deck zu schallen wie der Knall einer Pistole.

»Ich nehme die Peitschenhiebe.« Griffin trat vor, aber Leutnant Flynn stieß ihn zurück.

»Nein, ich nehme sie. Robbie ist zu zierlich. Das könnte ihn umbringen.« Flynn blickte zu Roberta, und sie sah, wie der edle blonde Mann einen Schritt nach vorn trat und seine Weste und sein Hemd auszog. Dominic schwieg einen Herzschlag zu lange, was Roberta einen winzigen Funken Hoffnung gab, dass er seine Meinung geändert hatte. Dann drehte er sich zu ihr um.

»Würdest du zulassen, dass ein anderer Mann für deine Unvorsichtigkeit und deinen Ungehorsam bestraft wird?«

Die Herausforderung war da. Sie konnte fast hören, wie er

in ihrem Kopf zu ihr sprach. *Bist du ein Feigling, Roberta? Würdest du einen unschuldigen Mann deine Strafe für dich übernehmen lassen?*

»Nein, ich werde es nehmen.« Sie war erschrocken, wie fest ihre Stimme war, weil der Rest von ihr heftig zitterte. Sie betrachtete das schwere Eichenfass.

»Dom!«, rief Flynn. »Nicht!«

»Bringt ihn zum Schweigen!«, rief Dominic. Mehrere Besatzungsmitglieder packten Flynn an den Armen, und ein Mann fesselte und knebelte ihn, während sie ihn zurück in die Menge der Piraten zerrten. Fast hätte er es geschafft, sie von sich zu stoßen, aber er war in der Unterzahl. Ihre Blicke trafen sich, und sie schüttelte leicht den Kopf. Wenn er so weitermachte, würde er nur zusammen mit ihr bestraft werden.

Der junge Griffin schaute hin- und hergerissen, und sie warnte ihn mit einer Handbewegung. Sie hatte nicht vor, Dominic diese Schlacht aus Willenskräften gewinnen zu lassen. Sie hatte sich das gewünscht, ein Seemann zu sein wie all die anderen. Und er hatte Recht - sie hatte sich einem direkten Befehl des Kapitäns widersetzt und Leben in Gefahr gebracht, um ihres zu retten. Vier Leben hätten möglicherweise verloren gehen können: ihres, das von Reese, Griffin und Dominic. Wenn sie nicht an Deck gegangen wäre, wäre nur Griffin über Bord gegangen. Ein Leben anstatt von vier. Sie verstand Dominics Wut, aber wenn sie die Zeit zurückdrehen könnte, würde sie nichts ändern. Für fünf Peitschenhiebe bekam sie jetzt ein Leben. Ein gerechter Preis, den sie da zahlte. Ihr Vater wäre stolz gewesen.

»Bereit?«, fragte Dominic mit seinen dunklen, unleserlichen Augen.

»Bereit«, sagte sie, und das Wort versetzte ihr Herz in Panik, während sie auf das Fass zuschritt.

**9**

———

Roberta näherte sich dem Fass und nahm vorsichtig die Schlinge um ihre Schulter ab. Ihre Schulter tat immer noch weh, aber sie hatte keine andere Wahl. Sie hatte dies schon auf anderen Schiffen gesehen. Der Matrose musste sich an den Kanten des Fasses festhalten, während er seine Strafe erhielt. Wenn er nicht unten bleiben konnte, fesselten sie ihn. Der Gedanke daran verursachte einen bitteren Geschmack in ihrem Mund, und ihr Blut begann in ihren Ohren zu pochen, so dass es ihr schwer fiel, zu denken.

Sie würde ihr Hemd anlassen - sie musste es tun, sonst würde sie ihr Geschlecht verraten. Mit einem tiefen Atemzug beugte sie sich über das Fass, streckte die Arme aus und unterdrückte den Schmerzensschrei, den die Bewegung in ihrer Schulter verursachte. Reese trat in ihr Blickfeld und entrollte eine Peitsche. Sie hatte keine Stacheln an den Schwänzen. Es handelte sich lediglich um eine Reihe von Lederstreifen. Eine kleine Gnade, fand sie, aber ihre Erleichterung währte nicht lange. Dominic lehnte sich nahe heran und flüsterte Reese etwas zu, der verstehend nickte. Der Bastard hatte Reese wahrscheinlich gesagt, dass er besonders hart zuschlagen sollte. Als

Reese hinter ihr aus dem Blickfeld verschwand, stieg ihre Angst ins Unermessliche, und ihr Atem ging stoßweise, während sie auf den ersten Schlag wartete.

Roberta verkrampfte sich, und ihre Finger rutschten ab, als sie versuchte, die Metallringe an den Enden des Fasses zu ergreifen. Dominic tauchte plötzlich vor ihr auf, als er sich auf der anderen Seite des Fasses auf ein Knie hinunterließ. Er packte ihre Unterarme und drückte sie an das Eichenfass, damit sie nicht abrutschen konnte. Aber sein Griff war erstaunlich sanft. Ihre Blicke trafen sich.

»Normalerweise schnallen wir Männer fest«, flüsterte er. »Aber nicht dich.« Seine Augen waren von einer seltsamen Intensität. Das Gefühl der Wärme seiner Hände an ihren Armen, selbst durch den Stoff hindurch, war eine willkommene Erleichterung. Das gab ihr ein weiteres Gefühl, über das sie nachdenken musste, bevor ...

*Klatsch!* Die Peitsche schlug auf ihren oberen Rücken. Vor Schreck und Entsetzen zuckte sie zusammen und schrie auf, wobei ihr eher ein animalischer Laut der Angst entwich als ein damenhafter Schrei.

»Ganz ruhig«, knurrte Dominic. »Das ist einer.«

Roberta blinzelte, der Schweiß perlte auf ihrer Haut, während sie versuchte, nicht panisch gegen das Fass zu stoßen.

*Klatsch!* Der zweite Schlag traf ihren Hintern, und das Stechen zwang ihren Körper, sich noch fester gegen das Fass zu pressen. Der Schmerz war ... erträglich, stellte sie plötzlich fest. Das Brennen war zwar heftig, aber es verging schneller, als sie erwartet hatte. Dies war nicht der unerträgliche Schmerz, den sie erwartet hatte. Vielmehr fühlte sie sich wie damals, als ihre Erzieherin ihr eine Rute auf den Hintern schlug, weil sie versucht hatte, während einer Unterrichtsstunde aus dem Fenster zu klettern. Sie fühlte sich mutiger und hob ihren Blick zu Dominic, wohl wissend, dass sie eine solche Demütigung vor dem ganzen Schiff erlitt.

Das Gefühl, dass so viele Augen auf sie gerichtet waren und ihre Bestrafung beobachteten, ließ sie vor Demütigung erstarren, aber sie weinte nicht, würde nicht weinen, egal, was als nächstes kam. Dominics Augen hielten die ihren fest, als der nächste Schlag kam, und sie konzentrierte sich auf ihn, während sie sich sonst nach den anderen Männern umgesehen hätte.

»Das sind drei, Robbie. Du schaffst das doch, oder?« Er flüsterte die Worte so, dass nur sie sie hören konnte. »Du bist so zäh wie jeder andere Mann auf diesem Schiff, nicht wahr?« Er zwang sie zu erkennen, dass es hier nicht um Schmerz ging. Es ging darum, sie daran zu erinnern, dass seine Befehle Gesetz waren, und dass sie dieses Gesetz gebrochen hatte. Der nächste Stich, den sie spürte, war nicht annähernd so quälend, wie sie erwartet hatte.

»Vier«, sagte Dominic, und seine Finger legten sich um ihre Handgelenke, was dazu beitrug, dass sie sich mit ihm in diesem Moment befand. Seine Stimme schien sich mit den Wellen zu vermischen, die gegen das Schiff schlugen, und der Wind zerzauste sein langes dunkles Haar. Die Sonne verlieh seinen Augen ein wärmeres, helleres Braun, als sie es je gesehen hatte.

»Vier«, wiederholte sie und hatte das Bedürfnis, offen anzunehmen, dass sie ganz auf ihn konzentriert war.

Dominic wandte den Blick nicht von ihr ab, und beim fünften Schlag geschah etwas Seltsames. Der Schmerz schien fast völlig zu verschwinden, und ein süßes, schwindelerregendes Summen trat an seine Stelle, als sie den grimmigen Piraten vor sich anstarrte. Die Wärme ihrer Haut, die von der Peitsche erhitzt wurde, schien ihre Gedanken an einen fernen Ort zu tragen, an dem nur sie und Dominic existierten. Seine schönen dunklen Augen schimmerten vor verborgenem Schmerz, ein Echo ihres eigenen. Litt er mit ihr zusammen?

»Fünf!« Dominics Schrei riss sie wieder in die Gegenwart, und sie ließ sich gegen das Fass sinken, als er ihre Arme losließ und aufstand. »Das reicht!« Der Schmerz der Schläge sickerte langsam in ihren Körper, und sie konnte nicht anders, als ein leises Stöhnen von sich zu geben. Dies fühlte sich definitiv wie die Züchtigungen in ihrer Kindheit an. Sie würde ein paar Tage lang Schwierigkeiten haben, sich zu setzen. Aber sie wusste auch, dass dies keine richtige Auspeitschung gewesen sein konnte. Sie hatte den Schaden gesehen, den so etwas hinterließ.

»Ihr alle, zurück an die Arbeit.«

Roberta hatte Mühe, zu atmen. Ihr Rücken und ihr Hintern fühlten sich *heiß* an. Und nicht wie damals, als sie von der Erzieherin gezüchtigt worden war. Das fühlte sich ... anders an. Sie war von einer Schweißschicht bedeckt.

Hinter ihr erklangen Schritte in schweren Stiefeln. »Kapitän?« Beim Klang von Reeses leiser, unsicherer Stimme fragte sie sich, ob sie schwerer verletzt war, als sie dachte.

»Gib Robbie eine Minute«, sagte Dominic, als er ihre Arme losließ. Sie rutschte das Fass hinunter und landete auf den Knien. Jeder Muskel in ihrem Körper war schwach und zitterte. Sie konnte nicht einmal aufstehen. Ihre Beine waren so wackelig wie die eines neugeborenen Fohlens.

»Am besten stehst du auf und bewegst dich«, sagte Dominic zu ihr, aber sie schüttelte den Kopf, nicht weil sie sich ihm widersetzen wollte, sondern weil es ihr einfach unmöglich war, zu stehen.

»Ich bin mir nicht sicher, ob der Junge das kann«, flüsterte Reese. »Das wird schon wieder, Robbie. Gib mir deine Hand.« Sie legte ihre zitternde Handfläche in seine. Reese zog sie schnell auf die Füße. Bevor sie reagieren konnte, hatte Dom ihren gesunden Arm fest im Griff und zog sie weg.

»Geh selbst, oder ich muss Fragen beantworten, warum ich meinen Kajütenjungen wie eine Jungfrau in Nöten mit mir herumtrage«, warnte Dominic, aber der Biss in seiner Stimmlage war verschwunden.

Er nahm sie mit in seine Kabine, und sie ließ sich auf das Bett fallen, ohne sich darum zu kümmern, ob ihn das aufregte. Was könnte er ihr noch antun?

»Wie schlimm ist es?«, fragte sie, als klar wurde, dass er sie nicht in Ruhe lassen würde. Sie öffnete ein Auge und blickte zu seiner Gestalt neben dem Bett hinauf.

»Wie schlimm?« Er hob verwirrt die Brauen.

»Das Blut ... Werden meine Narben so tief sein wie deine?« Die Hitze, die sie immer noch spürte, musste vom warmen Blut kommen - eine andere Erklärung gab es nicht.

In seinen Augen blitzte etwas auf. Vielleicht ein Moment des Schmerzes aus der Vergangenheit.

»Blut? Es ist kein Blut zu sehen. Du wärst überrascht, wie viel Selbstbeherrschung ein geschickter Mann mit einer Peitsche haben kann. Er hat dir nicht mehr gegeben als die Prügel, die ein ungezogenes Kind bekommen hätte. Es wird ein paar Tage lang empfindlich sein, aber ich versichere dir, dass deine Haut für deinen zukünftigen Ehemann völlig rein ist.« Er verschränkte die Arme und blickte finster drein. Doch als seine Worte bei ihr ankamen, entlud sich die Wut in Roberta.

»*Prügel?* Das tat weh!«

»Das sollen Prügel ja auch.«

Sie sprang vom Bett auf und ignorierte das schmerzhafte Pochen ihres verletzten Arms, als sie auf Augenhöhe mit Dominic stand. »Und ich bin kein ungezogenes Kind!« Sie bohrte ihm einen Finger in die Brust, aber er bewegte sich nicht.

Seine dunklen Augen blitzten feurig auf, und er legte eine Hand auf ihren Hintern und drückte zu. Nicht hart, aber der Druck an der Stelle, wo seine Handfläche war, fühlte sich rau und viel zu empfindlich an. »Du bist nicht wirklich verletzt.« Eine Flut neuerlicher Hitze durchströmte sie, und sie war schockiert von der Art und Weise, wie ihr Körper auf ihn und diesen Griff an ihrem Hintern reagierte. »Und du warst wirklich ungezogen. Du bist die Tochter eines Admirals; du weißt, dass es nicht geduldet werden kann, die Autorität des Kapitäns vor der Mannschaft in Frage zu stellen.«

»Lass mich los«, knurrte sie ihn an.

»Ist es das, was du wirklich willst?«, fragte er. Seine Stimme war fast süß, aber sie spürte die sinnliche Gefahr, die in seinem Tonfall lauerte.

»Ja.« Sie bewegte sich nicht, zog sich nicht zurück. Stattdessen packte sie sein Hemd am Kragen und starrte ihn an, ihre Gesichter waren nur Zentimeter voneinander entfernt.

»Ich glaube, dass du lügst«, sagte der Kapitän. »Ich glaube, diese leichte Bestrafung hat etwas in dir geweckt, Robbie, etwas, das unter all deinen feinen Manieren und Seidenkleidern begraben war. Glaub mir, ich habe es schon einmal gesehen.«

»Und was ist das?«, wollte sie wissen. Ihr Herz schlug wie wild, als etwas zwischen ihr und Dominic aufflammte. Er verstörte sie in jeder Hinsicht, stellte alles auf den Kopf, was sie über Männer zu wissen glaubte, und das erschreckte und erregte sie zugleich.

»Es hat deine Leidenschaft geweckt. Sie haben die Grenze gekostet, Mylady.« Dominics Flüstern kitzelte sie, sodass sie eine Gänsehaut bekam.

»Die Grenze?« Sie verstand nicht, was er meinte.

Seine Handfläche auf ihrem Hintern wanderte zu ihrem unteren Rücken, und sie spürte den leichten Schmerz der Peitschenschläge. Er hatte Recht, verdammt. Die Schläge hatten nicht wirklich weh getan, nicht so, wie sie es erwartet hatte, und die Panik und die Aufregung vor dem Unbekannten hatten etwas Neues in ihr zum Leben erweckt. Sie hatte das Gefühl, dass sie sich jetzt allem stellen konnte.

»Die Grenze, wo ein Gentleman zum Piraten wird, wo eine unschuldige Dame zu einer Frau wird, die ihr eigenes Vergnügen sucht. Du schmeckst das Leben, das *wahre* Leben,

Robbie. Du bist frei von dem hübschen Käfig, in dem du geboren wurdest. Die Frage ist, was wirst du mit dieser Freiheit anfangen?«

Er ließ die Frage nachklingen wie einen einzelnen Ton, der auf einer Harfe gezupft wurde und in der Luft zwischen ihnen vibrierte. Er senkte seinen Kopf zu ihrem.

Sie wehrte sich nicht gegen den Kuss. Sie begrüßte ihn. Seine Augen, die jetzt fast die Farbe eines Zobels hatten, waren das Letzte, was sie sah, ehe sie ihre eigenen Augen schloss und sich den Gefühlen hingab, die sie verzehrten. Ein Schauer lief ihr über den Rücken, als sie mit ihrem gesunden Arm seine Schulter umklammerte und seinen Kuss erwiderte. Sein gepflegter Bart und Schnurrbart kitzelten sie, und sie stöhnte auf, als er sie nach hinten drückte und sie an die Wand neben seinem Bett presste. Das Gefühl, wie sein Körper den ihren einschloss, steigerte ihre Erregung nur noch.

Emotionen und Empfindungen wirbelten um sie herum. Ihr Blut schlug einen gleichmäßigen Puls in ihren Ohren, während sie nach Atem rang. In dem Moment, in dem sich ihre Lippen öffneten, drang seine Zunge in sie ein und eroberte die ihre in einem Tanz, der Nässe zwischen ihren Schenkeln aufsteigen ließ. Sie nahm das dumpfe Pochen in ihrem verletzten Arm kaum noch wahr.

Sie verlor sich im Geschmack von Dominics leicht salzigen Lippen, vermischt mit der natürlichen Süße seines Mundes. Seine schwieligen Handflächen erkundeten ihren Hintern und Rücken in ausladenden Bewegungen. Er war rau genug, um sie daran zu erinnern, dass sie mit einem gefährlichen Mann zusammen war, aber sanft genug, dass sie nicht glaubte, dass er ihr wirklich etwas antun würde. Er knabberte an ihren Lippen, ihrem Kinn und ihrem Hals, und sie zuckte zusammen, als er versuchte, ihr das Hemd auszuziehen.

»Autsch!« Sie zog ihren Arm wieder nach unten und drückte ihn an ihre Brust. Mit einem Fluch trat er zurück.

»Ich hätte nicht ...« Er schüttelte den Kopf, als wolle er den Nebel ihrer gemeinsamen Leidenschaft vertreiben. Die Enttäuschung traf sie härter als die Hiebe der Peitsche. Sie hatte nicht gewollt, dass der Moment endete. Sie wollte mehr, und *mehr* war ein so gefährliches Wort. Mehr Küsse, mehr wandernde Hände, mehr Vergnügen. Ihr Körper war immer noch auf ihn eingestimmt, immer noch begierig auf seine Berührung.

»Ich muss zurück an Deck«, sagte Dominic nach einem Moment.

Ohne einen Blick zurück ließ er sie allein in der Kabine allein. Sie unterdrückte ein Schluchzen und hasste das seltsame, plötzliche und unerträgliche Bedürfnis zu weinen. Sie weinte doch sonst nie. Da gehörte schon mehr dazu. Trotzdem kullerten ihr dicke Tränen über die Wangen, als sie auf das Bett sank.

Was war mit ihr geschehen? Der Piratenkapitän war ihr unter die Haut gegangen. Sie musste sich daran erinnern, wer sie war, und nicht, wer sie sein wollte, so verlockend es auch sein mochte, der Grenze zu folgen, wie Dominic das nannte. Doch tief in ihrem Inneren spürte sie, dass der Abgrund zu nah war und sie bereits zu fallen begonnen hatte.

D ominic zitterten die Hände, als er das Oberdeck erreichte. Seine Leute hielten inne und starrten ihn an. Manche mit Respekt, andere mit Unglauben. Er hatte seit fast sechs Monaten niemanden mehr auf seinem Schiff auspeitschen lassen, und er peitschte fast nie Jungen aus. Die *Dragon* war voll von Männern, die ihm und ihrem Ziel treu waren, und jeder, der ständiger Disziplin bedurfte, wurde im nächsten Hafen mit einem vollen Geldbeutel auf die Reise geschickt, um sich sein Glück zu erkaufen, während er sich eine neue Mannschaft suchte.

Reese schloss sich ihm auf dem Vorderdeck an. »Kapitän, auf ein Wort?«

Reese krempelte seine Ärmel hoch; seine gebräunten Arme waren wie die von Dominic mit verblassten Narben übersät. Reese hatte nie von seinen Narben oder seiner Vergangenheit erzählt. Er war eines Tages einfach an Deck erschienen und hatte um Arbeit gebeten. Er hatte Dominic überzeugt und war in weniger als zwei Jahren zum Quartiermeister befördert worden. Dominic hätte dem Mann sein Leben anvertraut.

»Was hast du auf dem Herzen?«

Reese blickte auf das Meer hinaus; die Wellen waren immer noch mächtig, obwohl der Sturm längst vorüber war.

»Ist sie ... ich meine, ist Robbie in Ordnung?«

Die Sorge in seinen Augen erschreckte Dominic. »Das ist sie. Das hast du gut gemacht. Sie ist empfindlich, aber es ist mehr als alles andere ihr Stolz, der eine Beule hat.«

»Gut.« Reese war eine ganze Weile lang still. Dann holte er tief Luft. »Zwing mich nie wieder, das zu tun. Ob verdient oder nicht, das werde ich weder ihr noch einer anderen Frau jemals wieder antun. Wenn das bedeutet, dass du mich auspeitschen musst, dann soll es so sein.«

Dominic starrte auf die Zehen seiner Stiefel, die Wahrheit, so schmerzhaft und verdreht sie auch war, lag ihm auf der Zunge.

»Ich wollte es nicht durchziehen, aber sie hätte uns beide gestern Abend fast umgebracht. Menschen sterben in Stürmen - das weißt du so gut wie ich. Sie hat ihren Hals für diesen Jungen riskiert. Ich sah, wie sie beide auf den Abgrund zuschlitterten, und bin einfach durchgedreht.« Der Schrecken, zuzusehen, wie Roberta fast in die reißenden schwarzen Fluten gespült wurde, hatte ihn mit einer Angst erfüllt, die er nur einmal zuvor empfunden hatte - in dem Moment, als ihm klar geworden war, dass er sein Zuhause in Cornwall nie wieder sehen würde.

»Ich meine es ernst, Captain. Ich werde es nicht tun. Was auch immer sie dir sonst noch antut, klärt es unter vier Augen und lass mich da raus. Es ist klar, dass du sie willst, und ich würde wetten, dass sie dich auch will, feine Dame hin oder her. Wenn das der Fall ist, dann nimm sie dir. Wenn sie erst einmal genommen wurde, wird die Verlockung nachlassen, und du kannst dich wieder auf das Schiff und die Mannschaft konzentrieren.«

Dominic antwortete nicht. Wie könnte er Reese die Wahrheit sagen? Er hatte ein leidenschaftliches Wesen wie Roberta gefunden, eine, die zu beiden Seiten von ihm passte, zu dem Grafen, der er in Cornwall hätte werden können, und zu dem Piraten, der er jetzt war. Er wusste nicht, was er tun sollte, und er traute seinen Instinkten nicht mehr.

Er hatte ihre Arme gehalten, um sie über dem Fass zu stabilisieren. Dominic hatte gesehen, wie ihre Angst und ihre Tapferkeit miteinander kämpften, und ihre Tapferkeit hatte gesiegt. In diesem Moment hatte ein Teil von ihm sich mit ihr verbunden, der Teil von ihm, der sich an Angst und Schmerz erinnerte, als die Sprache der Peitschenhiebe und Schläge noch neu für ihn gewesen war. Jetzt zerquetschte er seine Ängste mit den Fäusten und lebte im Schatten eines gewaltigen Schmerzes.

Die Seeleute sprachen vom Tod als einem alten Freund, aber für Dominic war der Tod ein Sensenmann, ein in Dunkelheit gehülltes Gespenst. Er hatte sich so sehr daran gewöhnt, verletzt zu werden, dass er gefühllos geworden war, wenn es darum ging, Schmerzen zu verursachen. Aber irgendwie hatte Roberta diese frühen Jahre des Lichts und des Lebens in seine Seele zurückgeholt und ihn mit einem Gefühl von Rohheit und Blindheit zurückgelassen.

Nein, er würde Roberta nie wieder so verletzen, wie er es

heute getan hatte, auch wenn die Strafe noch so milde gewesen war, denn er wollte nicht wie Gerard La Roux werden, der Mann, der ihm so viel Leid zugefügt hatte. Zu sehen, wie Nicholas versucht hatte, Roberta zu verteidigen, hatte ihn an den Mann erinnert, der er einmal gewesen war.

Dominic Greyville war geboren worden, um die Schwachen und Hilflosen zu verteidigen, nicht um ihnen zu schaden. Er hatte sich von seinem Piratenleben sein Herz schwärzen lassen. Obwohl er und seine Mannschaft einen Großteil ihrer Zeit damit verbrachten, Sklavenschiffe zu jagen und Männer und Frauen zu befreien, fühlte er sich nie von seinen frühen Sünden freigesprochen, auch nicht von denen, die er hatte begehen müssen, um zu überleben. Er wusste, dass er der Erlösung nicht würdig war, aber er würde heute damit beginnen, sich daran zu erinnern, dass er immer noch mit einem gewissen Edelmut handeln konnte. Seine Unschuld mochte schon lange verloren sein, aber er konnte und wollte Roberta um jeden Preis vor sich selbst schützen. Er wollte sie immer noch, aber er musste sie wie ein Gentleman umwerben, nicht wie ein Pirat. Es wäre zwar fast unmöglich, aber er würde alles in seiner Macht stehende tun, um sich mehr wie Nicholas zu verhalten.

Er betrachtete den Horizont und die Art, wie die Sonne schon tief am Himmel stand. Es würde bald Abend werden, und er war Nicholas ein Gespräch schuldig. Er begab sich auf das Unterdeck, wohin Nicholas nach der Auspeitschung zurückgebracht worden war. Sein Freund war diesmal nicht gefesselt worden, und als Dominic den Raum betrat, fand er Nicholas auf und ab gehend vor. Auf dem Dielenboden hatte sich eine Spur in den Staub eingegraben, die zeigte, wie lange der andere Mann schon hin und her gelaufen war.

Nicholas erstarrte beim Anblick von Dominic, dessen Hände zu festen Fäusten geballt waren. Es herrschte einen Moment lang Stille, bevor Nicholas ihn mit einem Brüllen angriff und Dominic gegen die Wand stieß. Nicholas hatte ihn an der Kehle gepackt, bevor er überhaupt die Möglichkeit hatte, seine Arme zu heben.

»Verdammte Scheiße, wann hast du gelernt, dich so zu bewegen?«, brachte Dominic heraus, als sein Freund seine Luftröhre zusammendrückte.

»Du Mistkerl! Du hast eine Frau ausgepeitscht. Eine wehrlose Frau!«

Schwarze Punkte tanzten in Dominics Sichtfeld, aber er konnte spüren, wo Nick seine Barriere offen gelassen hatte. Er holte tief aus und schlug Nicholas in die Seite unterhalb des Brustkorbs. Nicholas' Griff um seine Kehle lockerte sich, und Dominic schlug erneut zu, und zwar fester. Sein alter Freund stolperte zurück, hielt sich die Seite und keuchte.

»Mein Quartiermeister hat sie kaum getroffen, Nick. Bei meiner Ehre. Ich habe gerade selbst nach ihr gesehen, und sie ist auf den Beinen und hat gute Laune.«

Nicholas holte Luft und stemmte sich gegen die Rückwand der Zelle.

»Du hast mich denken lassen ... Aber sie hat geschrien.« Seine blauen Augen brannten in offener Herausforderung.

»Sie war erschrocken. Jeder würde bei diesem ersten Schlag aufschreien, egal wie leicht er ist.« Dominic konnte nicht glauben, dass er sich gegenüber Nicholas verteidigte, und er konnte nicht glauben, dass Nicholas ihm nicht vertraute. Aber er war ja schließlich ein Pirat. »Ich schicke sie zu dir, wenn du mir nicht glaubst.«

In den Augen von Nicholas blitzte etwas anderes als Sorge auf. »Ja, ich möchte sie sehen.«

Hatten Nicholas und Roberta ...? Nein, sie war mit Huntington verlobt. Vielleicht war Nicholas in sie verliebt, aber er verbarg es, wie es jeder ehrbare Mann tun würde.

»Was bedeutet sie für dich?«, fragte Dominic, ohne sich um die Unverblümtheit der Frage zu scheren. Alle Manieren und alle Höflichkeit, mit denen er aufgewachsen war, waren schon vor langer Zeit verloren gegangen.

Nicholas begegnete seinem Blick mit Gleichmut. »Sie ist eine Freundin. Wir haben uns auf der Reise kennengelernt. Sie ist brillant, Dom. Absolut brillant. Sie ist eine bessere Navigatorin als ich.« Nicholas' Lippen zuckten mit dem Anflug eines Lächelns. »Sie hat sogar Huntington die Stirn geboten. Das hat die Abendessen an Bord sehr unterhaltsam gemacht.«

»Intelligenter als ihr Verlobter? Wirklich unterhaltsam«, sinnierte Dominic. Was um alles in der Welt fand sie nur an diesem Trottel?

»Verlobt? Sie und Huntington sind nicht ...« Nicholas' Worte versiegten. »Hat sie dir das gesagt?«

»Ja.« Dominic realisierte Nicholas' unausgesprochene Gedanken. »Aber das ist sie nicht, oder? Eine Frau wie sie würde sich nicht an diesen Narren binden.«

»Nein. Ich wusste, dass er ihr einen Heiratsantrag machen würde, er hat damit geprahlt, aber ich wusste auch, dass sie nicht zustimmen würde.«

»Das kleine Biest wollte also, dass ich glaube, er sei ihr Verlobter, damit ich sie gut behandle.« Dominic konnte sich ein Lachen nicht verkneifen.

»Dom«, warnte Nick. »Tu ihr nichts an. Um dessen willen, was einst zwischen uns als Freunde war, bitte ich dich.«

Sie starrten einander einen Moment lang an - der Pirat und der Gentleman - bevor Dominic nickte.

»Ich habe dir schon einmal gesagt, dass der Mann, der ich einmal war, nicht mehr da ist, aber ich habe mich geirrt. Ein Teil von mir war begraben, nicht tot. Die Lady ist bei mir sicher.«

»Gut. Darf ich sie sehen?«, fragte Nicholas.

»Warum?« Der Tonfall von Dominic wurde misstrauisch.

»Ich möchte ihr versichern, dass es ihrem Vater gut gehen

wird. Sie hat nicht gesehen, wie er auf das Langboot geladen wurde.«

»Nun gut. Ich werde sie zu dir schicken.« Als er gehen wollte, ergriff Nicholas noch einmal das Wort.

»Dein Vater hat nie aufgegeben, dich zu suchen, weißt du. Auch nicht deine Mutter. Vor zwei Monaten habe ich zum letzten Mal einen Brief von ihnen bekommen. Dein Vater bezahlt immer noch Schiffe, die in den Kolonien und in Spanien nach dir suchen. Das letzte, was ich gehört habe, war, dass er Männer an die Küste Afrikas und hierher zu den Westindischen Inseln schickte. Du kannst ...« Nicholas' Stimme wurde rau. »Du kannst immer noch nach Hause zurückkehren.«

Dominics Kehle schnürte sich zu. »Nach allem, was ich gesehen und getan habe? Nein, ich kann niemals nach Hause gehen.« Er schloss die Zellentür und hoffte, damit auch die Wunden der Vergangenheit weit hinter sich zu lassen.

## 10

Nicholas starrte an die Wand seiner Zelle, sein Geist war seltsam leer. Er konnte immer noch nicht glauben, dass Dominic nach all den Jahren noch am Leben war. Als Dominic verschwunden war, hatte ihn das zerstört. Er war zu den Docks gegangen und hatte alle gefragt, ob sie Dominic gesehen hatten, in der Hoffnung zu erfahren, ob Dom sich einer Handelsmannschaft angeschlossen hatte. Doch seine Nachfragen waren mit stoischem Schweigen beantwortet worden. Nur ein Mädchen aus der Taverne am Hafen, für die Dominic vor all den Jahren gekämpft hatte, hatte im eiligen Flüsterton geschworen, dass sie gesehen hatte, wie er auf ein Schiff gebracht worden war.

Niemand sonst war bereit gewesen, ihm etwas zu sagen, vorausgesetzt, dass sie überhaupt etwas gesehen hatten. Dominics Eltern waren vor Sorge außer sich gewesen, hatten Männer angeheuert, um die Einwohner zu befragen, und weitere Männer auf der Suche nach Dom auf alle größeren Straßen geschickt. Aber es war, als sei er in der Nacht verschwunden, wie ein Gespenst oder ein Geist.

Dom war nicht tot. Die Erkenntnis war in gewisser Weise

noch immer nicht ganz abgeschlossen. Nicholas hatte die Hoffnung nie aufgegeben, nicht ganz, auch nicht nach all den Jahren. Das war auch zumindest zum Teil der Grund gewesen, warum er zur Marine gegangen war. Er hatte, vielleicht törichterweise, geglaubt, Dom auf einem anderen Schiff anzutreffen, dass er vielleicht entkommen war und sich dann doch entschlossen hatte, zur See zu fahren.

Das kam immer mal wieder vor, aber es war auch immer wieder erschreckend. Junge Burschen, die geraubt wurden, manche sogar aus ihrem eigenen Bett, und die in die Sklaverei auf den Westindischen Inseln oder in den Kolonien verkauft wurden, wo sie sich ihre Freiheit über mehrere Jahrzehnte hinweg durch Arbeit verdienen mussten. Einige waren zur Piraterie gezwungen worden und konnten nicht nach Hause zurückkehren, wo sie Gefahr liefen, für ihre begangenen Verbrechen gehängt zu werden. Bei dem Gedanken drehte sich Nicholas der Magen um.

Armer Dom, der den Piraten ausgeliefert war. Jeder Mann an Doms Stelle wäre selbst durch die Hölle gegangen, und Nicholas war nicht da gewesen, um ihn zu beschützen. Er vergrub sein Gesicht in den Händen und beugte sich über die Knie, als er sich auf eine der leeren Kisten setzte. Und jetzt war er einer ihrer Kapitäne. Vielleicht war er schon zu weit darin verstrickt, um jemals wieder zurückzukommen.

Er war sich nicht sicher, wie viel Zeit vergangen war, als er das Klirren der Schlüssel im Schloss hörte. Er blickte auf und war nicht überrascht, den Mann namens Reese, den Quartiermeister, dort stehen zu sehen. Aber der trat beiseite und ließ einen dünnen, schmächtigen Jungen in den Raum. Nicholas erhob sich, als Miss Harcourt den Raum betrat, immer noch in ihrer Kabinenjungen-Verkleidung.

»Leutnant«, sagte sie leise und warf einen fragenden Blick über ihre Schulter. Reese antwortete mit einem stummen Nicken, schloss die Tür und ließ sie mit Nicholas allein.

»Miss Harcourt, es tut mir leid. Ich habe darin versagt, Sie zu beschützen.«

Sie hielt eine Hand hoch. »Das würde ich nicht sagen. Wir sind beide Gefangene, nicht wahr? Sie haben Ihr Bestes getan, genau wie ich, aber unsere Umstände waren so, dass wir keine Chance hatten. Das sollten wir also nicht vergessen.« Sie trat näher an ihn heran und sah ihn besorgt an. »Sind Sie verletzt? Haben diese Männer Ihnen etwas angetan?«

Nicholas lachte bitter auf. »Mir geht es recht gut, Miss Harcourt. Ich mache mir Sorgen um Sie. Sie wurden ausgepeitscht.« Sein Blick wanderte über ihren Körper und suchte nach Anzeichen von Schmerz.

»Oh ...« Sie errötete, was sie auch in ihrer maskulinen Kleidung trotzdem unglaublich hübsch machte. »Es war nicht ... er hat mir wirklich nicht wehgetan, sehr zu meiner Überraschung.« Sie biss sich auf die Lippe.

»Dom hat also die Wahrheit gesagt?« Er war sich nicht sicher, ob er das glaubte oder nicht.

»Das hat er. Zuerst hatte ich Angst, aber es war nicht mehr als das, was ein widerspenstiges Kind bekommen hätte. Das war wohl schon eine Botschaft an sich.« Sie räusperte sich, als sei ihr das peinlich. »Warten Sie mal, Sie haben gerade den Kapitän Dom genannt ...«

Sie verdiente eine Antwort auf ihre ungestellte Frage. Es war das Einzige, was er ihr jetzt geben konnte. Das Wissen, wer der Piratenkapitän wirklich war.

»Ich kenne ihn. Der Mann, der sich Kapitän Grey nennt, ist Dominic Greyville, der einstige zukünftige Graf von Camden. Er war einst mein bester Freund.«

»Bester Freund?« Roberta konnte nicht glauben, was er ihr erzählte. »Aber wie ...?«

Nicholas seufzte und nickte zu einer Holzkiste neben ihm. Roberta setzte sich, tat ihr Bestes, um nicht vor Schmerz zusammenzuzucken, und hielt den Atem an, während sie ihm zuhörte.

»Wir wurden zwei Meilen voneinander entfernt am selben Tag geboren. Dom kam nur drei Stunden vor mir auf die Welt. Wir haben uns zum ersten Mal im Alter von zwei Wochen getroffen. Unsere Mütter und Väter waren alte Freunde. Unsere Bindung als kleine Kinder verfestigte sich im Laufe der Jahre zu etwas Größerem. Wir wurden unzertrennlich.« Der hohle Schmerz in Flynns Stimme ließ Roberta Tränen in die Augen steigen.

Sie hatte sich ihr ganzes Leben lang nach einem solchen Freund gesehnt. Aber mit den jungen Frauen, denen Sie im Laufe ihres Lebens begegnete, kam sie nie zurecht. Es gab unter ihnen solche, die zwar nett waren, die sich aber oft nicht für die gleichen Dinge interessierten wie sie. Es war schwer, sie in einen sinnvollen Diskurs zu verwickeln und dauerhafte Freundschaften zu schließen.

»Was ist zwischen Ihnen passiert?«, fragte sie.

Flynns Augen wurden ernst, als er antwortete.

»Ich weiß es wirklich nicht, aber ich habe einen Verdacht.«

»Ich fürchte, ich verstehe das nicht.«

Flynn strich sich mit der Hand durch sein goldenes Haar. »Wir waren vierzehn, als Dom verschwand. Ich wünschte ihm eine gute Nacht, und wir gingen beide nach Hause. Sein Vater und seine Mutter sagten, er sei ohne Abendessen ins Bett geschickt worden, weil sie herausgefunden hatten, dass er sich geprügelt hatte.«

»Moment, geprügelt? Mit wem?« Roberta lehnte sich näher an Flynn heran.

»Nur ein Junge aus einer Taverne. Der hatte einer hübschen

Bardame eine Ohrfeige verpasst. Dom hat ein Faible für Jungfrauen in Not.«

Ein undamenhaftes Schnauben entkam Robertas Mund. »Wenn das wahr wäre, wäre er dann nicht viel netter zu mir?«

Der Leutnant zuckte mit den Schultern. »Das ist ein Teil des Geheimnisses. Aber wie gesagt, er bekam Ärger, weil er sich geprügelt hatte, und wurde in seine Kammern geschickt. Niemand hat ihn nach dieser Nacht je wieder gesehen.«

Roberta hielt sich die Hand vor den Mund. »Oh, seine armen Eltern. Wie verängstigt müssen sie gewesen sein, als sie merkten, dass er weg war.«

»Sie können sich das nicht vorstellen, Miss Harcourt. Aaron war hart zu Dom, aber er liebte ihn heftig. Er war nie grausam, aber er hat Dom nicht machen lassen, was er wollte, was Sie sicher schon an ihm gespürt haben - die Wildheit liegt ihm im Blut.« Flynn legte seine Handflächen auf die Knie und lehnte sich zurück. »Sie haben nie aufgegeben. Ich muss im nächsten Hafen frei kommen und ihnen schreiben. Sie müssen erfahren, dass Dom noch am Leben ist.«

»Vorausgesetzt, der Kapitän hält sein Wort, uns gehen zu lassen, und wir dürfen in Tortuga von Bord gehen ...« Sie biss sich auf die Lippe. »Wir werden beide einen Weg finden, nach Port Royal zu kommen und seiner Familie die Nachricht zukommen zu lassen.«

»Danke.« Flynn lächelte, aber der gebrochene Ausdruck ließ ihr Herz schmerzen. »Nach allem, was ihm widerfahren ist, wird es, so vermute ich zumindest, kein einfaches oder gar sicheres Wiedersehen geben.«

»Wie das?«

»Ich bin mir nicht sicher, aber ich glaube, dass er entführt wurde. Der Sklavenhandel bemächtigt sich nicht nur Afrikanern, sondern nimmt jeden, der dazu gezwungen werden kann. Es ist bekannt, dass Männer die Küstenstädte Englands überfallen, um Jungen zu entführen, die man nicht vermissen würde, um sie als Arbeitskräfte zu verpflichten. Die Bedingungen, unter denen diese Jungen leben, sind kaum besser als die der armen Afrikaner, die aus ihren Heimatländern gerissen wurden. Die meisten entführten britischen Jungen landen früher oder später in der Gesellschaft von Piraten. Piraten sind, wie Sie sicher schon festgestellt haben, ziemlich bösartig. Die Misshandlungen, die Dom in so jungen Jahren erlitten haben muss, möchte ich mir gar nicht vorstellen. Ich meine auch nicht nur die Peitschenhiebe. Auf Schiffen passieren Dinge, vor allem mit Jungen und jungen Männern.«

Roberta versuchte, sich nicht vorzustellen, welche Schrecken ein junger, unschuldiger Dominic erlebt hätte, aber ihre Fantasie war manchmal viel gefährlicher als die Realität. Sie musste jedoch zugeben, dass Dominics Mannschaft nicht die Art von Halsabschneidern war, die sie erwartet hatte. Er schien sein Schiff auf eine ganz andere Weise zu führen als die meisten Piraten. Trotzdem würde sie ihm und seinem Team gegenüber nicht unvorsichtig sein.

»Was für Dinge?«, fragte sie Flynn. Sie war sich nicht einmal sicher, nach welchen Taten sie fragte, aber ihre Vorstellungskraft vermittelte eine dunkle Ahnung.

»Als ich versuchte, mit ihm über seine Vergangenheit zu sprechen, schloss er mich aus. Nur ein Mann, der selbst durch die Hölle gegangen ist, würde sich seinem besten Freund gegenüber verschließen.« Flynns Augen wurden zu hell, er blinzelte schnell und wandte den Blick von ihr ab.

»Ich habe an ihm versagt, Roberta.« Flynn sprach ihren Vornamen sanft aus, so wie es ein Freund tun würde. Roberta berührte seinen Arm, um ihn zu trösten.

»Man kann an jemandem wie ihm nicht so einfach versagen. Sie waren beide Kinder. Und wenn Sie bei ihm gewesen wären, wären Sie vielleicht auch entführt worden.«

Flynn schniefte und wischte sich die Nase. »Dann wären wir wenigstens zusammen gewesen.«

Roberta konnte das nicht bestreiten, auch wenn es traurig war, darüber nachzudenken.

»Ich beneide Sie um die Freundschaft, die Sie beide hatten. Ich war immer allein.«

Flynn konzentrierte sich wieder auf sie. »Für Jungen ist es einfacher, Freundschaften zu schließen. Meine kleine Schwester sagt das Gleiche wie Sie. Meistens fühlt sie sich allein. Nur Josephine, die kleine Schwester von Dom, spendet ihr Trost.«

»Dom hat eine Schwester?«

»Das tut er, und einen Bruder. Josephine und Adrian sind Zwillinge. Sie waren noch kleine Kinder, als Dom entführt wurde.«

»Er muss sie schrecklich vermissen.« Robertas Herz schmerzte für Dom und das wunderbare Leben, das er verloren hatte. Das machte seine harte, kalte Art umso verständlicher. Sie wäre auch verbittert gegen die Welt gewesen, wenn sie ihre Familie auf diese Weise verloren hätte.

»Aber wenn wir ihn mit seiner Familie wieder zusammenbringen könnten ...«

»Das ist vielleicht unmöglich«, schaltete sich Flynn ein. »Dominic ist seit über einem Jahrzehnt Seeräuber. Sein Ruf eilt ihm voraus. Sobald er einen Hafen anläuft, in dem die Behörden ihn erkennen, wird er wegen Piraterie hingerichtet. Er weiß das, und deshalb möchte er nicht, dass wir es seiner Familie erzählen. Wenn sie nach ihm suchen würden, könnte er getötet werden.« Flynn hielt inne, als ob er mit sich selbst stritt. »Aber man muss es ihnen sagen. Sie müssen es nach all dieser Zeit wissen.«

»Ja, das müssen sie.«

Sie schwieg einen Moment, und Flynn auch. Es fiel ihr auf, dass dies eines der wenigen Male war, dass sie mit einem Mann allein war. Sie war auch schon mit Dominic allein gewesen, und die beiden Erfahrungen waren so unterschiedlich. Bei

Flynn fühlte sie sich sicher, selbst jetzt, wo er ein Gefangener war. Mit Dominic? Da empfand sie genau das Gegenteil. Er erschreckte sie mit seiner natürlichen Intensität, und doch zog diese Intensität sie auch an wie eine Motte das Licht.

Das war zwar ein abgedroschener Ausdruck, aber sie hatte das einmal erlebt, als eine große schwarze Motte es gewagt hatte, in eine Öllampe neben ihrem Bett zu krabbeln. Sie war rücksichtslos um das glühende, gleichmäßig brennende Feuer herumgeflattert, und als sie dem Licht nicht mehr hatte widerstehen können, hatte sie sich in die Flamme gestürzt. Seine Flügel hatten geglüht wie ein Glühwürmchen, das aus den Abgründen der Hölle entsprungen war. Und dann, in einem flatternden, qualvollen Tod, kletterte sie zum Fuß der Lampe hinunter und verendete lautlos.

*Soll das mein Schicksal sein? Wenn ich Kapitän Grey zu nahe komme, wird er mich dann verbrennen, bis nur noch Asche und Stille übrig sind?*

»Sie sollten auf sich aufpassen, Roberta. Ich glaube, dass der Dominic, den ich als Junge kannte, immer noch in ihm steckt, aber er ist jetzt seit Jahren Pirat, zuerst um zu überleben und jetzt, weil er keinen anderen Weg sieht. Dieser Teil von ihm könnte zu stark sein.« Flynn ergriff ihre Hände, und einen Moment lang war sie von dem Gedanken ergriffen, dass dieser Mann, Nicholas Flynn, gut aussehend, fesselnd und weitaus nobler als Dom, die Art Mann war, die sie heiraten sollte. Aber Dominics blitzende dunkle Augen voller mitternächtlicher Geheimnisse und das Gefühl seiner Hände auf ihrem Körper, seine Lippen, die ihre eigenen beherrschten ... niemand sonst konnte ihr solche Gefühle vermitteln.

»Ich werde vorsichtig sein«, versicherte sie Flynn.

»Gut, denn ich könnte es nicht ertragen, wenn jemand Sie verletzen würde, weil ich ...«

Was auch immer er hatte sagen wollen, wurde durch eine

Erschütterung von oben zum Schweigen gebracht. Reese stieß die Zellentür auf.

»Jetzt an Deck, Robbie. Es wurde ein Schiff gesichtet.« Roberta eilte zur Tür hinaus und ließ Flynn in seiner Zelle zurück. Sie folgte Reese nach oben an Deck. Die Sonne war inzwischen unter den Horizont getaucht, und die Besatzung hatte Lampen angezündet.

»Es ist die *Red Lady*!«, rief ihnen ein Mann zu, der sich weit oben an der Takelage des Besanmastes festhielt.

»Was ist die *Red Lady*?«, fragte Roberta Reese. Sie schlossen sich Dominic auf dem Vorderdeck an. Dominics Gesicht war wie versteinert, als er zu Reese blickte, und beide Männer ignorierten ihre Frage.

»Wir können ihm nicht entkommen. Die *Red Lady* ist das einzige verdammte Schiff, das uns einholen kann«, knurrte Dominic.

»Was ist die *Red Lady*?«, fragte sie erneut.

»Das schlimmste Piratenschiff, das je die Westindischen Inseln heimgesucht hat«, antwortete Dominic schließlich, dessen Augen in der Düsternis schwarz wie die Nacht waren.

»Er wird dich sehen wollen, nicht wahr?«, fragte Reese, dessen Gesicht vor Sorge verzerrt war.

Roberta konnte erkennen, dass es etwas oder jemanden auf der *Red Lady* gab, der sehr, sehr böse war. Einen Moment lang sah sie einen Hauch von Angst in Dominics Gesicht, bevor er sie unter kaltem Trotz verbarg.

»Das wird er. Ich muss ihn gewähren lassen oder das Leben aller an Bord riskieren.« Als die Entscheidung gefallen war, wandte er sich ihr zu und ergriff ihren gesunden Arm.

»Robbie, du suchst Luke und kletterst mit ihm über die Takelage zum obersten Krähennest am Großmast. Kommt nicht herunter, bevor ich euch geholt habe. Hast du verstanden? Sei dieses Mal nicht ungehorsam, sonst wirst du dir wünschen, ich hätte dich wirklich ausgepeitscht. Der Kapitän dieses Schiffes, *er* ist das Monster, das du fürchten solltest.«

Robertas Kehle schnürte sich zu, und sie schluckte schwer.

»Ja, Kapitän«, antwortete sie und meinte es ernst. Sie würde nicht ungehorsam sein. Dies war kein Kampf zwischen ihnen, nicht mehr. Befehle zu befolgen, war wirklich eine Frage von Leben und Tod, und sie würde auf ihn hören.

»Geh jetzt«, befahl er in dringendem Ton. Sie flüchtete die Treppe hinunter und ging in den Bauch des Schiffes in die Kombüse.

Lee und Lucy bereiteten das Abendessen vor, und selbst unter diesen widrigen Umständen war sie von dem Duft, der aus den Töpfen auf dem Herd aufstieg, verzaubert. Lucy lehrte Lee das Kochen.

»Dann fügst du etwas Zitrone hinzu. Zitrone ist wichtig, weißt du. Der Admiral sagt, es hält Skorbut von der Besatzung fern und verleiht dem Brathähnchen einen scharfen Geschmack, den die meisten als angenehm empfinden.«

»Luke, wir müssen gehen«, unterbrach Roberta. Lee warf ihr einen missbilligenden Blick zu.

»Der Junge bringt mir etwas bei. Weg mit dir, Robbie.« Lee winkte mit einer Hand, als wolle er Roberta verscheuchen.

»Mr. Lee, wir wurden vom Kapitän ins Krähennest beordert. Die *Red Lady* nähert sich uns.«

Lees Augen weiteten sich, und er murmelte etwas von schurkischen Bastarden. »Geh jetzt. Bleib außer Sichtweite.« Er warf Lucy einen Laib Brot und zwei Äpfel zu. Roberta führte Lucy zurück an Deck, gerade rechtzeitig, um das andere Schiff längsseits heranziehen zu sehen.

»Klettern, schnell!«, zischte Roberta. Sie hatten Glück, dass die Dunkelheit einen großen Teil ihres eiligen Aufstiegs verbarg.

Roberta unterdrückte bei jedem Schritt, den sie die Takelage hinaufkletterte, einen Schrei. Mit ihren vom Seil verbrannten Handflächen und ihrer kaputten Schulter konnte sie es kaum schaffen, aber Lucy half ihr, indem sie einen Arm um ihre Taille legte, bis sie den höchsten Punkt erreichten und über den hölzernen Rand des Krähennestes kletterten. Die hölzerne, eimerförmige Konstruktion des Nestes schützte sie vor neugierigen Blicken. Sie hoffte, dass es Lucy nicht übel werden würde, denn das Nest schwankte selbst bei ruhigerer See ziemlich stark.

»Warum verstecken wir uns?«, flüsterte Lucy, als sie und Roberta sich setzten und das Brot und die Äpfel unter sich aufteilten.

»Das Schiff, das neben uns herfährt, heißt die *Red Lady*. Der Kapitän des Schiffes macht Dominic Angst. Das sollte Grund genug sein. Lucy, du hättest sein Gesicht sehen sollen - er war entsetzt.«

Ihr Dienstmädchen starrte sie schockiert an, mit offenem Mund, den Apfel nur wenige Zentimeter von ihren Lippen entfernt. »Er hat dem Kapitän Angst gemacht? Oh Himmel, Mylady, wir ...«

»Still«, zischte Roberta, als neue Stimmen durch den Wind getragen wurden. Französische Stimmen und Kreolisch. Sie wollte jetzt nachsehen, aber sie wusste, dass sie sich verstecken musste.

»Dominic, es ist lange her, *mon ami*«, rief eine sanfte, kalte französische Stimme.

»La Roux«, antwortete Dominic.

Roberta schloss die Augen und stellte sich Dominic vor, wie er auf dem Oberdeck stand und seine harten, schlanken Beine zeigte. Er dürfte die Arme vor der Brust verschränkt haben, und sein Gesicht war hart und zeigte nur eine Fassade der Freundlichkeit. Eine Pistole dürfte in seinem Gürtel stecken und ein Säbel in einer Scheide an seiner Hüfte hängen. Er würde ganz und gar wie der tödliche Pirat aussehen, der er war.

Aber wer auch immer La Roux war, er musste ein unvorstellbarer Alptraum sein.

»Wir wollten gerade in meiner Kabine zu Abend essen«, sagte Dominic. »Du kannst dich uns gerne anschließen, aber wir sind bald auf dem Weg nach Port Royal. Ich weiß, dass du den Hafen nicht oft dort anläufst, weil die englische Flotte sie so oft besucht.« Es war klar, dass er versuchte, La Roux loszuwerden.

»Normalerweise hast du recht, alter Freund, aber heute bin ich versucht, den Hafen anzusteuern. Ich weiß, dass du eine Vorliebe für Port Royal und die Damen dort hast. Ich glaube, wir sollten mit dir zu Abend essen.«

»Wie du willst.« Dominics Stimme wurde leiser, als er sich vom Oberdeck hinunter zum Achterdeck im Inneren des Schiffes bewegte, bis sie nicht mehr zu hören waren.

Roberta und Lucy hielten den Atem an, bis alles an Deck ruhig zu sein schien, dann ging Roberta in die Knie und riskierte vorsichtig einen Blick über den Rand des Krähennests hinüber auf das Nachbarschiff. Ein paar Männer bewegten sich auf den beleuchteten Decks der *Red Lady*. Sie sahen schmutzig und rau aus, nicht so wie die Besatzung der *Dragon*. Für Piraten war die Besatzung der *Dragon* in ihren Manieren und ihrer Kleidung im Vergleich zu denen an Bord des anderen Schiffes geradezu elegant. Sie beobachtete, wie zwei Männer wegen einer Flasche Rum in einen Streit gerieten, der bald von Fäusten zu Messern eskalierte, und niemanden an Bord schien das zu interessieren. Roberta sank zurück in den Schutz des Nestes.

»Lucy, ich fürchte, es wird eine lange Nacht werden.«

## 11

Dominics Magen verknotete sich vor Schreck und Urangst, als er Andre La Roux in sein Esszimmer führte. Lee hatte bereits den Tisch für Reese, Chibbs, Dominic und drei weitere Personen gedeckt. Er hätte ahnen müssen, dass La Roux versuchen würde zu bleiben. Kluger Mann. Schon diese kleine Geste würde La Roux zeigen, dass seine Männer auf der Hut waren.

La Roux winkte seinen beiden Begleitern zu, seinem Quartiermeister Blaise Robinson, einem gefährlichen Mann mit jeder Waffe, und seinem Bootsmann Curtis Whalen. Blaise war stark und jung wie Reese, während Curtis älter und rundlicher war, aber nicht weniger gefährlich. Dominic würde keinen Kampf riskieren, solange die beiden an Bord waren. So sehr er La Roux auch die Kehle aufschlitzen wollte, er würde nicht das Leben seiner eigenen Männer aufs Spiel setzen. Nur ein Narr würde glauben, dass La Roux leicht zu töten wäre. Blaise und Curtis hatten zweifellos eine Möglichkeit, der *Red Lady* zu signalisieren, ihre Kanonen vorzubereiten.

Dominic ließ sich erst steif auf seinem Stuhl nieder, als La

Roux bereits Platz genommen hatte. Die anderen Männer im Raum warteten kurz, bevor sie es ihnen gleichtaten.

Lee brachte Teller mit gebratenem Huhn und Keksen und schenkte jedem Mann Wein ein. Dominic hätte niemals den Wein eines Feindes getrunken, aber La Roux war arrogant genug, um anzunehmen, dass ihn niemand vergiften würde. Dominic hatte kurz den Gedanken zugelassen, dies auszunutzen, aber er hätte dafür sorgen müssen, dass auch Curtis und Blaise tranken, und das taten sie nie.

»Nun, das ist doch ein erfreuliches Wiedersehen, nicht wahr, Dominic?« Er streichelte Dominics Namen auf eine Weise, die diesem eine Gänsehaut bereitete. Während La Roux sprach, verzog er die Lippen zu einem spöttischen Grinsen und zog die Haut straff, was seine harten Gesichtszüge noch knochiger und unheimlicher erscheinen ließ. La Roux war fast vierzig, aber er hatte dieses alte und zugleich eigentümlich alterslose Aussehen, das nur ein Teufel haben konnte.

Andre war zwar eine dünnere, drahtigere Version seines Bruders Gerard, aber ihre Gesichter, Stimmen und Haltungen waren sich zu ähnlich, um nicht die dunkelsten Erinnerungen an Dominics Zeit an Bord des ersten Schiffes wachzurufen. Es war Gerard gewesen, der ihn verletzt hatte, der ihm genommen hatte, was kein Mensch haben sollte. Andre hatte zugeschaut, wie Gerard sich an Dominics viel kleinerem Körper vergangen hatte, und er hatte nichts gesagt. Für Dominic war Andre genauso niederträchtig und erbärmlich wie sein Bruder.

Dominic versuchte, die Qualen der Erinnerung an jene Alptraumtage zu verdrängen, aber schon der Geruch von Andres verschwitztem roten Brokatmantel ließ ihm die Galle hochkommen.

»Es ist ein Jammer, dass Gerard nicht mehr unter uns ist«, sinnierte Andre, während er seinen Weinkelch zwischen Daumen und Zeigefinger drehte.

»In der Tat«, murmelte Dominic.

Keiner der beiden Männer sprach die Wahrheit über Gerards Schicksal an, obwohl beide es wussten. Dominic, weil er dort gewesen war, eine Woche nach seinem achtzehnten Geburtstag, mit einer rauchenden Pistole in der Hand und seinem toten Peiniger zu seinen Füßen. Andre, weil er es eine Woche später erfahren hatte, zu spät, um Dominics Flucht noch zu unterbinden. Jahre waren vergangen, und Andre war nie gekommen, um sich zu rächen, aber Dominic wusste, dass es nur eine Frage der Zeit gewesen war. Obwohl sein Ruf als Pirat nur noch gewachsen war, seit er den Bastard getötet hatte, der ihn zuerst missbraucht hatte, wusste Dominic, dass Andre sich nicht einschüchtern lassen und ihn schließlich aufsuchen würde.

»Man munkelt, du habest eine Beute von der spanischen Küste gejagt«, sagte La Roux, bevor er an seinem Wein nippte.

»Eine Beute vor Spanien? Nein, wir haben Spanien verlassen, aber nicht, um ein Schiff zu verfolgen.«

La Roux war der einzige Mann am Tisch, der zu Abend aß. Sein Silberbesteck kratzte auf dem Porzellanteller, als er das Hähnchen anschnitt, es mit der Gabel aufspießte und kaute, selbstbewusst und jede mögliche Bedrohung ignorierend. Dominic spürte, wie Reese und Chibbs ihn beobachteten, und ihre Blicke wanderten zurück zu La Roux.

»DU bist also nicht einem englischen Schiff namens *Fortune* begegnet?«

»Nein, das kann ich nicht behaupten. Ihr vielleicht?« Dominic forderte den Franzosen heraus.

La Roux gluckste. »Dann hätten wir euch doch nicht verfolgt. Meine Mannschaft würde die Beute unseres Sieges in Tortuga genießen.«

Dominic griff seelenruhig nach seinem Wein und nahm einen kleinen Schluck. La Roux musste dann wohl seine eigenen Quellen in Spanien haben.

»Ich habe kürzlich in Spanien eine so reizende Frau getroffen. Sie hat mir von diesem Schiff erzählt. Es ist ein Jammer, was mit ihr passiert ist. Maria, glaube ich, war ihr Name.«

Der Wein wurde auf der Zunge von Dominic zu Asche.

»Was ist mit ihr passiert?« Er wusste, dass er nicht fragen und verraten sollte, dass er die Frau kannte, aber er musste es tun.

»Oh, hast du sie gekannt?« La Roux lächelte, als er Dominic einen kurzen Blick zuwarf, bevor er wieder in sein Essen schnitt. »Sie war eine Hure, das musst du wissen. Im Geiste, wenn auch nicht von Beruf. Und sie starb, wie es sich für eine Hure gehört … das habe ich jedenfalls gehört.« Er steckte sich den Bissen vorsichtig in den Mund, und seine Augen funkelten in die von Dominic. »Stürzte aus dem Fenster, nachdem ihr Mann erfahren hatte, dass sie untreu gewesen war. Ihr Kopf platzte auf dem Kopfsteinpflaster auf wie eine überreife Melone. *Knall*.« Als er mit dem Essen fertig war, schmatzte er mit den Lippen, beugte sich vor und lächelte. »Eine schreckliche Art zu sterben, findest du nicht auch?«

Reese bewegte sich neben Dominic, eine so natürliche Bewegung, dass Dominic, wenn er ihn nicht sehr gut gekannt hätte, sich nichts dabei gedacht hätte, aber er wusste, dass Reese gerade eine Klinge aus seiner Weste unter dem Tisch hervorgezogen hatte und nur darauf wartete, dass Dominic das Wort gab.

»Das ist wirklich ein Jammer. Ich war flüchtig mit ihr bekannt.« Es kostete Dominic seine ganze Selbstbeherrschung, nach seinem Teller zu greifen und einen Bissen Huhn zu nehmen, als ob die Angelegenheit keine Rolle spielen würde. Wenn La Roux wusste, dass er an Dominic herankommen konnte, indem er unschuldige Frauen tötete, würden zweifellos noch mehr dieses Schicksal erleiden. Die dunkle Spannung zwischen ihnen schien zu wachsen, sodass die Luft dünn wurde und sich die Muskeln aller Männer im Raum in Erwartung eines Kampfes anspannten.

»Nun ... wie ich sehe, ist die Tischgesellschaft nicht so begeistert, wie ich erwartet hatte. Vielleicht kehre ich ja doch zu meinem Schiff zurück.« La Roux stand auf und ging im Kreis um den Tisch herum, wo er Gerards alten Kompass auf einem Papierstapel liegen sah. Er hob ihn auf und studierte ihn mit einem langsamen Lächeln, bevor er ihn wieder ablegte und sich tief verbeugte, den Hut in der Hand. »Deine Gastfreundschaft wird wie immer sehr geschätzt.« Blaise und Curtis erhoben sich ebenfalls, wenn auch ohne die Höflichkeiten, und folgten ihm aus dem Zimmer.

Dominic, Reese und Chibbs blieben im Esszimmer, bereit für alles, was passieren könnte. Sie waren klug genug, La Roux nicht an Deck zu folgen. Wenn La Roux heute Abend Blut sehen wollte, würde er bei den Männern in diesem Raum anfangen. Es war besser, ihn nicht zur Gewalt zu verleiten, bis sie sich in einer Situation befanden, in der Dominic sicher war, dass die *Dragon* und ihre Besatzung im Vorteil waren. Lee kam nach ein paar Minuten zurück.

»Sie sind weg, Captain. Die *Red Lady* zieht ab.«

»Danke, Lee.« Dominic ließ sich in seinen Stuhl fallen, sein Körper zitterte vor Erleichterung.

Reese und Chibbs beobachteten ihn genau.

»Eines Tages werde ich ihn töten«, schwor Dominic. »Er wird seinem Bruder in die kalten Tiefen des Meeres folgen.«

»Dieser Tag kann nicht früh genug kommen«, fügte Reese feierlich hinzu.

Dominic hörte, wie die *Red Lady* ablegte, und er wartete noch eine halbe Stunde, bevor er sich an Deck wagte. Er starrte über das mondbeschienene Wasser hinaus, um zu sehen, ob er das andere Schiff noch irgendwo entdecken konnte. Sie war bereits verschwunden. Dominic ging zur Takelage am Groß-mast und kletterte zum Krähennest hinauf. In dem Moment, in dem er es erreichte, war Roberta auf den Beinen und hielt ihm ein schlankes Entermesser an die Kehle.

»Ruhig, Robbie«, krächzte er, aber er blieb still, um ihr Zeit zu geben, ihn in der Dunkelheit zu erkennen. »Wenn du mir schon die Kehle aufschlitzen willst, dann warte wenigstens, bis wir alle wieder sicher unten auf dem Deck sind.«

»Captain, es tut mir leid, ich dachte ...« Roberta ließ die Waffe sinken und wich ein paar Schritte zurück, als erwartete sie, dass er wütend auf sie sein würde.

»Es ist alles in Ordnung. Ihr könnt jetzt beide wieder herunterkommen. Die *Red Lady* hat abgelegt, und wir sind vorerst in Sicherheit.« Er würde den Frauen nicht sagen, dass er von nun an mit einem offenen Auge schlafen würde.

Dominic half den Damen, sich wieder in die Seile zu begeben. Als sie wieder auf dem Deck waren, eilte Lucy hinunter in die Küche, um zu sehen, ob Lee sie brauchte.

Dominic winkte seinen Bootsmann herbei. »Chibbs.«

»Kapitän?«

»Sorg dafür, dass die Männer heute Abend zusätzliche Rationen haben. Heute Abend wird es ruhig sein, und wir sollten alle etwas trinken, um unsere Stimmung zu heben.«

Chibbs grinste. »Mein Vater sagte immer: *Ein Pint am Tag hält den Arzt in Schach.*«

Dominic verdrehte die Augen, und ein kleines Lächeln umspielte seine Lippen. Doch im Gegensatz zu seinen Männern würde er heute Abend keine Erleichterung empfinden. Er ging unter Deck, legte sich auf sein Bett und starrte an die Decke. Das Mondlicht drang durch das Kabinenfenster, und das Meer dahinter blitzte und funkelte auf eine Weise, die ihn an Robertas Augen denken ließ.

*Alles* schien ihn jetzt an Roberta denken zu lassen. Der Wind und die Segel klangen wie ihre leisen Seufzer, und das Schaukeln schien ihn an den Frieden zu erinnern, den er gefunden hatte, als er sie in seinen Armen hielt.

Er spannte sich an, rührte sich aber nicht, als sich plötzlich seine Kabinentür öffnete und Roberta im Rahmen stand.

»Ich habe deinen Rum, Kapitän.« Sie kam mit zwei Tassen in der Hand zu ihm. Sie reichte ihm eine, als er sich in seinem Bett aufsetzte.

»Hast du jemals Rum getrunken, Robbie?«, fragte er.

Sie sah auf ihre Füße hinunter und war plötzlich schüchtern.

»Das hast du nicht, oder?« Er kicherte, als er seine Tasse nahm und das süße, brennende Feuer in einem langen Schluck hinunterkippte. Dann stellte er die Tasse auf dem Boden ab.

»Ich habe es tatsächlich einmal versucht. Als ich fünfzehn Jahre alt war. Ein Kabinenjunge auf einem Schiff, auf dem mein Vater diente, ließ mich eine Kostprobe nehmen.«

»Und?«, fragte er leise, um ihr die Möglichkeit zu geben, sich zu entspannen.

Sie kam tiefer in die Kabine und schloss die Tür. »Es war nicht nach meinem Geschmack.« Ihre Nase rümpfte sich, als sie versuchte, sich an den Geschmack des Alkohols zu erinnern. »Aber man sagte mir, der Geschmack wächst einem ans Herz.«

»Nun, ob er dir nun schmeckt oder nicht, trink aus. Dann tut dein Rücken weniger weh.«

Sie hob ihre Tasse an die Lippen, kippte dann schnell den Kopf in den Nacken und schluckte ein paar Mal. Dann hielt sie sich den Mund mit der Hand zu und würgte.

»Oh, das ist ... noch schlimmer, als ich es in Erinnerung hatte.« Sie spuckte aus und wischte sich mit dem Ärmel über den Mund, und ihr Gesicht rötete sich, als sie merkte, dass er ihre eher undamenhafte Reaktion beobachtete. »Es tut mir leid, ich ...«

»Du brauchst dich nicht zu entschuldigen. Man muss nicht etwas mögen, nur weil andere es mögen.«

»Ich weiß, aber ich wollte zum Rest der Mannschaft passen.«

»Robbie, tu nie etwas, nur um dich anzupassen. Wenn man

die Gelegenheit hat, sich von der Masse abzuheben, ist das etwas, worauf man stolz sein kann.

»Es tut mir leid«, sagte sie erneut.

»Hör verdammt nochmal auf, dich zu entschuldigen«, knurrte er und stand auf. Sie wich zurück und prallte gegen die Wand gegenüber seinem Bett. Sie zuckte erneut zusammen. Er packte sie an ihrem gesunden Arm und drehte sie mit dem Gesicht zur Wand. Ihr Atem beschleunigte sich.

»Was machst du da?«, wollte sie wissen, wobei ihr Tonfall von Angst geprägt war.

»Ich möchte sicher sein, dass es dir gut geht.« Dominic zerrte ihr Hemd aus der Hose und hob es hoch, um ihren Rücken freizulegen. Breite Stoffstreifen banden ihre Brüste ein und boten einen gewissen Schutz vor der Peitsche, aber er sah trotzdem blassrosa Linien entlang ihres unteren Rückens.

Er zeichnete eine Linie direkt über ihrem Hosenbund. Sie gab keinen Laut von sich, aber sie zitterte. Und ihr Zittern ließ ein wildes Feuer unter seiner Haut lodern. Es gab nichts Schöneres, als eine Frau zu haben, die so empfindlich reagierte, wenn es um ihren eigenen Körper ging. Sie würde nicht wie die anderen sein, die das Bett als eine Transaktion oder ein Mittel zum Zweck betrachteten. Bei Robbie wäre es ein Akt, um ihr Herz und ihre Seele mit denen eines Mannes zu verbinden. Allein der Gedanke daran erschreckte und erregte ihn.

»Tut es noch weh?«, fragte er. »Soll ich Dr. Maynard holen?« Er versuchte, seine Gedanken zu zügeln, aber es würde ihm nicht mehr lange gelingen.

»Ich ... Nein. Belästige ihn nicht. Es ist nur empfindlich, das ist alles.« Sie versuchte, von ihm wegzurutschen, aber er ließ sie nicht.

»Robbie, du verführst mich. Du lässt mich vergessen ...« Er schloss die Augen, während er sich dicht an sie lehnte und ihren Duft einatmete. Süß, leicht und feminin, gemischt mit Rosenwasser. Reese hatte Recht.

»Ich lasse dich vergessen?« Ihre atemlose Antwort überflutete ihn mit Erregung und der Vorstellung, sie unter sich auf das Bett zu ziehen. Was würde er nicht alles geben, um die cremigen Wölbungen ihrer Brüste zu kosten und ihren leisen Lustschreien zu lauschen, die sich mit dem Rauschen der Wellen vermischten, die gegen den hölzernen Rumpf der *Dragon* schlugen.

»Ja ...« Er senkte sein Gesicht auf ihren Hals, während er ihr Hemd wieder nach unten fallen ließ.

Er drückte seine Lippen auf die Stelle, wo ihre Schulter auf ihren Hals traf. Er war jetzt nicht mehr von Dringlichkeit getrieben. Er war bereit, sich die ganze Nacht Zeit zu nehmen, mit ihr in seinen Armen und in seinem Bett. Sie zu berühren, sie so zu halten, ihre Körper eng aneinandergepresst, ihr Rücken an seiner Vorderseite ... Er fühlte sich, als könnte er sich Zeit lassen, sie zu erforschen. Ein Zittern der Sehnsucht - nicht nur des Körpers, sondern auch des Herzens - durchzuckte ihn. Wie konnte diese kleine, zierliche Frau ihm so viel Trost spenden, nur weil sie hier in seiner Kabine war?

Sie drehte sich um, wich aber nicht zurück. »Was willst du denn vergessen?« Ihre Augen waren hell, so voller Vertrauen und Verlangen, dass er nicht anders konnte, als von der Dunkelheit zu sprechen, die ihn verfolgte.

»Was ich getan habe.« Er umfasste ihr Gesicht und strich mit dem Daumen über ihre Wange und ihre Lippen. Sie war so zärtlich nachgiebig, dass es ihm in den Knochen wehtat. »Ich habe Dinge getan, Robbie, schreckliche Dinge.« Das Geständnis tat schon weh, als es ihm über die Lippen kam. Das hatte er gar nicht zu ihr sagen wollen. Er konnte die Vorstellung nicht ertragen, dass sie seine Worte aufgreifen und ihn damit verurteilen würde, obwohl sie nicht einmal wusste, warum er diese Taten begangen haben könnte.

»Schreckliche Dinge wurden dir angetan, aber das macht dich nicht schrecklich«, erwiderte sie ebenso sanft, ihr Tonfall war so voller Mitgefühl, dass er ihm wie ein Messer ins Herz stach.

»Woher willst du das wissen?« Er hasste seine Schroffheit, aber sie zuckte nicht zurück und wich nicht aus.

»Es ist in deinen Augen. So viel Schmerz.« Sie legte eine Hand an seine Wange und dann an seinen Hals und strich mit den Fingern über seinen Hinterkopf. Sein Körper spannte sich vor frischem Hunger an, aber er wurde durch etwas Süßes gemildert.

»Bitte«, flehte er leise und klang dabei fast wie ein kleiner verlorener Junge. »Hilf mir zu vergessen ... wenn auch nur für eine kurze Zeit.« Er wollte ihr Mitleid nicht, und zum Glück sah er nichts davon in ihren Augen.

Roberta stellte sich auf die Zehenspitzen, krallte ihre Finger in seinen Kragen und zog ihn für einen Kuss zu sich herunter. In dem Moment, in dem sich ihre Lippen trafen, fühlte er sich von einer unsichtbaren Wärme umhüllt. Seine Sinne drehten sich, und er umklammerte sie, drückte sie gegen die Wand, damit er die Länge seines Körpers an ihrem spüren konnte. Er wollte sie dort gefangen halten und sicherstellen, dass sie nur ihm gehörte. Sein Herz hämmerte, als er den Rum genoss, den er bei ihrem gemeinsamen Kuss schmeckte. Ihre Nähe zu ihm war betäubend wie eine ganze Flasche des besten Gewürzrums.

Er erforschte mit seinem Mund die weiche Üppigkeit ihres Mundes, während seine Hände sanft und forschend über ihren Körper strichen. Ihr Hintern füllte seine Handflächen, und er konnte nicht widerstehen, zuzudrücken. Sie wimmerte gegen seine Lippen, ob aus Schmerz von der Peitsche oder wegen des Verlangens, das sie überflutete, da war er sich nicht sicher, aber ihre Hände griffen in sein Haar und hielten ihn für einen tieferen Kuss fest.

Ihre kleine Zunge spielte mit seiner, und er lächelte begeistert gegen ihre Lippen. Die Lady lernte schnell. In dem einen

Moment küsste sie ihn hemmungslos, im nächsten berührten ihre Lippen ihn mit einer flüsternden Zärtlichkeit. In diesem Moment war sie die Herrin über ihn, beherrschte ihn, bis er alles andere vergaß.

*Du bist wie das Meer,* dachte er. *Tief, unergründlich, voller Zorn, und doch fähig zu solch beruhigendem Frieden. Ich könnte glücklich in deinen Armen sterben.*

Die Worte blieben in seinem Kopf, aber so töricht es auch wäre, er hoffte, er könnte sie ihr zuflüstern, während sie schlief. Er fuhr mit einer Hand unter ihr Hemd, um die Fesseln an ihren Brüsten zu berühren, er wollte sie entkleiden und sich an den zarten Spitzen laben. Er würde sie beißen, sie lecken, an ihnen saugen, bis sie um Gnade und mehr schreien würde. Aber das konnte er nicht tun, noch nicht. Stattdessen zeigte er ihrem Mund, wie er mit seinem spielen konnte, wie ihre Zunge seinen Mund erforschen konnte, während seine Hände grob über ihren Rücken strichen.

Als sie den Kuss beendeten, vermischten sich ihre keuchenden Atemzüge in der stillen, ruhigen Luft der Kabine miteinander. Eine Sekunde lang sprach keiner von ihnen beiden. Sie hielten sich einfach aneinander fest, ihre Stirnen berührten sich. Sie räusperte sich, ihre Hände fielen von seinem Körper, und er ließ sie widerwillig los.

»Ich denke, ich sollte mich ausruhen, und du solltest das auch tun, Captain.« Sie trat um ihn herum und nahm ihr Lager auf dem Boden der Kabine ein. Sie war nicht wütend auf ihn, aber verdammt, wenn sich ihr Abstand zwischen ihnen nicht wie ein Schlag auf die Wange anfühlte.

Ohne ein Wort des Protestes oder einen Laut des Unbehagens legte sie sich schlafen. Er presste den Kiefer zusammen und kämpfte gegen den Wunsch an, sie in seine Arme zu nehmen und in sein Bett zu tragen. Aber wenn er das täte, würde keiner von ihnen schlafen. Dem alten Dominic wäre das egal gewesen, aber etwas in ihm hatte sich verändert. Wie eine verrostete Klinge, die tief im Feuer eines Schmieds lag, schmolz er dahin und wurde langsam zu etwas Neuem, vielleicht etwas Besserem geformt. Das machte ihm eine Heidenangst, denn er wusste nicht, was der morgige Tag bringen würde. Aber eine Wahrheit kannte er jetzt.

Es war nicht nur Nicholas Flynn, dem er bis zum äußersten Horizont folgen würde.

**12**

———————

Roberta erwachte bei den freudigen Rufen »Land, ahoi!« vom Oberdeck aus. Sie setzte sich in ihrem Behelfsbett auf dem Boden auf und warf einen Blick auf Dominics Bett. Es war leer, und die Laken waren ein einziges Durcheinander. Sie seufzte und begann mit einem reumütigen Kichern, das Bett zu richten. Die Laken waren noch warm, und der Hauch seines Duftes, wo sein Körper gelegen hatte, ließ ihren eigenen Körper als Reaktion darauf summen.

Gestern Abend hätte sie ihn fast gebeten, sie zu nehmen. Es hatte ihr auf der Zunge gelegen. Sie hatte solchen Schmerz auf seinen Lippen geschmeckt und gefühlt, wie der starke Pirat fast zitterte, als er sie küsste, als würden sie die Morgendämmerung nicht erleben. Die dunklen Pfützen seiner Augen hatten einige seiner Geheimnisse verraten. Der kalte, dominante Kapitän, den sie zu kennen glaubte, war verschwunden und durch einen Mann ersetzt worden, den sie verstehen wollte. Einen Mann, den sie lieben könnte. Sie sah einen wiedergeborenen Mann, wie ein Phönix, der aus der Asche auferstanden war.

Sie *verliebte sich* in ihn. Aber er saß in der Falle, lebte das

Leben eines Plünderers auf See und hatte keine Möglichkeit, diesem zu entkommen. Alles, was sie wollte, war, ihm zu helfen, einen Weg zu finden, ihn in das Leben zurückzubringen, für das er geboren worden war. Aber er war ein gesuchter Mann, und Männer wie ihr Vater würden ihn ohne Rücksicht auf seine Vergangenheit hängen lassen.

Roberta räumte das Zimmer auf, bevor sie die Kabine verließ und an Deck ging. Sie gesellte sich zu Chibbs, der über die Reling auf das Meer hinausblickte.

»Ah, Robbie, Junge. Schau mal.« Chibbs zeigte mit einem dicken Finger auf eine Insel, die sich schnell näherte.

»Tortuga?«, fragte sie.

»Aye«, antwortete er mit einem Grinsen. »Die Männer werden dort gerne ihr Geld ausgeben, sich die Beine vertreten und ihre Frauen besuchen.«

»Oh? Ihre Ehefrauen müssen sie vermisst haben.« Roberta grinste.

Chibbs hüstelte, wobei sein grauer Bart die plötzliche Rötung seiner Haut kaum verbarg. »Ehefrauen? Äh ... nein, keine Ehefrauen.«

Roberta wurde rot im Gesicht. »DU meinst also Ladys, die frei sind, um ... Ich verstehe.« Sie starrte zurück auf die Insel. »Hat der Kapitän eine Lady, die er besucht?«

»Hmmm?« Chibbs gluckste. »Ziemlich viele. Er muss sie auch nicht bezahlen.«

Ein bitterer Geschmack legte sich auf Robertas Zunge. Sie stellte sich vor, wie Dominic in den Armen einer anderen Frau Vergnügen fand. Daran wollte sie nicht denken.

»Aye, der Kapitän ist auf der Insel sehr beliebt, aber bei seinen Augen kann ich es den Mädels nicht verdenken. Sie strömen wie Flattervögel zum Dock, sobald die *Dragon* gesichtet wird. Gerüchten zufolge glauben sie, dass das Vögeln des Kapitäns mehr Mitglieder der Mannschaft in ihre Bordelle lockt, aber ich glaube, es liegt vielmehr daran, dass sie alle auf ihn stehen.«

Roberta blickte finster drein, als ihr Schiff in Tortuga einlief. Sie blickte immer noch finster drein, als die Taue über die Bordwand geworfen wurden, um das Schiff im seichten Wasser festzumachen. Selbst als sie und Lucy in das Langboot stiegen, um sich ans Ufer rudern zu lassen, sah sie weiterhin finster aus. Und tatsächlich, eine ganze Gruppe von Frauen in farbenfrohen, tief ausgeschnittenen Kleidern begrüßte sie. Dominic sprang auf den Steg und grinste, als ihn die Frauen umringten. Mehr als eine stahl ihm ein oder zwei Küsse, bevor eine andere Frau sie zur Seite schob.

Robertas Gesicht fühlte sich flammend heiß an, als sie wütend auf ihre Stiefel starrte. Flynn war an ihrer Seite und stieß sie mit dem Ellbogen an. Sie sah ihn unter ihren Wimpern an, an denen dumme Tränen hingen.

»Sie haben dich in ihn verliebt, nicht wahr?« Flynns Tonfall war weder hart noch wertend. Vielmehr war sein Gesicht voller Mitleid, und das machte es irgendwie noch schlimmer.

»Das ergibt wenig Sinn. Ich muss wohl jede Vernunft verloren haben«, flüsterte sie, als die Mannschaft um sie herum auf das Dock kletterte. Dominic schob die Frauen mit der scherzhaften Bemerkung beiseite, er habe sie vermisst, fürchte aber, dass er sie heute nicht mehr sehen könne. Viele der Frauen nahmen andere Besatzungsmitglieder am Arm, um sie in ein nahe gelegenes Bordell zu begleiten.

»Dom hat mich auch immer den gesunden Menschenverstand vergessen lassen. Urteilen Sie nicht zu hart über sich selbst.«

Sie nahm den Arm von Nicholas und drückte ihn leicht. »Können Sie jetzt gehen? Wird er Sie gehen lassen?«

»Ich glaube schon. Aber ich muss noch ein Schiff finden, das mich nach Port Royal bringt.« Nicholas kletterte aus dem Langboot, doch als er Roberta helfen wollte, war Dominic zur

Stelle und bot ihr seinen Arm an. Sie ließ zu, dass er ihr aufhalf, wich aber ein wenig zurück, als er versuchte, einen Arm um ihre Taille zu legen.

»Bist du schon sauer auf mich, Robbie?«, forderte Dominic sie heraus und schenkte ihr ein seltenes Grinsen.

»Sauer? Nein«, schnaubte sie und wandte sich zum Gehen, aber Dominic holte sie ein. Nicholas blieb in respektvollem Abstand zurück.

»Und was, bitte schön, macht dich dann so wütend?«

Sie ging auf ihn los. »Ich weiß es nicht - frag doch die Schar der Damen, die dich hier am Kai begrüßt haben.«

»Diese Huren?« Dominic brach in schallendes Gelächter aus und hielt sich den Bauch. »Oh, Robbie, du bist eifersüchtig. Ich mag diese Seite von dir.« Er schob wieder einen Arm um ihre Taille, und sie hatte Mühe, sich von ihm zu befreien. Dominic beugte sich vor und flüsterte ihr ins Ohr. »Ich werde keine andere Frau anfassen, solange du mich willst. Bist du jetzt zufrieden, meine kleine Höllenkatze?«

Ja, verdammt noch mal. Sie antwortete mit einem knappen Nicken, und er drückte spielerisch ihre Hüfte, bevor er sie losließ.

Roberta richtete ihre Aufmerksamkeit auf den Piratenhafen von Tortuga. Auf den Straßen tummelten sich Scharen von Männern, staubig und ungehobelt, einige in zerschlissener Kleidung und mit Hüten, die mit großen Federn geschmückt waren. Viele der Männer, die sie sah, schienen einen Piraten zu spielen, so wie sich Kinder verkleiden, um Soldaten zu spielen. Aber Dominic stach heraus, ein großer, gutaussehender Mann mit braunen Augen, die sich in Zobel verwandelten, wenn ihn die Leidenschaft packte. Er trug nichts Ausgefallenes. Seine gold-schwarze Brokatweste war heute seine einzige Zierde. In seinem Gürtel steckten ein Entermesser und eine Pistole, und sein langes dunkles Haar floss frei über seine Schultern. Er strahlte Gefahr aus. Aber er war nicht der Einzige.

Flynn, in seiner zerknitterten und ungewaschenen Marineuniform, sah fast genauso tödlich aus. Sein Blick war von einer neuen Kälte geprägt, als er Dominic folgte. Flynn wusste, dass er sich unter seinen Feinden befand, Männern, die ihm die Kehle durchschneiden würden, wenn er Schwäche zeigte. Sie wurde auf beiden Seiten von Engeln flankiert, einem hellen und einem dunklen.

Dominic blieb vor einer Taverne mit einem verrosteten Schild stehen, auf dem *The Siren* stand. Roberta und Nicholas folgten ihm hinein.

»Bleibt zusammen«, sagte Dominic zu den beiden.

Er stieß die Tür der Taverne auf, in der sich eine chaotische Szene wild feiernder Männer und Frauen abspielte, sodass sich Robertas Augen wie Untertassen weiteten. Die Männer sangen Lieder über ferne Küsten, verlorene Frauen und Schätze, während sie ihre Becher in der Luft schwenkten und Bier und Rum auf den Boden spritzten. Auf einer kleinen Bühne in der Ecke spielte ein Mann eine schnelle Melodie auf einer Geige.

Roberta zuckte bei dem abgestandenen Geruch von Schweiß und Alkohol zusammen, der sich mit dem Geruch der Tiere auf den Straßen vermischte. So hatte sie sich das große Leben auf See sicher nicht vorgestellt. Sie war nicht so dumm, sich einzubilden, dass Piraterie ein nobles Unterfangen sei, aber das hier war nicht das, was sie erwartet hatte. Sie blieben an der Bar stehen, wo Dominic leise mit einem Mann sprach, der gerade ein paar braune Becher abräumte.

»Nicht das, was du im Sinn hattest?«, fragte Nicholas, während sie das lebhafte Treiben in der Taverne beobachteten.

»Nein, überhaupt nicht«, gab sie zu. Die Enttäuschung bedrückte sie, aber sie hoffte, dass Nicholas das nicht sehen konnte. Vielleicht hatte sie sich Männer vorgestellt, die sich versammelten, um über die Artikel der Brüdergemeine zu diskutieren, und nicht, um zu zechen.

Nicholas' Lippen verzogen sich zu einem kleinen, unvorsichtigen Grinsen, nicht unähnlich dem Lächeln, das Dominic ihr geschenkt hatte, als er ihr auf den Steg geholfen hatte.

»Wie war es, ihn zu verlieren?«, fragte sie. »Tut mir leid, ich sollte nicht neugierig sein.«

Nicholas' Augen, die so voller Schmerz waren, zerrissen ihr das Herz. Er lächelte wieder, aber diesmal war es ein Lächeln aus zerbrochenen Träumen und verlorener Kindheit. »In mir war ein so starker Schmerz, dass er mich lähmte. Ich konnte nicht denken, konnte nicht atmen. Es war nichts als unendlicher Schmerz, der mit der Zeit abnahm, aber nie verschwand.« Sein Gesichtsausdruck veränderte sich in einen Ausdruck der Freude und Verzweiflung. »Und dann sah ich ihn auf dem Deck der *Fortune*.«

»Sie lieben ihn«, sagte Roberta leise.

Er nickte. »Er war wie ein Bruder für mich, ein verlorener und jetzt wiedergefundener Bruder. Ich habe mich all die Jahre in meinem Leben einfrieren lassen.« Er schüttelte reumütig den Kopf. »Es gab einmal eine Frau, die ich nicht heiraten konnte, ohne meinen Bruder an meiner Seite. Ich fühlte mich einfach unfähig, weiterzumachen und Freude zu finden.«

»Und jetzt? Könnten Sie zu ihr zurückgehen?«

Nicholas schüttelte erneut den Kopf. »Ich würde ja, aber sie hat einen anderen geheiratet.« Einen Moment lang schwiegen sie, während die Geräusche der Taverne auf sie einprasselten. »Ich weiß, dass Sie Gefühle für Dominic haben, aber ich möchte Sie bitten, vorsichtig zu sein. Wo er jetzt hingeht, wird nur Herzschmerz folgen.«

»Ich wünschte, ich könnte so tun, als würde ich es nicht verstehen, aber ich verstehe es. Er ist mir unter die Haut gegangen, und ich kann nicht ...«

Nicholas gluckste. »Sie müssen mir das nicht erklären. Passen Sie einfach auf sich auf.«

»Das werde ich«, versprach Roberta, als Dominic zu ihnen zurückkehrte.

»Flynn, am anderen Ende des Hafens liegt ein Schiff mit dem Namen *India's Pride*. Sie ist auf dem Weg nach Port Royal und fährt bei Tagesanbruch ab.« Roberta beobachtete den stummen Austausch zwischen zwei Männern, die einst nicht nur Freunde, sondern fast Brüder gewesen waren.

»Dom«, flüsterte Nicholas, ein Name voller Qualen, der Roberta die Tränen in die Augen trieb.

»Du solltest gehen, Nick. Der Kapitän wird dich wahrscheinlich früher an Bord lassen.« Dom streckte seine Hand aus, und Nicholas ergriff sie, wodurch sich beide Männer für einen Moment wieder wie kleine Jungen vorkamen und die Jahre, die zwischen ihnen vergangen waren, verschwanden.

»Du hast dich nicht verändert. Du bist immer noch der Junge, den ich kannte.« Nicholas' Augen leuchteten, als er die Worte sprach, von denen Roberta spürte, dass Dominic sie viel dringender brauchte, als ihm bewusst war.

»Genau wie du«, antwortete Dominic. Dann glitt sein Blick zu Roberta. »Und ich habe mein Versprechen an dich nicht vergessen, Robbie. Du hast jetzt die Wahl. Bleib bei mir ... oder geh mit Flynn.«

Roberta hatte sich dieser Entscheidung nicht stellen wollen, nicht so bald. Aber es war nicht wirklich eine Wahl. Ein Leben auf der Flucht mit Dominic kam für sie nicht in Frage. Die alberne mädchenhafte Verliebtheit, die sie für ihn empfand, würde eines Tages vergehen, das musste sie, und dann würde sie bedauern, dass sie kein Zuhause hatte, in das sie zurückkehren konnte. Sie musste ihren Vater in Port Royal finden und das Beste aus allem machen, was das Leben ihr zuwarf.

»Ich ... muss mit Nicholas gehen. M... mein Vater ...« Sie verschluckte sich an den Worten.

Dominic starrte sie an, und für einen Moment war sein Leid so deutlich, bevor er es hinter einem Lächeln verbarg.

»Das Schiff legt nicht vor Sonnenaufgang ab. Bleib und

feiere heute Abend mit den Männern hier.« Er winkte dem ungestümen Pöbel der Besatzung der *Dragon* zu, der sich in der Taverne niedergelassen hatte und nun ein Lied über ein Mädchen aus Wales sang, das auf jedem Schiff einen Lieblingsmatrosen hatte.

»Bleib«, flehte Dominic leise. »Nur für diese Nacht. Trink mit mir, tanz mit mir.« Er nickte in Richtung einer hölzernen Plattform, auf der einige Frauen zur Freude der zuschauenden Matrosen einen Jig tanzten.

»Sie haben noch Zeit, Roberta«, flüsterte Flynn. »Ich bleibe hier und warte bis kurz vor Sonnenaufgang, dann gehen wir gemeinsam zum Schiff.«

Roberta umarmte Flynn und flüsterte zurück: »Danke.« Dann wandte sie sich an Dominic und nickte.

»Mylady«, neckte er und bot seinen Arm an, als sie einen Tisch in der Nähe der Bühne nahmen. Eine Frau mit einem tief ausgeschnittenen Mieder, attraktiven Gesichtszügen und unnatürlich rotem Haar hielt an ihrem Tisch inne.

»Möchtest du etwas trinken, Schatz?«, fragte sie Roberta und zwinkerte ihr zu.

Roberta blinzelte. »Äh ...«

Dominic lachte. »Wir nehmen eine Flasche von deinem stärksten Rum.«

»Natürlich«, säuselte die Frau, immer noch auf Roberta konzentriert.

»Was, zum Teufel, stimmt mit ihr nicht?«, murmelte sie, als das Schankmädchen sie endlich in Ruhe ließ.

»Ich glaube, sie will, dass du mit ihr schläfst.«

»Was?«

Dominic brach in Gelächter aus. »Robbie, mein Lieber, du bist ein sehr gut aussehender junger Mann. Viele der Frauen hier würden dich gerne mit ins Bett nehmen, aber sie wären traurig überrascht, wenn sie herausfinden würden, dass du in Wirklichkeit *kein* Mann bist.«

»Oh!« Robertas Gesicht flammte vor Beschämung auf. »Sehe ich wirklich so ... männlich aus?« Sie verschluckte sich fast an dem Wort. Sie hatte fast vergessen, dass sie sich als Kabinenjunge verkleiden sollte. Sie hatte sich so leicht an das Schiffsleben gewöhnt, dass sie vergessen hatte, dass sie die Rolle eines Mannes spielte.

Dominic schnaubte. »Nicht im Geringsten. Du siehst viel zu zart und feminin aus. Manche Frauen mögen das, das ist alles. Du bist ein frisches, süßes Gesicht im Vergleich zu den stinkenden, ungepflegten Rüpeln in diesem Raum.«

Dem konnte sie nicht widersprechen.

Als die Frau mit einer Flasche Rum und einigen Gläsern zurückkam, nahm Roberta ihr Glas entgegen, nachdem Dominic es ihr eingeschenkt hatte, denn obwohl sie Rum nicht mochte, wollte sie unbedingt etwas zur Beruhigung ihrer Nerven. Dies war ihre letzte Nacht mit Dominic, die letzte Nacht, in der sie wirklich frei sein würde.

»Vorsichtig«, mahnte Dominic, als sie das Glas leerte.

»Können wir tanzen?«, fragte sie und beschloss, dass sie tatsächlich im Zimmer herumtollen wollte. Nach heute Abend würde sie nie wieder eine Chance bekommen.

Dominic begleitete sie auf die Bühne und warf dem Mann, der die Geige hielt, ein paar Münzen zu.

»Spiel uns einen Jig!«, rief er aus.

Der Mann grinste, nickte und probierte ein paar Töne auf seiner Geige aus, bevor er begann. Die Melodie war leicht und schnell. Roberta konnte sich ein Lächeln nicht verkneifen, als Dominic zu tanzen begann. Ihr Herz hämmerte vor Freude, als sich der dunkle, gut aussehende Pirat vor ihren Augen verwandelte. Er bewegte seine Füße schnell und sicher, als er für sie tanzte, und die Menge jubelte und klatschte jedes Mal im Takt, wenn er einen gleichmäßigen Rhythmus auf den Holzbrettern anschlug.

Roberta war begeistert. Dominic lachte, und der unbekümmerte Klang schien ihm sowohl fremd als auch völlig natürlich zu sein. Und dann drehte sie sich, als er sie an der Taille packte und mit sich in den Tanz zog.

Sie sprachen nicht, sie lachten und lächelten nur, während sie sich im Kreis drehten und ihre Füße sich im Takt bewegten, während der Musiker weiterspielte. Noch nie in ihrem Leben hatte sich Roberta so gefühlt, als ob die Nacht niemals enden würde und die Stundenzeiger der Uhr stehen geblieben waren. Sie war wie gebannt, schwindlig vor Freude.

»Nick, komm zu uns!«, rief Dominic seinem Freund zu.

Nicholas trank sein Glas Rum aus und kam auf die Bühne. Roberta wich ein wenig zurück, als die beiden Männer einander gegenüberstanden, als ob sie kämpfen wollten, aber dann begann Nicholas plötzlich zu tanzen, schnell, hart, seine Füße bewegten sich wild. Er hielt inne und atmete etwas schwerer als zuvor, als Dominic begann, ebenfalls zu tanzen. Es war klar, dass die beiden Männer miteinander konkurrierten, denn jeder kopierte den anderen, bevor er eine neue Bewegung hinzufügte. Roberta kicherte, als ihre Bewegungen immer komplizierter wurden, bis beide Männer schließlich aufhören mussten, mit geröteten Gesichtern und breitem Grinsen, die einander perfekt widerspiegelten.

»Nick, du kannst immer noch besser tanzen, als ich es je konnte.« Dominic klopfte Nicholas auf den Rücken.

»Im Gegensatz zu dir habe ich in unserem Tanzunterricht gut aufgepasst. Weißt du noch, wie du die Kröten mit in den Ballsaal gebracht hast, um nicht tanzen zu müssen? Die Dienstmädchen waren eine Woche lang hinter ihnen her.«

Dominic kicherte, aber sein Blick war bittersüß, als er Roberta anschaute und ihr die Hand reichte. Sie reagierte ohne nachzudenken und legte ihre Hand in seine. Der Geiger spielte eine langsame, liebliche Melodie, und Nicholas begann irgendwo hinter ihnen zu singen.

> *Fare thee well, my lovely Dinah,*
> *A thousand times adieu.*
> *We are bound away from the Holy Ground*
> *And the girls we love so true.*
> *We'll sail the salt seas over*
> *And we'll return once more,*
> *And still I live in hope to see*
> *The Holy Ground once more.*
> *You're still the girl that I adore,*
> *And still I live in hope to see*
> *The Holy Ground once more.*

Während Nicholas sang, tönte seine tiefe, melodische Stimme durch die Taverne, und während Roberta und Dominic tanzten, sah sie, wie sich so mancher eine Träne von seinen schmutzigen Wangen wischte.

> *Now when we're out a-sailing*
> *And you are far behind*
> *Fine letters will I write to you*
> *With the secrets of my mind,*
> *The secrets of my mind, my girl,*
> *You're the girl that I adore,*
> *And still I live in hope to see*
> *The Holy Ground once more.*

Dominic zog ihren Körper dicht an seinen heran, sodass er weniger tanzte als vielmehr schwankte. Der innige Griff seines Körpers um den ihren ließ ihr Herz wie verrückt schlagen. Es war albern, so zu tanzen, während sie vorgab, ein Junge zu sein, aber Dominic schien das nicht zu stören. Er begann zu summen und stimmte dann in das Lied von Nicholas ein, und die Harmonie ihrer beiden Stimmen versetzte sie in einen geheimen Himmel.

*Oh now the storm is raging*
*And we are far from shore;*
*The poor old ship she's sinking fast*
*And the riggings they are tore.*
*The night is dark and dreary,*
*We can scarcely see the moon,*
*But still I live in hope to see*
*The Holy Ground once more.*

Seine Lippen streiften Robertas Ohr, als er ihre Schläfe küsste, und sie atmete seinen Duft ein und verlor sich in dem Gefühl seines großen, warmen Körpers an ihrem. Sie hatte nie das Gefühl gehabt, allein oder gar einsam zu sein, bis dieser Mann sie im Arm hielt. Da wurde ihr klar, wonach sie sich gesehnt hatte, nach diesem anderen Stück von etwas tief in ihrem Inneren. Ihre andere Hälfte. Dieser Mann, dieser Abtrünnige, war ihr Seelengefährte. Sie klammerte sich fest an ihn, als er und Nicholas das Lied beendeten.

*It's now the storm is over*
*And we are safe on shore*
*We'll drink a toast to the Holy Ground*
*And the girls that we adore.*
*We'll drink strong ale and porter*
*And we'll make the taproom roar,*
*And when our money is all spent*
*We'll go to sea once more.*
*You're girl that I adore,*
*And still I live in hope to see*
*The Holy Ground once more.*

Dominic wich von ihr zurück, und sie wischte sich eine Träne weg. Sie versuchte, zu ihm hochzulächeln.

»Geht es dir gut, Schatz?«, fragte er.

Sie antwortete mit einem ruckartigen Nicken. »Ich ... weiß, dass ich morgen bei Tagesanbruch aufbrechen muss, aber ich möchte dich nicht verlassen«, flüsterte sie. Sein leises, süßes Kichern ließ ihr Herz nur noch mehr schmerzen.

»Und ich bin gerade noch Gentleman genug, um dich gehen zu lassen.« Er seufzte, schloss für eine Sekunde die Augen und starrte dann auf sie herab, mit einer plötzlichen Hitze in seinem Blick. In seinen Augen stand eine Frage, auf die sie die Antwort kannte.

»Ja«, sagte sie.

Er legte den Kopf leicht schief. »Ja?«

»Ja.« Sie verschränkte ihre Finger in seiner Hand und drückte sie sanft. Er wusste, was sie jetzt wollte, und sie wollte es, wollte *ihn*.

»Nicholas ...« Roberta drehte sich zu dem gut aussehenden Leutnant um.

»Ich werde hier sein und auf Sie warten«, versprach er ihnen. Sein Lächeln war ein melancholisches Echo ihres eigenen Lächelns, als er sich an einen Tisch setzte, um dem Geiger zuzuhören, der eine weitere Melodie spielte.

Heute war ein Abend der Abschiede, und sie wollte keine weitere Sekunde der wenigen Zeit, die ihr mit Dominic noch blieb, verschwenden.

**13**

_______

Dominic nahm ihren Ellbogen in seine Handfläche und führte sie die Treppe hinauf zu einer Korridor mit Schlafzimmern. Er wählte wahllos ein Zimmer aus und öffnete die Tür. Es war leer. Er führte sie hinein, schloss die Tür und lehnte sich dagegen.

»Ich will dich nicht verlassen«, sagte Roberta. Sie stand ihm tapfer gegenüber, obwohl ihr das Herz zerriss.

»Aber das wirst du. Und das solltest du auch.« Dominics große Statur hätte eigentlich überwältigend sein müssen, aber sie wollte sich nur noch an ihn schmiegen und ihn festhalten. Wie war dieser Mann in den letzten Tagen so wichtig für sie geworden?

»Lasst uns diese Nacht zu einer Nacht machen, an die wir uns für den Rest unseres Lebens erinnern werden.« Sein Ton war rau vor Emotionen, und sie zitterte, als sie zu ihm kam. Das Elend war so groß, dass es ihr den Atem raubte, als sie sich in seine Arme warf.

Ihre Münder begegneten sich in verzweifeltem Hunger, jeder Moment brannte wie Sommerblitze und ruhiger Himmel. Dominic zog sie an sich, sein warmer Atem streichelte ihr

Gesicht, während er ihr die Tränen von den Wangen wischte. Sie sank in ihn hinein, öffnete ihren Mund für ihn, ihre Zunge spielte mit seiner, während sich eine langsame Hitze in ihr aufbaute. Dieser Mann weckte etwas in ihr, und für einen Augenblick sah sie sich selbst am Rande einer Klippe stehen und den Atem anhalten.

»Bitte, Dominic, zeig mir, was du versprochen hast. Wenn ich dich nur einmal haben könnte ...« Sie vergrub ihr Gesicht an seinem Hals und küsste ihn immer noch.

Er kicherte, aber der Ton war rau. »Nur einmal? Robbie, du weißt nicht, was du da verlangst.«

Sie zog sich zurück und starrte ihn an. »Doch, ich weiß das. Wenn ich den Rest meines Lebens ohne dich leben muss, möchte ich mich an diese eine Erinnerung klammern. *Bitte*.«

Er schloss die Augen und seufzte. Als er die Augen öffnete, schimmerten sie piratenhaft. Er bewegte sich schnell, zerrte an ihrer und seiner Kleidung. Sie kippte nach hinten auf das kleine Bett, und er lag auf ihr, küsste sie mit einem wilden Verlangen, das Nässe zwischen ihren Schenkeln aufsteigen ließ.

Seine Lippen, Zähne und Zunge erkundeten ihren Körper mit Küssen und sanftem Knabbern. Er entblößte ihre Brüste, saugte und knetete sie. Sie stöhnte auf, als er eine zarte Spitze und dann die andere saugte. Sie ließ ihre Hand fallen, fuhr mit den Fingern durch sein Haar und zog seinen Kopf an ihre Brüste, während er sie mit einer solchen feurigen Süße quälte, dass sie glaubte, sie würde sterben. Er beanspruchte erneut ihren Mund, bevor er ihren Körper hinunterwanderte. Dominic fuhr mit seiner Zunge an ihrem Bauch entlang und spreizte ihre Schenkel, wobei er seine Schultern gegen ihre Beine stemmte, um sie offen zu halten. Sie errötete wild, als er sie anschaute.

»Du bist wunderschön, Robbie, die schönste Frau, die ich je gesehen habe.« Er senkte seinen Mund auf ihre Falten, und sie

umklammerte das Laken, als seine Zunge über die empfind-
lichste Stelle ihres Körpers leckte. Sie wimmerte und biss sich
auf die Lippe, als er an der kleinen Lustknospe saugte. Wellen
der Ekstase bauten sich auf, jede neue traf auf die vorherige
und wirbelte sie in einem Sturm der Lust herum.

Dominic bewegte sich an ihrem Körper hinauf und ließ
sich in der Wiege ihrer Schenkel nieder. Er berührte ihre Nase
mit seiner, während er ihr eine süße Entschuldigung zuflüs-
terte. Bevor sie ihn fragen konnte, warum, spürte sie, wie er
sich über ihr bewegte und in sie eindrang. Sie schrie auf bei
dem stechenden Schmerz, schlang ihre Arme um seinen Hals
und hielt sich an ihm fest, während der Schmerz langsam
nachließ.

»Küss mich, Liebling«, stöhnte er, und ihre Münder trafen
in einem weiteren heftigen Kuss aufeinander. Seine Lippen
forderten sie auf, den Schmerz zu vergessen, und als er sich
wieder zu bewegen begann, tat sie es. Alles, woran sie denken
konnte, war das Gefühl, wie er in sie eindrang und aus ihr
herauskam, wie das Meer und die Küste ohne Ende miteinander spielten.

Tränen traten ihr in die Augen, als sie zu seinem Gesicht
hinaufblickte. Sie hatte sich nie vorgestellt, dass sie sich so
fühlen könnte, als ob die Welt nur in diesem Raum, nur
zwischen ihnen war. Ihre Brüste rieben an seiner Brust, und
ihre Atemzüge vermischten sich mit seinen, und Roberta
wusste, dass sie niemals einen anderen so begehren würde, wie
sie ihn begehrte. Sie umfasste sein Gesicht, strich über den
dunklen Bart an seinem Kinn und fragte sich, wie er wohl
aussehen würde, wenn er glatt rasiert wäre. Er würde so anders
aussehen, als wäre er ein anderer Mann, aber er würde immer
noch zu ihr gehören.

Dominic ließ seine Hüften immer wieder kreisen, seine
Stöße wurden tiefer, und sie schrie auf, als die Lust immer
größer wurde, bis sie zu groß war. Sie keuchte auf, als ihr

ganzer Körper von einer zitternden, pulsierenden Ekstase durchflutet wurde. Musste sie jetzt sterben? Es fühlte sich an, als würde sie das.

»Dom.« Sie wimmerte seinen Namen, und eine Sekunde später antwortete auch er mit ihrem Namen - Roberta, nicht Robbie - und dann brach er auf ihr zusammen. Ihre Körper verschmolzen zu einem Gewirr von schweißgetränkten Gliedern. Sie schwiegen lange, hielten einander einfach nur im Arm, schliefen kurz ein und wachten nur auf, um sich wieder und wieder zu lieben. Ein paar Stunden später räusperte sich Dom. Sie spürte, dass die Stunden zu schnell vergingen. Ihre gemeinsame Zeit würde nicht ausreichen.

»Wir können nicht länger zögern. Die Morgendämmerung wird bald hereinbrechen. Du, Nick und Lucy, ihr müsst das Schiff erreichen, bevor es abfährt.« Er löste sich aus ihren Armen, und sie vermisste ihn bereits. Aber sie sprach nicht, während sie sich ankleidete. Dann gingen sie wieder nach unten. Nicholas lehnte an der Theke, richtete sich aber auf, als er sie sah. Seine Augen musterten ihre zerknitterte Erscheinung, aber er sagte nichts.

»Kümmere dich für mich um sie, Nick«, sagte Dominic leise, sein Blick war weit weg.

Robertas Lippen zitterten, aber sie wagte nicht, etwas zu sagen, aus Angst, den Abschied noch schlimmer zu machen.

Plötzlich öffneten sich krachend die Türen der Taverne, und eine Gruppe von Männern trat ein. Die ganze Taverne wurde still.

»Nun, Kapitän Grey, so sehen wir uns wieder. Und das schon so bald! Ich dachte, du wärst auf dem Weg nach Port Royal.« Die vertraute französische Stimme von Andre La Roux brannte sich in Robertas Inneres.

Dominic spannte sich an und sprach leise zu Nicholas. »Bring Robbie hier raus und schau dich nicht um.«

Nicholas rührte sich nicht. »Dominic, wir können nicht gehen. Du brauchst Hilfe, um gegen ihn zu kämpfen.«

Er schüttelte den Kopf. »Ich muss wissen, dass ihr beide in Sicherheit seid.«

Roberta biss sich auf die Lippe, denn sie wusste, dass sie, wenn sie es wagte zu sprechen, nur etwas Dummes sagen würde.

Nicholas warf einen Blick in Richtung La Roux. »Du kannst dich ihm nicht allein stellen. Ich muss bleiben.«

»Nick, du hast einmal ein Gelübde abgelegt. Brich das jetzt nicht.«

»Ein Gelübde, *an deiner Seite zu bleiben*«, knurrte Nicholas.

»Bis zum fernsten Horizont«, sagte Dominic. Er sah Roberta an, sein Tonfall war plötzlich sanft. »Sie ist jetzt mein fernster Horizont. Beschütze sie, Nick.«

Nicholas' Gesicht erbleichte, und er nickte seinem alten Freund zu. Bevor Roberta protestieren konnte, packte Nicholas sie an der Taille und rannte los. Eine Sekunde später brach in der Taverne das Chaos aus. Pistolen krachten, Männer schrien, und Frauen suchten schreiend Schutz.

Roberta hatte nur eine Gelegenheit, zurückzublicken, bevor sie und Nicholas durch eine Hintertür entkamen. Dominic hatte sein Entermesser gezückt und seine Pistole auf La Roux gerichtet. Einer von ihnen würde heute Nacht sterben, vielleicht auch beide, und sie konnte den Gedanken nicht ertragen, Dom zu verlieren.

Nicholas ließ sie nicht bleiben, um das blutige Ende zu erleben - er ersparte ihr dieses Schicksal. Aber ihr Herz brach auseinander wie ein Schiff auf einem Riff während eines Orkans. Sie würde sich nie wieder erholen, diese Nacht nicht überleben.

Dominic lachte, während er kämpfte, eine seltsame Wildheit in seinen Bewegungen, die ihn noch tödlicher machte als je zuvor. In dem Moment, als er La Roux die Taverne betreten sah, wusste er sofort, dass es an der Zeit war, diese Schlacht zu beenden. Er würde La Roux dazu zwingen, wenn es sein müsste. Die Distanz, die sie zueinander gehalten hatten, nachdem Dominic Andres Bruder getötet hatte, hatte endlich ein Ende gefunden, und in gewisser Weise war er froh darüber. La Roux würde ihn nach heute Abend nicht mehr verfolgen.

»La Roux!« Er brüllte den Namen so laut, dass der Dachstuhl der Taverne bebte.

Die Augen immer noch auf Dominic gerichtet, stach Andre auf den ihm am nächsten stehenden Piraten ein. Es war einer von Dominics Leuten, aber er war sich nicht sicher, ob Andre sich überhaupt dafür interessierte. Der schlaffe Körper des Mannes stürzte zu Boden. Überall um sie herum kämpften Männer, und das Klirren von Säbeln, Entermessern und Messern klang wie unharmonische Glocken.

»Captain!« Reese sprang über einen der Tische und schloss sich Dominic an, der sich durch das Handgemenge drängte. Reese schützte seinen Rücken, während Dominic auf La Roux zuging.

Der französische Pirat war erbarmungslos und hielt nun zwei Klingen in den Händen, ein Kurzschwert in der einen und ein Entermesser in der anderen. Jeder, der sich ihm in den Weg stellte, wurde pariert, gekontert und schnell niedergestreckt. Chibbs kämpfte gegen zwei Männer aus La Roux' Mannschaft, und La Roux ging direkt auf ihn zu.

»Chibbs! Duck dich!«, rief Dominic.

Sein Bootsmann hörte die Warnung rechtzeitig und fiel auf die Knie, nur eine Sekunde bevor La Roux ihn von hinten aufgespießt hätte. Chibbs rollte sich mit einem Purzelbaum unter den nächstgelegenen Tisch und schlug auf die Knie der beiden Männer ein, die ihm am nächsten standen.

»Du willst mich, La Roux?«, brüllte Dominic. »Komm und hol mich!«

Andres dunkle Augen blitzten feurig auf, als er auf Dominic zuging.

Reese schaltete sich nun in den Kampf ein und versuchte, La Roux nahe zu kommen.

»Wo ist Luke?«, rief Dominic.

Reese hatte seit dem frühen Abend über die junge Zofe gewacht. »Sicher auf der *Indian Pride*. Wo ist Robbie?«

»Unterwegs mit Flynn.« Dominic wollte nicht an Roberta denken. Im Moment musste er ein kalter, herzloser Pirat sein. Das war der einzige Weg, wie er die Sache beenden konnte.

Männer wichen aus, als Dominic und La Roux bis auf Schwertlänge aneinander herankamen. Andres Augen waren voller Feuer, und seine verblasste rote Weste war mit dem Blut seiner Männer bespritzt. Sein langes Haar war immer noch tadellos nach hinten gezogen und mit einem schwarzen Band zusammengebunden. Er sah zu sehr wie Gerard aus, zu sehr wie der Mann, der Dominic seiner Unschuld beraubt und seine Zukunft gestohlen hatte, indem er ihn zur Piraterie gezwungen hatte.

Andre und Dominic umkreisten einander, jeder mit einer Klinge in der Hand. Dominic bewegte sich mit geübter Leichtigkeit, fast tänzerisch, als er sich auf Andre stürzte, aber auch Andre hatte das Flair eines Tänzers und parierte und stieß zurück. Keiner der beiden Männer sprach, die Hitze des Kampfes war zu groß für Worte. Doch als La Roux ihn schließlich verspottete, ließen seine Worte Dominic das Blut in den Adern gefrieren.

»Ein hübscher kleiner Kajütenjunge, den du dabei hattest. Ich wusste, dass mein Bruder mit dir eine gute Wahl getroffen hatte. Es scheint, als hättet ihr den gleichen Geschmack, was das Vergnügen angeht.«

Dominic knurrte, als er den Stoß von La Roux abwehrte. »Dein Bruder war ein Wahnsinniger und ein grausamer Bastard.« Er schwang sein Schwert wild nach Andre und versuchte, ihn zurückzudrängen.

»Du sprichst schlecht von ihm, obwohl er dir alles gegeben hat? Und du ihn dann ermordet hast? Ich weiß, was für ein wehleidiger kleiner Feigling du bist, Dominic Grey. Ich weiß noch, wie du jede Nacht nach deiner lieben Mama geweint hast.«

Ein roter Schleier legte sich über Dominics Sicht, als er sich auf Andre stürzte. Andre bewegte sich schnell, erwartete seinen Zug, und seine Klinge streifte Dominics linken Arm. Dominic war immer noch in Bewegung und ignorierte den Schmerz, als er sich drehte und seine Klinge schwang. Er traf Andre in die Seite. Der Mann stolperte zurück, umklammerte die leichte Wunde, aber ein Lächeln war immer noch auf seinem Gesicht.

»Du hast beim Essen neulich vergessen zu erwähnen, dass du die Tochter eines englischen Admirals zu Gast hast. Während des Abendessens habe ich einen Blick auf das Manifest der *Fortune* geworfen. Es waren zwei weibliche Passagiere aufgeführt.« La Roux lächelte immer noch. »Sie war nicht auf den Langbooten. Wir sahen die Männer durch unsere Ferngläser, als sie nach Port Royal fuhren. Das heißt, du hast sie an Bord behalten ... *vielleicht* als Kajütenjunge verkleidet?«

Dominic sagte nichts, als er auf Andre losging, aber der Mann hob sein Schwert und wehrte den Schlag ab.

»'s wäre doch eine Schande, wenn dem hübschen Geschöpf

etwas zustoßen würde, nicht wahr? Unfälle folgen oft denen, die man liebt.«

»Ich werde dir die Kehle durchschneiden, von Ohr zu Ohr!« Dominic stürmte erneut auf ihn zu, diesmal weniger wachsam, und er hätte beinahe das triumphierende Glitzern in Andres Augen übersehen.

»Dom, hinter dir!«, rief Reese.

Dominic wirbelte rechtzeitig herum, um einen tödlichen Schlag von einem von La Roux' Leuten abzuwehren. Er drückte den Arm des Mannes zurück und stach mit seinem Säbel zu, so dass der sich den Bauch hielt und umkippte. Als Dominic sich wieder Andre zuwandte, war von ihm nichts mehr zu sehen. Andres plötzliches Verschwinden ließ seine Männer aus der Taverne und in die Nacht hinaus eilen.

Reese eilte an Dominics Seite. »Kapitän ...«

»Mir geht es gut, Reese. Bring unsere Männer sofort zurück an Bord. Er weiß über Robbie Bescheid. Wir müssen dafür sorgen, dass sie in Sicherheit ist.« Er wollte La Roux töten, aber er hatte die Gelegenheit verpasst.

»Aber das bedeutet, dass ...«

»... wir müssen in den einen Hafen voller englischer Schiffe, die derzeit nach uns suchen. Port Royal.«

14

Roberta gesellte sich zu Nicholas auf den Landungssteg, der von der *India's Pride* in den Docks von Port Royal hinunterführte. Sie waren die meiste Zeit der Reise über erstaunlich schweigsam gewesen. Keiner von ihnen hatte Lust zu sprechen verspürt, nachdem sie Dominic zurückgelassen hatten.

»Sie freuen sich sicher darauf, Ihren Vater wiederzusehen«, sagte Nicholas in dem Versuch, ein Gespräch zu beginnen.

»Das tue ich«, stimmte sie zu, aber ihr Herz war immer noch gebrochen. »Was wäre, wenn ...« Sie hielt inne und drehte sich zu Nicholas um. »Und wenn er tot ist?«

Der Schmerz, der sich auf seinem Gesicht zeigte, spiegelte ihren eigenen wider.

»Daran sollten Sie gar nicht denken. Dom ist eine Katze mit neun Leben. Aber wir werden ihn wahrscheinlich nie wieder sehen, und das ist auch gut so. Er ist gefährdet, wenn er sich einem solchen Ort zu sehr nähert. Es ist besser, wenn er sich in einen kleinen Hafen zurückzieht und in Sicherheit bleibt.«

Sie gingen beide den Holzsteg hinunter. Auf halbem Weg nach unten zuckten die Männer, die auf dem Steg warteten, beim Anblick von Nicholas in seiner zerknitterten Uniform zusammen. Roberta erkannte die Männer von der *Fortune*.

»Lieutenant Flynn!«, rief ein junger Fähnrich. Er eilte zu ihnen herüber, gefolgt von den anderen.

»Wie geht es dir, Charlie?« Nicholas sah sich die Mannschaft an. »Wie ist es euch ergangen, nachdem die *Fortune* untergegangen ist?«

»Gut genug. Der Kapitän war sehr verärgert, sein Schiff zu verlieren, um es vorsichtig auszudrücken.« Charlies Gesicht rötete sich. »Haben Sie Miss Harcourt und ihr Dienstmädchen gefunden? Der Kapitän und der Konteradmiral haben Schaluppen ausgesandt, um nach den Piraten zu suchen.«

Roberta meldete sich zu Wort. »Ich bin hier.« Lucy kam hinter ihr auf den Steg, ebenfalls in ihrer Kajütenjungenkleidung.

»Miss Harcourt!« Der Fähnrich errötete und verbeugte sich tief. »Wir werden Ihren Vater sofort benachrichtigen.« Er rannte mit dem Überschwang eines jungen Hundes davon, und einen Moment lang lächelten sie und Nicholas gemeinsam. Nicholas bot ihr seinen Arm an und führte sie zu den Docks. Wenige Minuten später kehrte Charlie zurück, gefolgt von einer eleganten Kutsche. Als der Wagen zum Stehen kam, stieg ihr Vater aus und suchte verzweifelt nach ihr.

»Roberta!«

Der Anblick ihres Vaters nach so vielen Tagen zerbrach den letzten Rest ihres Willens, stark zu bleiben. Sie rannte zu ihm und warf sich in seine Umarmung. Er streichelte ihr Haar und tröstete sie.

»Na, na, meine Liebe, trockne deine Augen.«

Roberta hielt sich an ihm fest und atmete den starken Duft von Tabak ein. Sie zog sich langsam zurück und sah ihn an. »Bist du verletzt? Ich habe gehört, dass …«

»Mir geht es gut, meine Liebe. Ich wurde während des Kampfes verwundet, aber das ist jetzt alles verheilt.« Er deutete auf den Schorf auf seiner Stirn, aber seine Augen waren dunkel vor Sorge. »Roberta, was ist passiert? Geht es dir gut, meine Liebe? Sollen wir einen Arzt holen? Als ich erfuhr, dass du immer noch bei diesen Piraten an Bord warst, hatte ich solche Angst, dass sie ...« Ihr Vater schluckte schwer.

Sie wollte ihn nicht anlügen, also änderte sie die Wahrheit so gut sie konnte. »Lucy und ich haben uns als Kajütenjungen ausgegeben. Sie ließen Leutnant Flynn und mich gehen, als wir eine Überfahrt auf der *India's Pride* bekommen konnten.«

Ihr Vater berührte ihr Gesicht und wischte ihr die Tränen aus den Augen. »Du kannst mir alles sagen, das weißt du doch, oder?« Er strich ihr wieder über das Haar, und Roberta schluckte den Kloß in ihrem Hals hinunter.

»Ich weiß, Papa. Mir geht es gut, wirklich. Du musst dir keine Sorgen um mich machen.«

Ein schiefes Glucksen entwich ihm. »Ein Mann, der eine Tochter hat, macht sich immer Sorgen. Es liegt in der Natur der Vaterschaft, eine göttliche Pflicht, immer besorgt zu sein.« Er küsste sie auf den Scheitel, und sie umarmte ihn erneut.

Ihr Vater rief Nicholas zu. »Lieutenant.«

Nicholas, der sich während des Gesprächs höflich zurückgehalten hatte, kam nun auf sie zu.

»Wie ist es Ihnen mit den Piraten ergangen?«, fragte ihr Vater.

»Mir geht es nicht schlecht. Ich war die meiste Zeit der Reise in der Brigg eingesperrt.«

»Wo haben sie Sie freigelassen? Vielleicht können wir sie fangen.« Die Augen von Robertas Vater wurden hart vor Rachegelüsten. Roberta drehte sich der Magen um bei dem Gedanken, dass er Männer losschicken könnte, um Dominic und die Besatzung der *Dragon* zu fangen und aufzuhängen.

»Sie haben uns in Tortuga von Bord gelassen, aber es ist sinnlos, sie zu verfolgen. Sie sind inzwischen längst von dort verschwunden. Sie waren auf dem Weg nach Norden in die Kolonien.«

»Ah ...« Ihr Vater schürzte die Lippen. »Nun, vielleicht sind sie so dumm und kommen zurück auf die Westindischen Inseln.«

»Das bezweifle ich sehr. Ich habe gehört, dass der Kapitän sehr daran interessiert war, nach Norden bis nach Boston zu segeln.«

»Verdammt. Ich wünschte, ich könnte den Mann am Galgen baumeln sehen. Haben Sie seinen Namen erfahren? Ich habe es nie erfahren. Ich gebe zu, ich hatte ziemliche Schmerzen, als wir auf das Langboot gesetzt wurden.«

Nicholas warf Roberta nur einen kurzen Blick zu, bevor er sanft antwortete. »Es war Fernando Montez, glaube ich, ein Spanier. Aber er arbeitet unter dem Nachnamen Grey.« Hätte Roberta keine Zeit an Bord der *Dragon* verbracht, hätte sie Flynns Lüge vielleicht sogar geglaubt.

»Montez, ja? Ich werde es mir notieren.« Ihr Vater räusperte sich. »Ihr dürftet jetzt beide erschöpft sein. Ich habe mir hier eine Unterkunft bei einem guten Mann gesichert. Er war bis heute Morgen geschäftlich unterwegs, aber als er erfuhr, was mit der *Fortune* passiert war und dass ich in einem Hotel am Hafen wohnte, ließ er mich zu sich nach Hause kommen. Das Anwesen, das ich erwerben wollte, ist noch nicht bezugsfertig. Also nahm ich das Angebot meines neuen Freundes an. Er ist ein Teepflanzer, ein netter Kerl namens Aaron King. Seine Plantage, King's Landing, ist weitläufig, und das Haus ist prächtig. Die Krone ist ihm zu Dank verpflichtet für alles, was er für uns getan hat. Komm, Liebes, wir nehmen seine Kutsche für den Weg zurück.«

Erschöpft und mit gebrochenem Herzen folgte Roberta ihnen zur Kutsche. Die Kutsche hatte schöne schwarze Samtkissen und goldene französische Quasten, die von den Vorhängen herabhingen. Unaufdringliche Eleganz, die eindeutig von Geld sprach. Aber das war keine Überraschung. Die Inseln waren voller reicher Kaufleute, die mit Tabak und Tee ein Vermögen gemacht hatten. Der Reichtum wurde oft auf dem Rücken von Sklavenarbeitern geschaffen. Roberta drehte sich der Magen um, als sie sich fragte, was für ein Mann King war, der auf Kosten anderer luxuriös lebte.

Ein hübsches Paar weißer Pferde mit schwarzen Mähnen und Schweifen zog die Kutsche. Wenn sie raten müsste, könnten es sogar Araber sein. Roberta vermutete, dass er genau die Art von Mann war, den sie nach Auffassung ihres Vaters heiraten sollte. Der Gedanke bereitete ihr Bauchschmerzen. Sie wollte sich nicht für irgendeinen anderen Mann vorführen lassen. Sie wollte Dominic und sonst niemanden.

»Wie geht es Captain Huntington?«, fragte Nicholas ihren Vater.

»Gut und schön, aber dieser Mann ist wirklich launisch.« Ihr Vater wandte den Blick ab und zog die Brauen zusammen. »Ich habe den Mann falsch eingeschätzt, Roberta. Es war richtig, dass du ihn zurückgewiesen hast. Er beschwerte sich die meiste Zeit auf dem Weg nach Port Royal. Ich glaube, ein paar der Fähnriche dachten irgendwann an Meuterei. Er ist ein egoistischer Mann, wenn ich je einen getroffen habe.«

»Ich möchte zwar nicht schlecht über irgendeinen Mann reden, aber ich stimme zu, dass er eher ein Schönwetter-Offizier ist«, fügte Nicholas vorsichtig hinzu.

Ihr Vater brummte zustimmend, nahm aber keinen Anstoß an der Bemerkung.

Roberta schaute aus dem Kutschenfenster und hörte dem Gespräch zwischen Nicholas und ihrem Vater kaum zu. Stattdessen betrachtete sie die Straßen und die bunten Blumen in den Blumenkästen der schöneren Häuser, an denen sie vorbeikamen. In der feuchten Luft hing dick der Geruch des Meeres und eine Vielzahl anderer exotischer Düfte, die sie noch nie zuvor gerochen hatte, teils blumig, teils fruchtig in der Natur.

Bunt gefiederte Vögel saßen in den Ästen der hohen Weidenbäume, als die Kutsche die Gasse hinauffuhr und zwei weiße Säulen passierte, die den Eingang zu King's Landing markierten.

Roberta wappnete sich für die Begegnung mit dem Teepflanzer und versuchte, alle Gedanken an Dominic zu verdrängen. Aber in dem Moment, in dem sie die Augen schloss, sah sie nur noch ihn, fühlte nur noch seine Hände auf ihrem Körper, seine Lippen auf ihrer Haut und das Gefühl, dass sie beide miteinander verwoben waren.

*Ich werde dich nie vergessen, Dominic, und auch nicht einen Moment von dem, was zwischen uns passiert ist. Wo auch immer du bist, ich hoffe, du wirst mich nicht vergessen.*

Die Kutsche kam zum Stehen, und sie kletterte mit Hilfe eines Dieners hinaus. Zum ersten Mal seit Tagen fühlte sie sich in der Kleidung eines Mannes fehl am Platz.

Der Butler empfing sie am Fuße der Treppe des großen Herrenhauses. »Willkommen in King's Landing.« Roberta errötete, als der Butler einen Moment zu lange auf ihre Kleidung starrte, bevor er sich räusperte. »Der Herr hat gerade zu tun, aber er würde Sie gerne in ein paar Stunden zum Abendessen sehen.«

Roberta und Lucy wurden in ein luxuriöses Schlafzimmer im zweiten Stock geführt. Ein dunkles Mahagoni-Himmelbett mit blassblauen und cremefarbenen Seidenvorhängen passte gut zu den champagnerfarbenen Stühlen und der Couch am Kamin. Roberta konnte sich nicht vorstellen, dass es hier jemals kalt genug sein würde, um einen Kamin zu brauchen, aber die Eleganz des Raumes war unbestreitbar.

»Warum ruhen Sie sich nicht aus, während ich ein Bad bringen lasse?«, bot Lucy sanft an. »Das würde mir die Möglichkeit geben, diese Klamotten auszuziehen.«

»Ja ... ich könnte ein wenig Ruhe gebrauchen.« Roberta

kroch auf das Bett, immer noch in ihren schmutzigen, jungenhaften Klamotten, wo bald der Schlaf sie einholte.

Eine Stunde später wurde sie sanft von Lucy geweckt, die verkündete, das Bad sei bereit. Sie führte Roberta in einen Nebenraum, wo in der Ecke eine große Kupferwanne dampfte. Roberta zog sich aus und kletterte mit einem müden Seufzer in die Wanne. Das heiße Wasser fühlte sich gut an auf ihrer Haut und ihren schmerzenden Muskeln. Die letzten Tage an Bord von Dominics Schiff hatten sie an ihre körperlichen Grenzen gebracht und Muskeln beansprucht, von denen sie nicht einmal gewusst hatte, dass sie sie besaß. Lucy sammelte die Kleider ein, die Roberta auf den Boden geworfen hatte, und legte sie dann zum Waschen weg.

Roberta zog die Knie unter ihr Kinn und setzte sich in das heiße Wasser, bis es abkühlte. Die Last der letzten Tage schien endlich den Schock zu besiegen, und sie konnte die leisen Schluchzer nicht unterdrücken, die sie so stark erschütterten, dass ihr Körper schmerzte. Schließlich wischte sie sich die langsam rollenden Tränen weg, bevor sie aus der Wanne kletterte. Lucy hielt ihr ein rotes Gewand aus weicher Baumwolle hin, das sie um Roberta wickelte.

»Mr. King hat von einer der Modistinnen in Port Royal Kleidung für Sie liefern lassen.«

»Oh?« Roberta ließ sich von Lucy anziehen und die Haare richten. Die *robe à la française* war mit schönen, reichen Gold- und nachtblauen Farben broschiert. Sie bewunderte das in das Mieder eingenähte Korallenmuster. Dabei musste sie an all die Kisten mit ihren Kleidern denken, die noch im Bauch der *Emerald Dragon* lagen. Sie betrachtete das feine Kleid in dem hohen Spiegel neben dem Bett und fühlte sich auf eine Weise leer, wie sie es noch nie zuvor empfunden hatte.

Sie strich mit den Händen über die Röcke, betrachtete die schimmernde Stickerei und die Art und Weise, wie sich das Kleid über die Reifen an ihren Hüften wölbte, sodass sie aussah, als wäre sie bereit, den französischen Hof zu besuchen. Früher hätte sie sich darüber gefreut, aber jetzt sehnte sie sich nach der Freiheit einer Hose und dem Wind, der ihr ins Gesicht blies, während sie sich auf dem Deck eines Schiffes bewegte.

Eine kühle Brise kitzelte die hauchdünnen weißen Vorhänge der Verandatüren und erregte ihre Aufmerksamkeit. Sie ging auf den Balkon ihres Zimmers und sah sich den Sonnenuntergang an. Das goldene Licht schien alles zu erleuchten, was sich ihm in den Weg stellte, sogar sie. Sie lehnte sich an das weiß gestrichene Geländer und warf einen Blick auf die Gärten darunter.

Nicholas stand allein, keine fünf Meter unter ihr, die Beine leicht gespreizt, die Hände hinter dem Rücken in der militärischen Haltung, die sie so oft gesehen hatte, als sie gemeinsam unterwegs gewesen waren. Sein Blick war wie der ihre auf den Sonnenuntergang am äußersten Rand der Insel gerichtet.

In diesem Moment trauerten sie und Nicholas um Dominic, jeder auf seine Weise. Sein Schicksal nicht zu kennen, war das Schlimmste daran. Sie würde nie erfahren, ob er tot war oder ob er nur auf dem Meer, aber für immer unerreichbar war.

Lucy unterbrach Robertas grimmige Grübeleien. »Mylady, es ist Zeit für das Abendessen. Ich habe gerade den Gong gehört.«

Roberta wandte sich von der Veranda ab und erlaubte Lucy, ihr ein Perlenarmband am Handgelenk und eine passende Halskette um den Hals zu legen.

Sie berührte die Perlen, die sich auf ihrer Haut knapp über dem Schlüsselbein erwärmten. Sie gehörten nicht ihr. »Wem gehören die?«

»Sie sind ein Willkommensgeschenk von Mr. King. Ich habe gehört, wie die Bediensteten sagten, dass er Sie unbedingt kennenlernen möchte. Er hat noch nie eine Lady bei sich wohnen lassen. Er ist ein eingefleischter Junggeselle, zumindest dachten sie das, aber jetzt, wo Sie hier sind, hofft sein Personal, dass Sie ihn vielleicht sympathisch finden.«

Roberta legte eine Hand auf ihren Bauch, ein plötzlicher Knoten von Angst machte sie krank.

»Lucy, ich glaube nicht, dass ich zum Abendessen gehen kann.« In diesem Moment hörte sie Gelächter im Foyer, tiefes, kräftiges Männerlachen. Es erinnerte sie daran, wie gerne sie Dominic lachen hörte und dass sie dieses Geräusch nicht oft genug gehört hatte. War sie jetzt, da sie ihn verloren hatte, dazu verdammt, sich auch für alle Ewigkeit nach Dominic zu sehnen?

»Gehen Sie nach unten und essen Sie gut zu Abend. Sie werden sich dann besser fühlen.« Lucy stieß sie aus dem Schlafgemach und schloss die Tür hinter ihr, damit sie sich nicht wieder ins Zimmer zurückziehen konnte.

Sie ging den mit Teppich ausgelegten Flur entlang bis zum oberen Ende der Treppe. Ein Diener zündete in der Halle Lampen an und verbeugte sich respektvoll, als sie vorbeiging. Sie ging die Treppe hinunter, raffte mit einer Hand ihre Röcke und hielt sich mit der anderen Hand am glänzenden Holzgeländer fest, während sie den Mut aufbrachte, sich Mr. King und allen anderen, die beim Abendessen dabei sein würden, zu stellen. Zwei Männer standen am Fuße der Treppe. Der eine war ihr Vater, der andere ein großer, gut gebauter Mann, der mit dem Rücken zu ihr stand. Der eingefleischte Junggeselle Mr. King, kein Zweifel. Wenigstens hatte er einen ausgezeichneten Geschmack, was Kleider betraf.

Ihr Vater sagte etwas zu dem Mann, der den Kopf zurückwarf und wieder lachte. Sie war schon auf halbem Weg die Treppe hinunter, als ihr Vater nach ihr rief.

»Ah, Roberta, komm runter und lerne unseren Wohltäter kennen.«

Der Mann vor ihr drehte sich um, und Roberta blieb das Herz stehen. Dunkle Zobelaugen trafen auf ihre, und sinnliche

Lippen verzogen sich zu einem Grinsen. Ein typischer Gentleman, und doch so ... Nein, das war nicht möglich. In Robertas Kopf drehte sich alles, und bevor sie wusste, wie ihr geschah, begann sie zu fallen.

»Ich habe Sie.« Starke Arme legten sich um sie, und sie wurde von dem dunkelhaarigen Fremden aufgefangen, der aussah wie ...

*Aber das kann nicht sein. Sicherlich nicht.*

Sein Haar war kurz und im Nacken zu einem dünnen Zopf zusammengebunden, der mit einem schwarzen Band zusammengehalten wurde. Er war glatt rasiert, ohne Bart oder Schnurrbart und ohne widerspenstiges schwarzes Haar. Dieser Mann hatte das Aussehen eines Gentleman, aber ...

Sie atmete tief ein, als er sie vorsichtig auf die Füße stellte. Der dunkle, exotische Duft, der Dominic anhaftete, war da, begraben unter einer leichten Schicht französischen Parfums.

Sie hob ihren Blick zu ihm, ihre Hände klammerten sich an seine Brust und seinen Hals, während sie versuchte, sich einen Reim auf das zu machen, was sie sah. Dominic war hier, in Port Royal. Aber er sah nicht wie der Pirat aus, den sie liebgewonnen hatte. Und doch war er nicht weniger gutaussehend, nicht weniger gefährlich attraktiv für sie. Er war ein Fremder mit vertrauten Augen.

»Es ist mir ein Vergnügen, Sie kennenzulernen, Miss Harcourt«, begrüßte Dominic sie freundlich. »Ihr Vater spricht in den höchsten Tönen von Ihnen.« Alle Spuren des abgebrühten Piraten waren verschwunden, bis auf den nachklingenden Griff seiner Arme, als er sie losließ.

»Es tut mir so leid. Ich muss einen falschen Schritt gemacht haben. Ich danke Ihnen. Und Sie sind ...?«

»Mr. King«, antwortete Dominic. »Aaron King.«

Aaron, wie sein Vater in England. Roberta stellte die Verbindung her und kam fast wieder zu Atem, während sie sich auf das Geländer stützte. Irgendwie hatte er es noch vor ihr hierher geschafft, war Andre La Roux und den Unholden der *Red Lady* entkommen oder hatte sie besiegt.

»Es ist mir ebenfalls ein Vergnügen, Sie kennenzulernen, Mr. King.« Sie schenkte Dominic ein langsames Nicken. Er zwinkerte ihr zu, als ihr Vater sich umdrehte, um Nicholas zu begrüßen.

»Lieutenant Flynn, kommen Sie und lernen Sie unseren Gastgeber kennen.«

Nicholas, der eine frisch gebügelte Offiziersuniform trug, schritt in die Halle, blieb aber beim Anblick von Dominic stehen. Für einen Augenblick wich die Farbe aus seinem Gesicht, bevor er sich fing und Dominics angebotene Hand schüttelte.

»Lieutenant Flynn, richtig?«, fragte Dominic höflich, als ob sie einander noch nie begegnet wären.

»Es ist mir ein Vergnügen«, antwortete Nicholas. Seine sturmblauen Augen waren besorgt, und sie konnte verstehen, warum. Welches Spiel spielte Dominic? Wie konnte er sein Leben auf diese Weise aufs Spiel setzen? Sicherlich würden ihr Vater und Huntington ihn erkennen. Aber vielleicht hatten sie Glück, und die Erinnerung an einen Mann, den sie vor Tagen nur ein paar Minuten auf einem Schiff gesehen hatten, war für keinen der beiden Männer stark genug, um sich zu erinnern.

»Sollen wir uns zum Essen begeben?« Dominic reichte Roberta seinen Arm und führte sie vor ihrem Vater und Nicholas in den Speisesaal.

Ihr Vater wurde einen Moment lang von Nicholas abgelenkt, und Dominic nutzte die Gelegenheit, ihr ins Ohr zu flüstern, während er ihr auf einen Stuhl half. »Ich werde heute Abend zu dir kommen.« Seine Lippen streiften ihre Wange, ohne dass ihr Vater es sah, und dann setzte er sich an das Kopfende des edlen Rosenholztisches.

Mr. Lee, der Koch an Bord der *Dragon*, kam nun in feiner Kleidung in den Speisesaal, während er zusammen mit Griffin das Essen auftrug. Griffin sah sie und zwinkerte ihr zu, was Dominic einen missbilligenden Blick entlockte.

»Nochmals vielen Dank, dass wir bei Ihnen wohnen dürfen, Mr. King. England steht in Ihrer Schuld. Ich muss zugeben, dass dies eine viel bessere Unterkunft ist als das Hotel am Hafen.«

»Sie sind herzlich willkommen. Es tut mir leid, dass ich nicht hier war, als Sie ankamen. Mein Geschäft hat mich aufgehalten.« Dominic nippte an seinem Wein, und Roberta blieb still und beobachtete seine Verwandlung vom Piraten zum Aristokraten.

Es war verblüffend. Er hatte sein Haar nach der aktuellen Mode geschnitten, ohne Bart und Schnurrbart. Er sah jünger, knabenhafter aus, obwohl der feste, maskuline Schnitt seiner Gesichtszüge ihm nichts Feminines verlieh. Möglicherweise war er jetzt attraktiver als je zuvor, aber die Grausamkeit, die zu ihm gehörte, war immer noch da, versteckt in der Kurve seines Lächelns und dem Glitzern der Gefahr in seinen Augen.

»Wie lange leben Sie schon in Port Royal?«, fragte Nicholas. Die scheinbar unschuldige Frage war eine unausgesprochene Herausforderung.

»Zehn Jahre. Ich bin hier gelandet, als ich achtzehn Jahre alt war. Ich habe mich von einem mittellosen Jungen zu einem Teehändler hochgearbeitet. Ich habe dieses Land gekauft, als ich dreiundzwanzig wurde, und habe hier mein Haus und mein Geschäft aufgebaut.« Dominic lehnte sich in seinem Stuhl zurück, als der zweite Gang, Hummersuppe mit Wachteln, serviert wurde. Lee und Griffin stellten die Teller ab und gingen. Roberta fragte sich, wie viele andere Mitglieder der Mannschaft der *Dragon* hier in King's Landing arbeiteten. Vielleicht beschäftigte er ja gar keine Sklaven, wie sie befürchtet hatte. Der Dominic, den sie kennen und lieben gelernt hatte, fand Gefallen daran, Sklavenschiffe zu jagen und Männer zu befreien.

»Das klingt lukrativ«, fügte Roberta hinzu und forderte ihn im Stillen auf, die Wahrheit zu sagen. Warum hatte er ihr nicht von diesem Ort erzählt? Warum hatte er nicht erwähnt, dass er hierher kommen könnte? Vor allem wollte sie wissen, warum Dominic nach all den Jahren, nachdem er Arbeit in einem ehrlichen Gewerbe gefunden hatte, trotzdem weiterhin als Pirat tätig war. Wenn er die Piraterie aufgeben würde, könnten sie doch zusammen sein, oder?

»Tee kann in der Tat lukrativ sein, wenn man den nötigen finanziellen Rückhalt hat.«

Er musste seine Gewinne aus der Piraterie genutzt haben, um seinen Teehandel aufzubauen. Und doch weigerte er sich eindeutig, seine Piraterie hinter sich zu lassen. Bedeutete sie ihm so wenig, dass sie es nicht wert war, ihm von seinem geheimen Leben zu erzählen?

»Ich nehme an, dass Sie jetzt auf festem Boden stehen, mit dem Teehandel?« Sie drängte ihm die Frage auf und ließ sie unschuldig klingen, aber sie sah, wie er eine dunkle Augenbraue hochzog.

»Das tue ich, aber es kann ein langweiliges Unterfangen sein, deshalb finde ich oft andere Dinge, die mich unterhalten.«

Seine Worte fühlten sich wie eine Ohrfeige an. War sie nur eine Tändelei, um ihn zu unterhalten, oder ein weiteres langweiliges Unterfangen? Roberta wollte die Antwort gar nicht wissen und blickte auf ihr Essen hinunter.

»Mr. King, wie ich höre, haben Sie ein offenes Ohr beim Gouverneur in Kingston?«, fragte ihr Vater.

»Ja«, antwortete Dominic.

»Ich würde gerne ein Treffen mit ihm vereinbaren, um mit ihm über die Piraten zu sprechen. Sie jagen viel zu intensiv in diesen schönen Gewässern.« Zum Glück schien ihr Vater von den Spannungen am Tisch nichts mitzubekommen.

»Das kann ich gerne arrangieren.«

»Ausgezeichnet.« Ihr Vater vertiefte sich in sein Essen, ohne das Schweigen von Roberta und Nicholas zu bemerken.

Sobald das Essen beendet war, kehrte Roberta in ihr Zimmer zurück, während die Männer im Salon blieben, Portwein tranken und Zigarren rauchten. Der süße Duft des Rauches hing noch im Flur, während Roberta in ihrem Schlafzimmer auf und ab ging und sich fragte, wann Dominic zu ihr kommen und was sie dem Mann, der ihr gerade das Herz gebrochen hatte, wohl sagen würde.

15

---

Zigarrenrauch schwebte träge in der Luft, als Konteradmiral Harcourt Dominic und Nicholas eine gute Nacht wünschte.

Sobald sie allein waren, paffte Dominic an seiner Zigarre und ließ dann einen Atemzug los, der einen Rauchkreis bildete, der den Raum zwischen ihm und seinem alten Freund durchzog, bis er so groß wurde, dass er Nicholas' Kopf einzuschließen schien.

Nicholas lehnte sich in seinem Stuhl vor, sein Blick war intensiv. Vor den offenen Fenstern gurrten Tauben, und aus dem Dschungel hinter den Fenstern waren die Schreie jamaikanischer Affen zu hören. Dominic erlaubte sich endlich, sich zu entspannen. Er hatte sich Sorgen über das Wiedersehen mit Roberta und Nicholas gemacht und darüber, wie sie reagieren würden. Hätten sie versehentlich seine Identität verraten, hätte er am falschen Ende der Schlinge des Henkers landen können.

»Freust du dich, mich zu sehen?«, sagte er zu Nicholas.

»Wie zum Teufel bist du hier gelandet? Was ist mit La Roux? Wie ist dir diese Scharade gelungen?« Nicholas winkte mit der Hand und betrachtete ihre opulente Umgebung.

Dominic gluckste, löschte seine Zigarre in einem Aschenbecher und stand auf. »Das ist keine Scharade«, antwortete er. »Nicht so, wie du es meinst. Dieser Ort gehört wirklich mir. Ich habe, wie gesagt, das Land gekauft und dieses Haus mit meinen eigenen Händen gebaut, jeden Ziegelstein, jeden Holzbalken. Die Besatzung meines Schiffes hat mir geholfen. Ich beschäftige jeden Mann und jede Frau auf dem Land und zahle gerechte Löhne - ich habe keine Sklaven.«

Er gab zu, dass es ihm Spaß gemacht hatte, den Admiral und die anderen Offiziere der *Fortune*, die ihn auf ihrem Schiff aus der Nähe gesehen hatten und ihn auch jetzt noch nicht erkannten, erfolgreich zu täuschen. Er nahm Nicholas' leeres Glas entgegen, füllte es mit Portwein auf und reichte es ihm dann zurück. Nicholas nahm es und trank einen großen Schluck.

»Und La Roux?«

»La Roux ist entkommen. Ich war kurz davor, ihn zu erledigen, aber er konnte entkommen. Ich wäre nicht hierher gekommen, nicht bevor Huntington wieder weg gewesen wäre, aber La Roux weiß es.«

»Weiß was?«, fragte Nicholas.

»Über Roberta. Er weiß, dass sie die Tochter des Admirals ist und dass ich eine Vorliebe für sie habe. Er hat ihr gedroht. Ich konnte dich und Roberta nicht allein gegen ihn antreten lassen, nicht, wenn er euch in dem Moment angreift, in dem ihr es am wenigsten vermutet. Ich weiß, wie er denkt, also musste ich das Risiko eingehen, hierher zu kommen.« Dominic drehte sich zu seinem Freund um. »Dies ist mein Zuhause. Das ist schon lange so, und wenn im Hafen keine englischen Marineschiffe liegen, kehre ich hierher zurück und werde der Mann, den du jetzt siehst.«

Nicholas lächelte halb. »Das ist eine ziemliche Verwandlung.«

»Das ist es, nicht wahr?«

»Du siehst aus wie der Mann, von dem ich immer dachte, dass er aus dir wird.« Nicholas stellte sein leeres Glas beiseite und stellte sich neben ihn an den Kamin. Wie lange war es her, dass er und Nicholas so miteinander umgegangen waren? Wie lange hatte er davon geträumt, dass sie ein Leben wie dieses führen würden, Freunde, die nach dem Essen einen Portwein trinken und über die Zukunft und all ihre Möglichkeiten diskutieren? Dieser Moment würde sich nie mehr wiederholen, und der Gedanke daran ließ ihn erschaudern.

»Nick, es tut mir leid, dass ich dich in Ketten habe legen lassen. Ich ...« Seine Kehle schnürte sich zu, als ihm kurzzeitig die Worte fehlten.

Nicholas legte ihm eine Hand auf die Schulter. »Du brauchst es nicht zu sagen.«

»Brauche ich das nicht? Ich muss mich bei dir entschuldigen, Nick. Wir waren einmal Freunde, und ich hätte das respektieren und dich nicht als meinen Gefangenen behandeln sollen.«

Nicholas' Lippen zuckten, als ob er sich ein Lächeln verkneifen wollte. »Wir sind Freunde. Jahre und wechselnde Umstände haben dem keinen Abbruch getan. Aber an deiner Stelle hätte ich dasselbe getan, zumindest bis ich wusste, dass du noch der Mann bist, an den ich mich erinnere.«

Die Worte seines Freundes ließen den Schmerz in seiner Brust nur noch größer werden.

»Nick, ich habe Dinge getan. Dinge, die du mir vielleicht nie verzeihen wirst. Ich habe Menschen getötet, ich habe Schiffe versenkt. Ich habe ...« Seine Stimme brach, als er Nicholas in die Augen sah. In diesem Moment schien alles so klar.

»Ich weiß, Dom. Ich weiß, was Männer wie La Roux mit den Jungen machen, die sie entführen. Ich kenne den unsagbaren Schmerz und die Wut, die einen für alles andere blind macht. Ich *weiß*.«

Die Worte von Nicholas brachten die Festung zum Einsturz, die Dominic um sich herum errichtet hatte. Er konnte es nicht mehr aufhalten, konnte Nicholas nicht auf Distanz halten. Die Tränen, die er sich vor all den Jahren geweigert hatte zu vergießen, liefen ihm jetzt über die Wangen. Es war gut, dass Nicholas seine Hand auf Dominics Schulter hielt, sonst wäre er vielleicht in den dunklen Gezeiten abgetrieben.

»Lass uns noch etwas trinken.« Nicholas schenkte ihm ein weiteres Glas ein, und sie tranken schweigend zusammen, ein beredtes Schweigen, das ein Mann nur mit einem Freund haben konnte, dem er vertraute.

»Wir sollten uns zurückziehen. Morgen müssen wir über La Roux sprechen«, sagte Nicholas schließlich. Bevor er den Raum verlassen konnte, hielt Dominic ihm die Hand hin.

»Danke, dass du mich nicht aufgibst, Nick.« Er hoffte, dass Nick die unausgesprochene Liebe hören konnte, die er für ihn empfand, das Vertrauen und die Loyalität, von denen er wusste, dass er sie nicht verdiente, aber irgendwie hatte Nicholas sie ihm trotzdem bewahrt.

Nicholas lächelte ein wenig. »Du hättest dasselbe für mich getan. Versuch, dich etwas auszuruhen ... Nachdem du Roberta besucht hast.«

Dominic lachte. Die Last auf seiner Brust ließ nach. »Das werde ich.« Er sah zu, wie Nicholas das Zimmer verließ, und blieb einen Moment länger allein im Raum, um seine Gedanken zu sammeln.

Roberta war hier in seinem Haus, trug die feinen Kleider, die er für sie bereithielt, und den Schmuck, den er vor Jahren mit dem ersten Verkauf von Tee aus der Plantage erworben hatte. Er hatte gehofft, sie eines Tages einer Frau zu schenken, die sein Herz erobern würde, aber diesen Traum hatte er aufgegeben, bis er Roberta traf. Der Gedanke, sie in solch weiblicher Pracht die Treppe herabsteigen zu sehen, brachte sein Blut in Wallung. Doch er würde sie nie als seinen temperamentvollen Kajütenjungen vergessen. Wie ihr Gesicht aufleuchtete, wann immer sie das Meer betrachtete, wie ihr kleiner Hintern in seinen Händen lag, als er sie streichelte. Wie frei er sich mit ihr auf seinem Schiff gefühlt hatte. Chibbs würde sagen, dass eine Frau an Bord ein Fluch sei, aber sie war nichts als ein Segen.

Dominic verließ sein Arbeitszimmer und ging die Treppe hinauf. In der oberen Halle waren die Lampen für die Nacht bereits gelöscht worden. Er schritt leise über den Teppichboden. Roberta hatte das Zimmer neben seinem bekommen, das auch am weitesten von dem ihres Vaters entfernt war. Als er Robertas Schlafzimmer erreichte, probierte er den Türgriff aus. Der gab leicht nach, und er schlüpfte in ihr Zimmer. Er erwartete, dass sie auf dem Bett auf ihn wartete, aber sie stand draußen auf der Veranda, und ihre dunkle Silhouette zog ihn bereits in ihren Bann.

Das karibische Mondlicht beleuchtete den Balkon und die weißen Sandstrände der Bucht. Er bewegte sich leise und trat hinter sie. Er stellte sich hinter sie und legte seine Hände links und rechts von ihr auf das Geländer, während sie beide nach unten starrten. Glühwürmchen tanzten in den Gärten, zartes grünes Licht und ein bezauberndes Spiel leuchtender Farben. Als er dort mit ihr stand, fühlte er, wie ihn ein tiefes Gefühl des Friedens überkam. Es war ihm ein Rätsel, wie diese Frau ihn im selben Moment erregen und beruhigen konnte.

»Ich dachte, ich würde dich nie wieder sehen, aber jetzt bist du da.« Ihre Stimme war sanft, so voll von etwas, das er fast fürchtete und doch unbedingt hören wollte. Er beugte sich vor und knabberte an ihrem Ohr, wobei seine Lippen über die empfindliche Muschel streiften. Sie holte tief Luft, und der Stoff ihres Kleides flüsterte auf dem Marmorboden der Veranda.

»Ich hätte auch nicht gedacht, dass ich dich wiedersehen würde«, sagte er.

Roberta drehte ihren Kopf leicht in seine Richtung. »Was ist mit La Roux passiert?«

»Wir haben gekämpft, aber er ist entkommen. Ich bin hinter dir her, weil er es weiß - er hat die Passagierliste der *Fortune* gesehen und gesehen, dass du nicht auf den Langbooten warst.« Er schluckte schwer. Er hatte Seeschlachten überstanden und war mehr als einmal dem Galgen entkommen, aber mit dieser Frau über seine Gefühle und Ängste zu sprechen, war weitaus gefährlicher als alles, was er bisher erlebt hatte, auf den Meeren oder an Land.

»Warum spielt das eine Rolle? Ich bedeute ihm nichts.« Roberta drehte sich in seinen Armen herum, und er staunte, wie klein sie war, ein winziges Geschöpf mit zarten Kurven, aber auch drahtig und stark. Und jetzt war sie mit den feinsten Stoffen geschmückt, die er kaufen konnte.

Die Perlen um ihren Hals glänzten wie kondensiertes Mondlicht auf ihrer goldenen Haut. Sie hatte so viel Zeit mit ihm an Deck verbracht und sich ihren Platz wie jeder andere Mann verdient, dass sie braun geworden war. Er wusste, dass die meisten Männer die milchig-weiße Haut von Frauen bevorzugten, die nie einen Fuß vor die Tür setzten, aber er liebte Roberta, weil sie keine Trophäe war, die man verdienen und zur Schau stellen musste. Sie war eine Frau, die mit ihm und seinen Männern mithalten konnte.

»Er weiß, dass ich dich mag. Er hat es auf dich abgesehen. Ich musste mich vergewissern, dass du in Sicherheit bist. Deshalb habe ich es riskiert, hierher zu kommen, auch wenn Huntington und dein Vater anwesend waren. Ich neige dazu, mich von Port Royal fernzuhalten, wenn sich Marineschiffe in meinem Hafen tummeln. Aber ich musste dich beschützen, koste es, was es wolle. Ich glaube nicht, dass er so dumm ist, es zu riskieren, dich hier zu verfolgen, aber ich bin mir nicht sicher.«

Robertas Augen suchten sein Gesicht ab, und er fragte sich, wonach sie suchte.

»Und wenn ich in Sicherheit bin?«, fragte sie.

»Ich muss gestehen, dass ich es nicht weiß. Egal, was ich will, es gibt keinen Weg, dass wir ...« Seine Zunge fühlte sich wie Blei an, als er versuchte, es zu erklären. »Ich bin kein Mann, mit dem sich eine angesehene Frau niederlassen sollte. Ich bin ein Pirat. Ich leite eine Mannschaft von einem Piratenhafen aus. Ich bezweifle, dass ich jetzt aufhören könnte. Zu viele Piraten kennen mich und würden meine Identität hier verkaufen, wenn sie damit Geld verdienen könnten. Ein Leben mit mir würde für uns beide ein Leben auf der Flucht bedeuten.«

Roberta streckte die Hand aus, um sein Gesicht zu berühren. Ihre Hände waren warm, und ihre Berührung fühlte sich an wie eine Mischung aus Behaglichkeit und Sinnlichkeit, als ihre Finger die Linie seiner Lippen nachzeichneten. Das hatte er schon mit Dutzenden von Frauen gemacht, aber keine hatte ihn je auf diese Weise zurückberührt. Er schloss die Augen und ließ ihre Fingerspitzen wandern.

»Dann lass uns nicht an morgen denken«, sagte sie, und er spannte seine Arme um sie an.

»Wir wurden vorhin gehetzt. Ich werde jetzt nichts überstürzen. Diesmal nicht«, versprach er.

R oberta ergriff Dominics Hand und führte ihn zurück ins Haus. Die wenigen Kerzen, die den Raum beleuchteten, brannten schwach und würden bald erlöschen. Umso besser für sie, ihn in den Schatten zu erkunden und sich keine Sorgen zu machen, dass er ihr Erröten sehen würde. Sie blieb neben dem Bett stehen, schlüpfte aus den Satinpantoffeln, die sie trug, und griff nach seiner Weste. Er hielt still, als sie die Knöpfe durch die Knopflöcher schob, die Weste weit öffnete und sie ihm von den Schultern streifte.

Sie zogen einander abwechselnd aus und ließen sich Zeit. Als Nächstes kam ihr Kleid dran, und seine Finger glitten durch die Schnürung am Rücken, bis das Kleid in einer blau-goldenen Pfütze zu ihren Füßen zusammenfiel.

Dann Dominics Hemd. Roberta berührte seine Taille und zog ihm das lange weiße Hemd aus der Hose. Er zog es sich über den Kopf und warf es auf den Boden. Sie legte ihre Hand-flächen auf seine Brust und ließ sie über die harten Muskeln seines Unterleibs bis zu seiner starken Brust gleiten. Sie kreiste mit einer Fingerspitze um eine flache Brustwarze, und sein Atem stockte. Durch seine Reaktion ermutigt, beugte sie sich vor und umschloss seine nun erigierte Brustwarze mit ihrem Mund, wobei sie ihre Zunge sanft über seine Haut gleiten ließ. Sie umklammerte seine Arme, während sie an ihm saugte, und ein leises Stöhnen entkam seinen Lippen.

Dominic zischte, als sie sich auf die andere Seite seiner Brust bewegte und ihm Küsse auf den Nacken drückte, wo sie ihn spielerisch kniff. Roberta kicherte, als sie innehielt und zu ihm aufsah.

»Du kleines Luder«, knurrte er, sein Tonfall verspielt.

»Ich hatte noch nie die Gelegenheit, den Körper eines Mannes zu erforschen. Verzeih, wenn ich mir Zeit lassen möchte.«

Dominics Augen leuchteten. »Dir sei verziehen. Und ich denke, ich sollte die gleiche Gelegenheit haben.« Er strich mit einem Finger über ihr Schlüsselbein und über die Wölbungen ihrer Brüste, die vom eng geschnürten Korsett hochgedrückt wurden. Er öffnete die Bänder, bis der steife Stoff sich zu ihrem Kleid am Boden gesellte. Jetzt trug sie nur noch ein hauchdünnes Unterhemd, und ihre Brustwarzen richteten sich gegen die unerwartete Kälte auf.

Dominic hob das Unterhemd vorsichtig hoch und zog es ihr vom Körper. Sie war versucht, ihre Blöße zu bedecken, aber im Mondlicht war sie nicht peinlich berührt.

»Es ist, als hätte ich dich geträumt«, murmelte er, während er mit den Fingerrücken über ihre Brust strich. »Die perfekte Frau.«

»Perfekt?« Sie lachte reumütig. »So kann man das nicht sagen. Ich bin ...«

»Pssst ...« Dominic drückte ihr einen Finger auf die Lippen, dann hob er eine ihrer Hände und öffnete ihre Handfläche. Die Verbrennungen von den Seilen waren zu Schorf verheilt, und bald würden sie nicht mehr als schwache Narben sein. Er hielt ihre Hand hoch, damit sie ihn sehen konnte, während er ihre Haut streichelte, wobei er darauf achtete, sie nicht zu verletzen.

»Siehst du das? Für mich ist das Perfektion. Eine Frau, die keine Angst hat, zu leben, sich Herausforderungen zu stellen und Grenzen zu überschreiten. Du bist nicht einfach nur eine Frau, die nichts als ihren Körper hat, den sie ihr eigen nennt. Du bist ...« Er hielt inne und trat einen Schritt näher, bis sich ihre Körper berührten. »... *unendlich* mehr.«

Sie war über seine Worte erschrocken. »Ich?« Sie hatte immer gewusst, dass sie nicht so war wie andere junge Frauen in ihrem Alter, aber sie hatte ihre Unterschiede als Schwächen und nicht als Vorteile betrachtet.

»Oh ja.« Dominics Brust rieb sich an ihren Brüsten, während er an den Bändern in ihrem Haar zog, um mit seinen Fingern durch die befreiten Strähnen zu fahren.

Seine Hände in ihrem Haar fühlten sich wunderbar an. Sie erschauderte, als eine seiner Handflächen über ihren Rücken strich und ihren Hintern bedeckte. Er drückte sanft zu, sein Griff war spielerisch und doch auf eine Weise besitzergreifend, die sie erregte. Sie kicherte und fühlte sich plötzlich schwindlig bei dem Gedanken, nur in ihren Strümpfen vor ihm zu stehen.

»Du bist kühn und brillant. Du wurdest von einem grausamen Piraten ausgepeitscht.«

Sie beugte sich vor und küsste sein Kinn. »Der Pirat war nicht so grausam, und die Peitsche war eine nicht so harte Strafe«, antwortete sie. Aber sie hatte ihm gezeigt, dass sie tatsächlich tapfer war. Sie war mutig genug, den heutigen Abend mit ihm zu teilen, obwohl keiner von ihnen wusste, was der morgige Tag bringen würde.

Dominic hob sie hoch und setzte sie auf das Bett. Er streifte ihr die Strümpfe einzeln von den Beinen und küsste jeden Zentimeter ihrer Haut, den er entblößte, bevor er sich zwischen ihre gespreizten Schenkel stellte. Sie zitterte, als sie sich daran erinnerte, wie er sich das letzte Mal in ihr angefühlt hatte, als er das erste Mal in sie eingedrungen war. Aber sie wollte ihn zu sehr, um sich von ihren Ängsten beherrschen zu lassen.

Seine Augen glühten im Schein der einzigen Kerze, die noch auf dem Tisch brannte. Er zog seine Schuhe, Strümpfe und Hosen aus, und sie hatte die Gelegenheit, ihn wirklich zu betrachten, die dunkle Haarspur von seinem Nabel bis hinunter zu seinem erigierten Schaft und seinen starken, muskulösen Schenkeln zu sehen. Ihr Bauch bebte in wilder Erregung, aber er nahm sie jetzt nicht wie in der Taverne. Er kletterte neben ihr auf das Bett und zog sie mit zärtlichen Händen über sich, so dass sie rittlings auf ihm saß, so wie sie auf dem höchsten Balken an Bord der *Dragon* gesessen hatte.

»Nimm mich, wenn du bereit bist«, murmelte er und zog sie dann zu sich hoch, um sie zu küssen.

Sie war fasziniert von dem Gefühl, wie sich ihre Körper aneinander pressten, während die kühle Inselbrise durch die Vorhänge der offenen Veranda wehte. Karibische Tauben riefen eine süße Symphonie, die sich mit ihren Küssen und Atemzügen vermischte, während sie und Dominic einander gegenseitig erkundeten. Sie lernte jede Narbe auf seiner Haut kennen, jede verdiente einen zärtlichen Kuss, bevor sie eine neue entdeckte, die sie pflegen konnte.

»Wer hat dich verletzt?«, fragte sie im Flüsterton. »War es immer La Roux?«

»Die meiste Zeit war es Gerard La Roux, der Bruder von Andre. Seine Mannschaft fürchtete ihn, und zu den Jungen, die er an Bord brachte, war er grausam. Er bezahlte Männer an Land, um sie zu entführen und auf sein Schiff zu bringen, wo sie für ihre Freiheit als Arbeiter und Seeräuber arbeiten sollten. Wäre es nur darum gegangen, seine Schulden abzuarbeiten, wäre das Leben an Bord seines Schiffes erträglich gewesen. Aber der Mann war ein Ungeheuer. Er mochte es, sie zu brechen, wie er es ausdrückte, bevor er sie an die Arbeit schickte.« Dominic zögerte, und sie küsste die ferne Erinnerung auf seiner Stirn weg.

»Und sein Bruder?«

»Andre wusste, was sein Bruder tat - manchmal sah er zu. Ich habe Männer gesehen, die dunkle und schreckliche Dinge getan haben, aber es verfolgt sie, wenn sie schlafen. Sie wissen, dass sie verdammt sind, und das lastet schwer auf ihnen. Aber nicht Andre. In ihm herrscht nichts als Dunkelheit, eine große Leere ohne Licht und Hoffnung, geschweige denn Gnade. Es machte ihm Spaß, Gerard dabei zuzusehen, wie er mich verletzte. Als ich älter wurde, wusste ich, dass ich Gerard eines Tages die Stirn würde bieten können, aber nicht Andre. Ich wartete, bis Andre mit seinem Schiff auf der Jagd nach einer anderen Beute war. Einmal war Gerard schwer betrunken, und er verlangte, dass ich für meine Freiheit kämpfe. Ich habe meine Gelegenheit genutzt. Ich habe ihn getötet. Ich schoss ihm mit seiner eigenen Pistole durch sein schwarzes Herz, dann stahl ich einen Kompass und ein Langboot und segelte drei Tage lang ohne Essen und Wasser, bis ich Port Royal erreichte. Ich habe mein Leben neu begonnen.«

Roberta küsste ihn auf die Wangen und schmeckte das feine Salz seiner Tränen. »Ich wünschte, du hättest nie gelitten, dass du nie so entführt worden wärst.« Sie küsste seinen zitternden Mund und ließ die ganze Welt um sie herum verschwinden.

Er umfasste ihr Gesicht, und ihre Blicke trafen sich. »Wenn ich das nicht getan hätte, hätte ich dich vielleicht nie getroffen. Ich bin mir nicht sicher, ob ich den Weg, den ich in meinem Leben eingeschlagen habe, wirklich bedauern kann, denn er hat mich hierher geführt.« Die Ehrlichkeit in seinen Augen erschütterte sie zutiefst. »Ich würde alles noch einmal tun, alles erleiden, um zu wissen, dass diese eine Nacht mir gehören würde, dass ich diese eine Erinnerung immer bei mir tragen würde.«

»Ich liebe dich, Dominic Greyville.« Sie sprach seinen wahren Namen aus und wollte ihn wissen lassen, dass sie ihn jetzt so liebte, wie er war - schön, verletzlich und ganz ihr gehörend.

»Ich liebe dich, Robbie.« Sein sinnlicher Mund verzog sich zu einem jungenhaften Grinsen, das sie zum Kichern brachte.

»Du hast mich nicht Roberta genannt«, schimpfte sie ihn.

»Das liegt daran, dass ich mich gerne daran erinnere, wie ich dich kennengelernt habe. Roberta ist zwar schön, aber ein viel zu ernster Name für eine Piratin. Du bist jetzt ein echtes Mitglied der Crew der *Dragon*, und du verdienst es, deinen Spitznamen zu behalten.«

Sie verdrehte die Augen und seufzte dann sehnsüchtig, als er sie tief küsste. Sie zerrte an seinen Schultern, ihr Bedürfnis nach ihm war zu stark, um es noch einen Moment länger zu leugnen.

»Ich bin bereit. Ich will dich.« Sie keuchte auf, als er sie umdrehte und gegen die weiche Federmatratze drückte.

Seine Hüften glitten zwischen ihre gespreizten Schenkel, und er versank in ihr. Sie stöhnten gemeinsam auf, als er sie ausfüllte, sie dehnte und sie ganz für sich beanspruchte. Diesmal gab es keine Schmerzen. Nur ein köstliches Verlangen, das sich immer mehr steigerte, während er sich gegen sie stemmte. Dominic hielt sich mit einer Hand am Bettgestell über ihrem Kopf fest und stemmte seinen Körper, um seine Stöße zu vertiefen. Sie klammerte sich an seine Hüften und keuchte jedes Mal, wenn er in sie eindrang. Die weichen Kurven ihres Körpers schmiegten sich an die harten Linien von ihm. Freude explodierte zwischen ihnen, und sie schrie auf, bevor er sie mit einem Kuss zum Schweigen brachte. Er stieß noch ein Dutzend Mal tief zu und ließ sie eine Welle nach der anderen der Lust auskosten, bis sie es nicht mehr aushalten konnte.

Sie lag schlaff unter ihm, betrunken von der Leidenschaft, als er schließlich kam, und sein Gesicht verzog sich zu einem Ausdruck der Verwunderung und Überraschung, als er auf sie herabblickte. Dieser Ansturm von Gefühlen, der sich aus ihrem Körper und ihrer Seele in seine ergoss, war nicht mehr aufzuhalten. Was auch immer morgen auf sie zukommen würde, sie hatten diese Nacht, diesen schönen Moment, an dem sie sich für immer festhalten konnten.

Dominic ließ sich neben ihr zusammensinken und zog die Bettlaken um sie herum hoch. Sie vergrub sich in ihm, Erschöpfung machte sich breit. Sie legte eine Handfläche auf seine Brust und strich mit den Fingern über seine Haut.

»Weißt du, als ich klein war, dachte ich, ich könnte Licht einfangen, so wie man ein Insekt in einem Glas einfängt. Ich habe morgens immer Gläser auf mein Fensterbrett gestellt. Mein Vater hat es nicht übers Herz gebracht, mir zu sagen, dass das nicht möglich ist. Wenn ich über meine immer noch dunklen Gläser weinte, hielt er mich fest und flüsterte: *Du kannst das Licht nicht einfangen, meine Liebe. Es kann nicht in dem Glas bleiben. Stattdessen wird es ein Teil von dir. Kannst du es fühlen, Roberta? Diese glühende Wärme tief in deinem Herzen?* Und dann habe ich es wirklich gespürt. Ich spürte meine Liebe zu ihm, meine Liebe zum Leben, meine Liebe zu mir selbst - alles war in mir, leuchtend wie die Sonne, hell und kühn.«

Dominic lächelte. Vielleicht stellte er sich gerade vor, wie sie als Kind diese Dinge gedacht und gefühlt hatte.

»Als ich älter wurde, fiel es mir immer schwerer, dieses Licht zu finden. Aber jetzt hast du alle Schatten aus meinem Herzen verjagt.« Sie drückte ihm einen langen, anhaltenden Kuss auf den Mund und hoffte, dass er jetzt die Wärme, die Liebe in sich selbst spüren konnte.

Dominic antwortete mit einem ernsten, verzweifelten Kuss, der sich in tausend stille Liebes- und Treuebekundungen verwandelte. Wie hatte sie jemals an ihm oder seinen Gefühlen für sie gezweifelt? Sie spiegelten ihre eigenen wider.

Sie liebten sich bis tief in die Nacht hinein, ihre Körper schufen eine Symphonie der Lust, bis das Sonnenlicht den Himmel draußen zu erhellen begann.

Die Morgendämmerung war da, und sie würden sich gemeinsam dem stellen, was kommen würde.

Andre La Roux drehte den Kristallkelch in seinen Handflächen, während er aus den Fenstern seiner Speisekabine auf den weiten Ozean hinausblickte. Die Morgendämmerung färbte das Wasser in leuchtendem Gold. Er wusste, dass der Anblick atemberaubend war, aber er weckte keine Liebe in ihm. Er hatte immer nur einen einzigen Menschen geliebt, seinen Bruder, und dieser Mann war tot. Tot, weil Dominic ihn getötet hatte. Andre hatte auf einen günstigen Moment gewartet. Nun war dieser Moment endlich in Form der Tochter des Admirals gekommen.

Der Ausdruck purer Angst auf dem Gesicht von Dominic, als er dem Mädchen zugerufen hatte, es solle weglaufen, hatte Andre alles gesagt, was er wissen musste. Das Mädchen bedeutete Dominic etwas, also würde Andre sie sich nehmen. Sobald er die Frau in seiner Gewalt hatte, würde er sie foltern und töten, und dann würde er einen Weg finden, Dominic die Schuld an ihrem Tod in die Schuhe zu schieben und ihn hängen zu lassen. Andre würde am Fuße des Galgens stehen und zusehen, wie das Genick des Mörders seines Bruders brechen und seine Füße im Wind zucken würden.

Der Gedanke, das zu zerstören, was Dominic am meisten liebte, ließ Andre ein reines Vergnügen durch die Adern fließen. Es wäre so gut wie die Erinnerung daran, wie Gerard dem Jungen vor all den Jahren wehgetan hatte, aber es reichte nicht aus, um sein Verlangen nach mehr zu stillen. Dieser Hunger nach dem Schmerz von anderen würde nie ganz gestillt werden.

Andre warf das Glas quer durch den Raum, so dass es an der Wand zerschellte. Die Scherben fielen zu Boden, und die Sonne, die durch die Fenster des Esszimmers einfiel, schimmerte.

Aber alles, was Andre sah, war rot.

## 16

Am folgenden Nachmittag folgte Dominic Roberta in den Garten seines Anwesens und beobachtete, wie die Schleppe ihres creme- und rosafarbenen Kleides über den üppigen grünen Rasen glitt. Alle paar Sekunden holte er sie ein und strich mit einer Hand über ihre Taille. Jedes Mal, wenn sie sich umdrehte und ihm diese blitzenden Augen zeigte, summte sein Blut in einem süßen Delirium. Dann zupfte er sanft an einer lockeren Locke ihres Haares oder griff mit den Fingern in die teure Seide ihrer Röcke und zog sie an sich heran, um seine Lippen auf ihren Hals zu drücken, und schon bald musste er sie loslassen, damit ihr Vater sie nicht sah. Dieses Katz-und-Maus-Spiel würde ihn umbringen, aber das Vergnügen, endlich auf der erstbesten ebenen Fläche abseits neugieriger Blicke ineinander zu stürzen, war nur eine Frage der Zeit.

Der Konteradmiral ging weiter voraus. Sein angeregtes Gespräch mit Nicholas wurde von einer Inselbrise durch die Luft getragen. Dank des Einflusses des Admirals hatte Nick die Sondergenehmigung erhalten, hier zu bleiben, anstatt mit

Huntington und den übrigen Matrosen der königlichen Marine von der *Fortune* an Bord eines anderen Schiffes zu gehen.

Dominic hörte Robertas Vater nur halb zu, denn er interessierte sich viel mehr für Roberta und die Art und Weise, wie ihre Hüften bei ihren Bewegungen wippten. Die Aussicht war sehr verlockend, aber Teile des Gesprächs des Admirals durchbrachen trotzdem immer wieder seine sinnlichen Tagträume, Roberta ins Gras zu ziehen und sich an ihr zu vergehen.

»Wir wissen, dass die Piraten häufig in Tortuga und Cartagena sind, deshalb sollten wir diese Häfen viel häufiger von Kriegsschiffen patrouillieren lassen«, schlug der Admiral vor.

Roberta hielt inne, um eine Reihe von englischen Rosenstöcken zu studieren. Sie beugte sich vor, um eine gut gewachsene Blüte zu berühren, und lächelte, als sie die weichen Blütenblätter an ihre Lippen hielt. Ein Anflug von Neid durchzuckte ihn. Er war eifersüchtig auf eine Blume, eine verdammte Blume. Er wollte ihre Lippen auf *seiner* Haut, wie sie sanft über seine Narben strichen, so wie sie es noch vor wenigen Stunden getan hatten, und ihm das Gefühl gaben, ein ganzer Mann zu sein, kein gebrochener.

Sie blickte zu ihm und hielt seinen Blick einen langen Moment lang fest. Hunger und Sehnsucht schossen gleichermaßen durch ihn hindurch. Großer Gott, wann hatte ihn eine Frau jemals zuvor so angesehen? Als hätte er den Mond gefangen und ihn ihr gereicht. So empfand er für sie, sie war diejenige, die alle seine Träume erfüllte, auch die, die er schon lange für verloren gehalten hatte.

»Ich fürchte, es wird immer Piraten geben, in der einen oder anderen Form«, sagte Nicholas. »Seit Jahrhunderten überfallen Menschen Schiffe und Küstenlinien. Daran wird sich nichts ändern, es sei denn, man findet einen Weg, jeden Zentimeter des Meeres mit Schiffen abzudecken.«

Roberta warf Dominic einen Blick zu und zwinkerte ihm

anzüglich zu, als ihr Vater und Nicholas weiter vor ihnen gingen.

Als der Admiral und Nicholas um die Ecke bogen und eine Heckenreihe umrundeten, die die beiden Männer um ein paar Meter überragte, wartete Dominic keinen Moment länger. Er eilte zu Roberta und zog sie in seine Arme. Sie rupfte versehentlich die Rose vom Stock, die sie in der Hand hielt, als er sie an sich zog, und die Blütenblätter verstreuten sich, als sie ihre Arme um seinen Hals schlang. Ihre Lippen trafen sich in einer süßen Explosion. Das Gewirr ihrer roten Haare floss über seine Hand, als er sanft in ihren Nacken griff und die steifen Muskeln massierte. Ihr darauf folgendes Stöhnen erfreute ihn.

Sie waren dumm, ein solches Risiko einzugehen, aber er konnte nicht verbergen, was er für sie empfand. Ihre Worte von gestern Abend hatten ihn für immer verändert und fast die gesamte Dunkelheit in ihm vertrieben. Sie war seine Wärme, sein Glas voller Licht. Wenn er mit ihr zusammen war, so wie jetzt, schienen die letzten vierzehn Jahre zu verblassen. Er konnte so tun, als wären sie heimlich verlobt, als würde er den Admiral bald um ihre Hand bitten, und als würden sie Seite an Seite in einer Kirche stehen, sich ihr Eheversprechen geben und Namen für ihre zukünftigen Kinder planen.

Plötzlich erstarrte er, als ihm bewusst wurde, dass sie in den letzten zwei Tagen ein halbes Dutzend Mal miteinander geschlafen hatten und es durchaus möglich war, dass sie jetzt ein Kind von ihm trug. Sein Kind. Ihr *gemeinsames* Kind.

Gott, er betete, das Kind möge mehr wie Roberta sein als er. Ihre Lippen trennten sich, und er hielt ihr Gesicht in seinen Händen und prägte sich jedes ihrer Merkmale ein.

»Was ist denn?«, fragte sie, als sie seinen besorgten Ausdruck erkannte. Es wurde immer schwieriger, seine Gefühle vor ihr zu verbergen.

Er stieß einen langsamen Atemzug aus, bevor er sprach. »Ich war ein Narr. Ich war nicht vorsichtig mit dir.«

»Vorsichtig?« Ihre Augen waren von unschuldiger Verwirrung erfüllt.

»Ich meine Kinder. Du könntest ein Kind tragen, weil ... weil ich mich nicht zurückhalten konnte.« Er wollte die Einzelheiten nicht erklären und hoffte, dass sie genug verstanden hatte. »Ich war egoistisch in meinem Vergnügen.« Er schloss die Augen und versuchte, nicht in Panik zu geraten. Was könnte sie tun, wenn sie tatsächlich schwanger wäre?

»Dom, ich habe von Anfang an gewusst, welche Risiken wir eingehen. Ich habe dich nicht gebeten, vorsichtig zu sein, weil ich offen für das Ergebnis war.« Sie schien zu wollen, dass er antwortete, aber es dauerte einen Moment, bis er die Worte fand.

»Du willst das Kind, unser Kind, auch wenn ich dich nicht heiraten kann? Du wärst ruiniert. Du könntest sogar gezwungen werden, das Kind ...«

»Pst.« Sie küsste ihn erneut. »Mein Vater würde mir mein Kind nie wegnehmen, und ich würde mich jeder Zukunft stellen, solange ich einen Teil von dir in mir trage.«

Doms Kehle schnürte sich zu, und er schloss wieder die Augen. Diese Frau war ein wunderschönes Wunder, und sie tötete ihn mit der Kraft ihrer Liebe.

Sie löste sich von ihm. »Ich höre meinen Vater zurückkommen.« Schnell trat sie weit genug zurück, um als respektabel zu gelten.

Sie bewunderte wieder einmal die Rosen, die er zu Ehren seiner Mutter gezüchtet hatte. Er wusste, dass seine Familie lebte und wohlauf war, und einmal im Jahr schickte er einen seiner Leute, um heimlich nach ihnen zu sehen.

Die Berichte versicherten ihm, dass sein jüngerer Bruder Adrian fähig sei und dass ein gesunder Kopf auf seinen Schultern ruhte. Adrians Zwillingsschwester Josephine war eine Schönheit wie ihre Mutter und hatte einen schnellen Verstand. Er stellte sich vor, dass seine Mutter so atemberaubend wie immer war, obwohl seine Männer nicht so dumm waren, über ihr Aussehen zu schwärmen, sondern ihn lediglich über ihre Bewegungen informierten. Und sein Vater. Er brauchte die Berichte nicht, um zu wissen, dass sein Vater immer noch ein mächtiger Mann in der Politik war, dem die Gunst des Königs zuteil wurde, die er nutzte, um den unteren Klassen zu helfen, wann immer es möglich war. Insgesamt waren sie ohne ihn besser dran.

»Sir?« Griffin näherte sich und blieb ein paar Meter entfernt stehen. »Captain Huntington ist hier, um den Konteradmiral zu sehen.«

»Ah ...« Dominic wusste, dass es nur eine Frage der Zeit gewesen war, bis Huntington zu Besuch kommen würde.

»Befehle, Sir?«, forderte Griffin ihn auf.

»Führe ihn in die Gärten heraus.«

»Ja, Sir.« Griffin zog sich zurück.

Dominic schaute Roberta an. »Dein lieber Verlobter ist auf dem Weg. Soll ich ihn in die Bucht werfen lassen?« Er konnte nicht widerstehen, sie zu necken, aber er behielt einen ernsten Gesichtsausdruck bei, um sie glauben zu lassen, dass er immer noch dachte, sie sei mit diesem Trottel verlobt. Er hatte sich dagegen gesträubt, Huntington zu erwähnen, nachdem Nicholas ihm versichert hatte, die Verlobung habe nie existiert, aber jetzt war seine Gelegenheit gekommen, das Temperament seiner Liebsten auf die richtige Art und Weise in Wallung zu bringen.

»Oh ... Dom, wir waren doch nie wirklich verlobt. Ich habe das nur gesagt, um dich zu zwingen, mit mir und meinem Dienstmädchen vorsichtig umzugehen.« Sie kam auf ihn zu, und ihre Augen blitzten vor Panik. Er hob eine Handfläche, um sie daran zu erinnern, Abstand zu halten, als ihr Vater und Nicholas hinter der Ecke der Hecken wieder auftauchten.

»Kapitän«, grüßte der Admiral, als der Kapitän zügig die Stufen vom Haus zum Garten herunterkam.

»Admiral, ich habe Ihre Nachricht über Miss Harcourts sichere Rückkehr erhalten.« Der Blick des Kapitäns ging an Dominic vorbei und direkt zu Roberta. Erleichterung färbte das Gesicht des Mannes, als er auf sie zukam, eine ihrer Hände ergriff und sie an seine Lippen führte.

Dominic unterdrückte ein Knurren, als Huntington seine Frau weiter berührte. Er hatte dem Mann nicht viel Aufmerksamkeit geschenkt, als er ihn in ein Langboot geworfen hatte, aber jetzt hatte er die Gelegenheit, den Kerl zu studieren. Huntington war hochgewachsen und von guter Statur, und der Mann war zweifellos klassisch im Fechten und Boxen ausgebildet worden. Nicht wie Dominic, dessen Körper in den Feuern der Hölle geschmiedet worden war, als er darum gekämpft hatte, auf hoher See unter grausamsten Bedingungen zu überleben. Entweder passte sich ein Mensch an und wurde stark, oder er würde untergehen. In einem echten Kampf würde Huntington innerhalb von Sekunden gegen ihn verlieren, aber Huntington hatte die Royal Navy und das Gesetz auf seiner Seite.

Aber das hielt Dominic nicht davon ab, sich vorzustellen, den Kerl in das nächste Boot zu werfen, das diesmal viel weiter schwimmen würde als nur bis Port Royal.

»Ich bin so erleichtert, Sie gesund und munter vorzufinden, Miss Harcourt.«

Roberta errötete, aber sie blieb höflich. »Mir geht es gut. Leutnant Flynn kam mir zu Hilfe und half mir und meinem Dienstmädchen bei der Flucht vom Piratenschiff, als wir in Tortuga landeten.«

»Ist das so?« Huntingtons Blick richtete sich auf Flynn, und Eifersucht brannte in seinen Augen. Dominic war verblüfft, dass Huntington einfach an ihm, dem Herrn des Hauses, das er besuchte, vorbeigegangen war und nicht einmal bemerkt hatte, dass Dominic eine gewisse Ähnlichkeit mit dem Piraten hatte, der ihn zum Narren gehalten und sein Schiff versenkt hatte.

»Ich hoffe, dass Flynn seine Pflichten wirklich so erfüllt hat, wie Sie es gesagt haben.« Es war jedem klar, dass er Flynn nicht mochte und jeden Vorwand nutzte, um ihn zurechtzuweisen, wenn es möglich war.

»Der Leutnant hat seine Sache gut gemacht«, schaltete sich Robertas Vater ein. »Meine Tochter ist kein albernes Geschöpf. Wenn sie angibt, dass sie durch Flynn gerettet wurde, dann spricht sie die Wahrheit. Ich würde Ihnen raten, meine Tochter nicht noch einmal infrage zu stellen. Habe ich mich klar ausgedrückt, Captain?« Der Tonfall des Konteradmirals rief bei Dominic Bewunderung hervor. Er sah, wieviel der Mann von seiner Tochter hielt. Das war gut. Sie verdiente einen Vater, der sie gegen Männer wie Huntington verteidigen würde.

»Nun, das freut mich zu hören«, sagte Huntington, aber sein höflicher Tonfall hatte immer noch einen gewissen Biss. Er richtete sich auf, zupfte an seiner Uniform und hob gebieterisch das Kinn.

Schließlich drehte sich der Kapitän in seine Richtung. »Und Sie sind sicher Mr. King?« Sein prüfender Blick bedrohte Dominic nicht.

Er lächelte höflich und reichte dem Mann die Hand. »Aaron King. Willkommen in King's Landing.«

»Danke.« Der Blick des Kapitäns wanderte zu dem großen Plantagenhaus hinter Dominic. »Schönes Haus, sehr schön. Sie sind Kaufmann, wie ich höre?«

»Ja, vorwiegend Tee.« Dominic wartete ab, wie tief der Kapitän in seine Geschichte eindringen würde.

»Hmmm«, antwortete Huntington mit einem höflichen Laut und wandte sich dann wieder Roberta zu. »Ich möchte Sie einladen, heute Abend mit mir in meiner Wohnung in der Stadt zu speisen. Ich hatte gehofft, wir könnten unser Gespräch über die Zukunft wieder aufnehmen.«

An der Art und Weise, wie sich Robertas Augen verfinsterten, konnte Dominic erahnen, was das Thema dieses Gesprächs sein könnte.

»Ich glaube nicht, dass wir noch etwas zu besprechen haben. Aber ich danke Ihnen für die Einladung. Ich wünschte, ich könnte annehmen, aber ...«

»Bedauerlicherweise hat sie meine Einladung zum Essen hier bereits angenommen. Sie sind natürlich auch eingeladen, Kapitän.« Dominic fand insgeheim Gefallen daran, zu sehen, wie Huntington sich wand und versuchte, sein Temperament zu zügeln. Es war ganz und gar entzückend.

»Ich wünschte, ich könnte annehmen, Mr. King. Das ist sehr freundlich von Ihnen, aber ich habe für heute Abend die Einladung zu einem Abendessen in der Stadt angenommen.« Der Marinekapitän sah aus, als wollte er Dominic mit dem nächstbesten scharfen Gegenstand ins Herz stechen.

»Schade. Dann vielleicht ein anderes Mal? Ich lasse Sie jetzt allein, damit Sie sich im Garten vergnügen können, während ich mit meinem Koch das Menü für heute Abend bespreche.« Dominic machte sich auf den Weg ins Haus, hielt aber oben an der Treppe inne, um zu sehen, wie es weiterging. Huntington versuchte noch einmal, mit Roberta zu sprechen, aber sie stellte sich vorsichtig zwischen Nicholas und ihren Vater.

Dominic grinste, aber das Lächeln verblasste nur allzu schnell. Er würde sich von ihr verabschieden und dafür sorgen müssen, dass Roberta bald sicher nach England zurückkehrte.

Als Roberta aus dem Garten zurückkehrte, wartete Dominic bereits auf sie und zog sie aus dem Salon in den Flur.

»Komm mit mir.«

Mit der freien Hand raffte sie ihre Röcke, als er sie wegführte. »Wohin gehen wir?«

Er sagte nichts, bis sie in ihrem Schlafgemach waren. Dominic deutete auf einen Stapel Kleidung, den Lucy nach seinen Anweisungen auf dem Bett ausgebreitet hatte. »Zieh das an und komm in ein paar Minuten nach draußen.« Die Augen des Dienstmädchens richteten sich auf Dominic.

»Wie geht es Mr. Lee?«, fragte sie.

»Er ist sehr verärgert, weil du nicht auf der *Dragon* bist«, antwortete Dominic grinsend. Er hatte bemerkt, dass die kleine Magd seinen widerstrebenden Koch lieb gewonnen hatte. Lee hatte ebenso wie Reese schon am ersten Tag der Reise nach Tortuga entdeckt, dass Luke in Wirklichkeit Lucy war, und schien von der Frau ziemlich fasziniert zu sein. Wäre mehr Zeit gewesen, hätte es vielleicht eine Zukunft zwischen ihnen gegeben, eine Zukunft, die sich als vorteilhaft für die Bäuche der Besatzung der *Dragon* erwiesen hätte.

»Wird er bald wieder hierher zurückkehren?«

»Er musste zum Schiff zurückkehren, um sich um die Männer dort zu kümmern. Aber ich könnte versuchen, es so einzurichten dass er heute Abend zum Abendessen hierher kommt.« Als sie angekommen waren, hatte er Lee und Griffin gebeten, ein paar Mahlzeiten zu kochen, aber dann hatte er sich Sorgen um den Rest seiner Besatzung gemacht, die nichts Anständiges zu essen bekam, während sie sich an Bord seines Schiffes versteckte und auf Befehle wartete.

Lucys Lächeln schwankte, aber sie beherrschte sich. »Ich hoffe es. Ich danke Ihnen, Mr. King.«

Roberta hob die braune Reithose hoch, die auf ihre Größe zugeschnitten war. »Reithosen?«

»Ja, wir reiten heute Nachmittag mit den Pferden aus, und ein Reitkleid wäre zu anstrengend. Außerdem hatte ich das Gefühl, dass du Hosen bevorzugen würdest. Ich bin dann unten.«

Dominic ließ Roberta allein, um sich umzuziehen, und beauftragte seinen Pferdepfleger, seinen besten Hengst und seinen besten Wallach bereit zu machen. Als er durch die Eingangshalle schritt, kam Nicholas zu ihm. Sein Freund warf einen Blick um sich, um sicherzugehen, dass sie nicht belauscht wurden.

»Der Admiral ist entschlossen, die *Dragon* und ihre Besatzung zu finden. Machst du dir gar keine Sorgen?«

»Das Schiff liegt vor der Küste in einer kleinen Bucht, in die die Fregatten der Royal Navy wegen der Riffe nicht hineinfahren können.«

Nicholas seufzte. »Sie können nicht ewig versteckt bleiben.«

»Sobald ich abreisen kann, werden wir nach Spanien oder vielleicht nach Nordafrika gehen, bis Huntington die Suche aufgibt.«

»Huntington hat ein Schiff organisiert, das morgen nach England fährt. Er begleitet Roberta zurück, bevor er zu seinen Aufgaben an Bord eines neuen Schiffes zurückkehrt. Der Admiral hat entschieden, dass es für sie nicht sicher ist, hier zu bleiben, nicht, solange sie unverheiratet ist und keinen Ehemann hat, der sie beschützt.«

Dominics Körper spannte sich an, als ihn die Panik erfasste. »So bald? Ich dachte, er wolle mit ihr hierher ziehen.« Insgeheim hatte er gehofft, dass der Admiral noch ein paar Tage brauchen würde, um ein Schiff zu finden, das nach England zurücksegelte, und um Vorbereitungen zu treffen. Ein neues Gefühl der Dringlichkeit trieb ihn dazu, Roberta so viele Augenblicke wie möglich zu stehlen, selbst wenn es nur ein kurzer Kuss inmitten der englischen Rosen war.

»Ich weiß - es ist viel früher, als wir gehofft hatten«, sagte Nicholas. »Aber der Admiral hat seine Meinung geändert. Er hat nicht das Gefühl, dass sie hier in Sicherheit sein würde. Dass du mit deinen Männern die *Fortune* geentert hast, hat ihn sehr beunruhigt, und er will sie nicht bleiben lassen. Ich verspreche, dass ich sie auf der gesamten Heimreise beschützen werde. Er hat mich gebeten, mit ihr zu segeln, weil er glaubt, dass ich an Bord eines Piratenschiffs für ihre Sicherheit gesorgt habe. Du hast mein Wort, dass ihr kein Leid geschehen wird.« Er berührte Dominic an der Schulter und drückte sie sanft, bevor er sich auf die Suche nach dem Admiral machte.

Dominic zwang sich ein Lächeln auf die Lippen, als Roberta mit unbändiger Energie die Treppe herunterstürmte.

»Du hattest Recht - ich ziehe Reithosen vor. Wie sehe ich aus?« Sie drehte sich vor ihm im Kreis, und er lachte über ihre offene Freude.

»Du weißt, dass du strahlend aussiehst«, kicherte er.

Sie hatte ihr Haar zu einem eleganten Dutt zurückgesteckt und mit einem grünen Band zusammengebunden. Ein paar verirrte Haarsträhnen kräuselten sich in ihrem Nacken. Dominic nahm ihren Anblick in sich auf, und die Nachmittagssonne, die durch die Fenster fiel, beleuchtete ihr Gesicht. Sie war das Schönste, was er je gesehen hatte. Besser als tausend mondbeschienene Buchten oder karibische Sonnenuntergänge, besser als die farbenfrohe Vielfalt an Korallen und Fischen im azurblauen Wasser. Sie war die Antwort auf jede Frage, die ihm jemals wichtig gewesen war. Und er war im Begriff, sie zum zweiten Mal für immer zu verlieren.

»Können wir gehen?« Er würgte die Worte gegen den Kloß in seinem Hals heraus. Sie nickte eifrig.

Dominic nahm ihren Arm, und sie gingen die Vordertreppe hinunter zu den wartenden Pferden. Er wollte keine weitere Minute seiner Zeit mit ihr verpassen. Und dann würde er das Richtige tun und sie gehen lassen. In England würde sie sicher sein.

Weit weg von ihm. Weit weg von La Roux.

Roberta konnte die Anspannung spüren, die von Dominic ausging. Seine starre Haltung auf seinem schwarzen Hengst verriet ihr, dass etwas nicht stimmte. Sie lenkte ihr Reittier näher an das seine heran, in der Hoffnung, sein Gesicht besser betrachten zu können. Der Weg war dicht bewaldet, und die Hufe der Pferde dröhnten unablässig auf dem feuchten, braunen Boden. Exotische Vögel flatterten in den Bäumen über ihnen, und das Sonnenlicht brach ab und zu durch den Schutz des Laubes. Roberta hatte das Gefühl, in einen verwunschenen Wald gestolpert zu sein, der von einem uralten Waldgott regiert wurde. In jedem anderen Moment hätte sie das magische Gefühl dieses Ortes von Herzen genossen, aber im Moment war sie zu besorgt über Dominics Schweigen.

Sie streckte die Finger aus und berührte seine Hand. »Dominic, was ist los?« Es war zu warm für Handschuhe, und der Hautkontakt beruhigte sie ein bisschen, als er sanft ihre Handfläche drückte.

»Nicholas hat gesagt, dass du morgen abreisen sollst.« Seine Worte waren schroff, aber sie hatte nicht den Eindruck, dass er wütend auf sie war, sondern eher bedauerte, dass sie sich bald trennen würden. Sie tat ja selbst ihr Bestes, um es zu vergessen.

»Ich möchte nicht gehen. Ich könnte bleiben ... ich *würde* bleiben ... wenn du mich darum bitten würdest.« Und sie würde es tun, ohne zu zögern. Sie würde ihren Ruin riskieren und mit ihm leben, auch wenn er sie nicht heiraten würde.

Dominic führte sie von der Hauptstraße herunter und tiefer in den Wald auf einen schmalen Pfad. Nach einer Weile wich der Wald einem weißen Sandstrand. Wellen schlugen an das Ufer, und das reine blaue Wasser küsste den sanften blauen Himmel.

Roberta folgte ihm, als er abstieg und sein Pferd an einem nahen Baum festband. Er schloss sie in seine Arme, als sie aus dem Sattel glitt, und hielt sie fest, wobei seine Lippen ihre Stirn in einem schwachen Kuss berührten, bevor er zurücktrat. Sie legte ihre Hand in seine, und sie gingen zum hellen Sand, der im Sonnenlicht schimmerte. Dominic kniete nieder und zog seine Stiefel und Strümpfe aus. Roberta lächelte ein wenig, als sie dasselbe tat. Sie planschten gemeinsam im seichten Wasser und spielten wie Kinder, bis sie erschöpft auf den Sand zurückfiel. Er gesellte sich zu ihr, streckte seinen schlanken Körper neben dem ihren aus und verschränkte die Arme hinter seinem Kopf.

»Dom, bitte, können wir das besprechen?«, fragte sie.

Er zog eine kleine, aber schöne Austernschale aus seiner Tasche und strich mit der Daumenkuppe darüber, bevor er sie ihr gab.

»Für dich«, sagte er. »Das habe ich gefunden, als ich diesen Strandabschnitt vor zehn Jahren zum ersten Mal besuchte. Ich bewahre es in meinem Arbeitszimmer in King's Landing auf, um mich an meine Chance zu erinnern, hier in diesem Paradies ein Leben aufzubauen. Ich möchte, dass du das mit nach England nimmst.«

Roberta konnte fast seine unausgesprochenen Worte hören, dass er sich wünschte, dass sie so viel wie möglich von ihm nehmen sollte, so wenig das auch sein mochte. Es war ein winziger Trost in einer riesigen Landschaft des Schmerzes.

Sie nahm die Schale entgegen, und ihre Lippen bebten plötzlich. »Dom, wir müssen reden.«

Abrupt stand er auf und begann, den Strand entlangzulaufen. Sie rannte hinter ihm her, packte ihn am Arm und brachte ihn mit einem Ruck zum Stehen.

»Bitte ... sprich mit mir«, flehte sie mit brüchiger Stimme.

Dominic sah ihr ins Gesicht, und sie sah die Gefühle, die er so verzweifelt zu verbergen versucht hatte. Schmerz und Trauer zeichneten sich auf seinen hübschen Zügen ab und ließen ihn um Jahre älter aussehen, als er war.

»Ich würde *alles* geben, um dich zu behalten, Robbie, alles, um dich zu mir zu machen, aber es ist nicht möglich.«

»Warum nicht?«, verlangte sie zu wissen und wischte sich wütend die Tränen von den Wangen.

»Weil La Roux nicht aufhören wird, bis einer von uns, entweder er oder ich, tot ist, und er wird dich finden und zuerst töten, um mich leiden zu lassen. Ich werde dein Leben nicht für irgendeinen Grund riskieren. Er ist zu schlau, um dich auf dem Wasser zu verfolgen, wenn du schwer bewacht wirst, aber er könnte es hier auf der Insel versuchen. Ich vertraue nicht darauf, dass du in Sicherheit sein würdest, wenn du bleibst. DU wirst morgen nach England segeln. Und wenn du einmal dort bist, wirst du ein sicheres und glückliches Leben führen und nie wieder zurückblicken. Du musst.«

Vor ein paar Tagen hätte Roberta das vielleicht noch für möglich gehalten, aber sie hatte das wahre Glück mit Dominic gekostet und weigerte sich zu glauben, dass sie es einfach für ihre Sicherheit aufgeben könnte.

»La Roux würde es nicht wagen, hierher zu kommen. Nicht, solange die Marine hier nach Piraten sucht.«

»Vielleicht doch«, antwortete Dominic düster. »Wenn er der Meinung ist, dass der Preis das Risiko wert ist.«

Dominic ging zurück an den Strand und setzte sich in den Schatten einiger Palmen in den Sand. Er winkelte die Beine an und stützte die Unterarme auf die Knie. Roberta gesellte sich nach einem langen Moment zu ihm. Sie lehnte ihren Kopf an seine Schulter, und er legte seine Wange auf ihren Scheitel. Vor ihnen brachen die Wellen in einem unaufhörlichen Rhythmus. Roberta schöpfte daraus einen gewissen Trost, aber nicht genug. Ihr Herz tat weh, als sie sich der Wahrheit stellte. Dominic würde sie nicht bleiben lassen.

»Und wenn du La Roux tötest? Ich könnte zurückkommen. Ich ...«

»Selbst wenn es einfach wäre, ihn zu finden und zu töten,

ist das nicht der einzige Grund, warum du nach England zurückkehren solltest. Roberta, du verdienst ein erfülltes Leben. Selbst wenn ich morgen mit der Piraterie aufhören würde, gäbe es da draußen Männer, deren Leben ich verschont habe, die mich oder meine Männer identifizieren könnten. Eines Tages wird jemand erfahren, dass ich auch Kapitän Grey bin. Ich bin ein Mann, dessen Tage gezählt sind.«

»Wir alle sind Menschen, deren Tage gezählt sind«, antwortete sie flüsternd.

»Aber wenn ich wegen Piraterie gehängt werde, würde die Krone mir alles nehmen - mein Haus, mein Vermögen, sogar das, was ich rechtmäßig verdient habe. Und dann wärest du mittellos und hättest kein Zuhause mehr. Das kann ich dir und unseren Kindern nicht antun.«

Sie wollte ihm sagen, dass es ihr egal sei, aber in Wahrheit war es ihr nicht egal. Nicht für sich selbst. Sie könnte irgendwie überleben, aber ihr Kind, wenn sie es denn trug, würde auf ihren Schutz angewiesen sein. Sie durfte sich nicht von ihren egoistischen Gedanken leiten lassen.

»Wir sollten bald zurückkehren«, murmelte Dominic.

»Wenn es sein muss«, seufzte sie und strich ihm über das Gesicht. »Du kommst doch heute Abend zu mir, oder?«

»Nichts kann mich davon abhalten.« Er neigte seinen Kopf, um sie zu küssen, und raubte ihr den letzten Rest ihres Herzens, den sie versucht hatte, in Sicherheit zu bringen.

Die *Red Lady* lief um Mitternacht in einen entfernten Hafen auf der Insel Jamaika ein, der Port Royal gegenüber lag. Die Besatzung war leise und vorsichtig, als sie das Boot am Dock befestigte. Andre La Roux verließ seine Männer und stieg den Steg hinunter, der von seinem Schiff ans Ufer führte. Das Licht des Mondes war so weiß, dass es ihm fast die Augen verbrannte, als er zu ihm hinaufstarrte.

Nun musste er warten. Geduld war eine seiner vielen Gaben. Heute Abend spürte er, dass er Glück haben würde. Fünfzehn Minuten später traf er einen seiner Männer am Dock.

»Welche Neuigkeiten bringst du mir?«, fragte Andre den Mann.

»Als die *India's Pride* anlegte, wurden der Kabinenjunge und der Marineoffizier von einem Admiral empfangen. Er nannte den Jungen Roberta.«

»Ich hatte also recht, der Junge ist die Tochter des Admirals.«

»Ja. Es war so, wie Sie vermutet hatten, als Sie sie auf der Passagierliste der *Fortune* sahen. Sie wurden zum Haus eines Teehändlers begleitet. Ein Mann namens Aaron King. Ich bin so nah herangegangen, wie ich konnte, und es ist genau so, wie Sie vermutet haben. Dominic Grey ist hier unter einem anderen Namen zu Hause. Auf der Insel heißt es, er verdiene sein Geld mit einem legalen Teehandel, unabhängig von seinen Piratenpreisen.«

Andre dachte darüber nach. Was für ein Narr war Dominic, dass er hier ein Leben führte, das ihm von jemandem wie ihm entrissen werden konnte. Es gab so viele Möglichkeiten, ihn zu verletzen. Die Frau nehmen, die Plantage nehmen, den Teehandel nehmen. Was würde ihm den größten Schmerz bereiten?

»Er ist heute mit der Frau ausgeritten, allein. Als ich sie zuletzt sah, lagen sie sich am Ufer in den Armen.«

»In den Armen?« Andre drehte den Gedanken immer wieder um. Er hatte Dominics Zuneigung zu dem Mädchen in Tortuga gesehen und mit Dominic gespielt, indem er ihn wegen seiner Angst, sie zu verlieren, herausforderte, aber er kannte Dominic gut. Jede Frau war bei diesem Narren sicher, denn Dominic hatte ein weiches Herz für das schöne Geschlecht. Andre wollte wissen, ob Dominic diese Admiralstochter liebte.

»Ja«, antwortete der Mann. »Ich weiß ja nur wenig über die Liebe, aber ich wage zu behaupten, dass Grey in der Tat in diese Frau verliebt ist. Ich habe ein wenig von ihrem Gespräch mitbekommen, das mir vom Wind zugetragen wurde. Sie sprachen von Heirat und einem gemeinsamen Leben.«

»Und du bist sicher, dass sie die Tochter des Admirals ist?« Das würde sie zu einem schwer zu fangenden Vogel machen, der aber umso mächtiger sein würde, wenn er einmal gefangen war. Sie zu töten und Dominic die Schuld in die Schuhe zu schieben, könnte dazu führen, dass Dominic der Schlinge zum Opfer fallen würde. Das wäre in der Tat eine zauberhafte Wendung, wenn er die Dinge so in Gang setzen könnte.

Der Mann nickte. »Ich konnte herausfinden, dass sie morgen nach England abreisen. Der Admiral hat entschieden, dass es für sie zu gefährlich ist, hier zu bleiben. Er plant, sie morgen an Bord der *Majesty's Falcon* nach Hause zu begleiten.«

Andre grinste. Der Krieg zwischen ihm und Dominic hatte sich endlich gewendet. Er hielt einen Lederbeutel mit Münzen in der Hand und warf ihn dem Mann zu, der in den Schatten des kleinen Hafens zurückschlüpfte. Andre kehrte zu seinem Schiff zurück und gab den Befehl, bei Morgengrauen wieder in See zu stechen.

»Blaise!«, schnauzte er seinen Quartiermeister an. Der junge Mann kam zu ihm herüber, mit einem misstrauischen Blick in den Augen.

»Ja, Kapitän?«

»Ich habe eine besondere Aufgabe für dich.«

Andre hatte sich entschieden, was Dominic am meisten Schmerzen bereiten würde, und er würde sich bald rächen.

»Mr. King. Auf ein Wort, wenn ich bitten darf«, sagte der Admiral zu Dominic, nachdem die Diener das Abendessen abgeräumt hatten. Roberta und Flynn hatten sich in der Nähe des Pianos eingefunden, sprachen leise und lächelten. Dominic fand es tröstlich, dass Roberta Nicholas mochte. In einem anderen Leben wäre er überglücklich gewesen, dass seine Frau und der Mann, den er einst seinen Bruder genannt hatte, so gut miteinander auskamen.

»Ja?« Er richtete seine Aufmerksamkeit wieder auf den Admiral, als sie ins Foyer traten.

»Ich weiß, ich mag wie ein abgelenkter Mann wirken, aber wenn es um meine Tochter geht, bin ich sehr aufmerksam. Zwar haben Sie versucht, Ihre Absichten zu verbergen, aber ich bin nicht dumm.«

Dominic spannte sich an, als er dem Blick des Mannes begegnete. Der Admiral war Ende fünfzig, aber Dominic vermutete, dass der Mann, wenn er richtig motiviert war, einen guten Kampf liefern konnte.

»Ich bin nicht sicher, ob ich Ihnen folgen kann«, antwortete er vorsichtig. Was genau wusste der Mann? Dass er mit Roberta schlief, oder dass er der Pirat war, der die *Fortune* entführt hatte?

Das Gesicht des Admirals wurde weicher. »Sie sind sehr aufmerksam gegenüber Roberta, und ich wage zu behaupten, dass Sie dabei sind, eine Bindung zu ihr aufzubauen.«

Dominic entspannte sich ein wenig. »Das kann durchaus sein«, gab er vorsichtig zu.

»Wie Sie wissen, fahre ich morgen nach England, um sie nach Hause zu begleiten, aber wenn ich einen Grund hätte, sie hier zu lassen ... zum Beispiel unter dem Schutz eines Ehemannes ...«

Es kostete Dominic alles, was in seiner Macht stand, um nicht zu sagen, dass er sich nichts sehnlicher wünschte, als Roberta zur Frau zu haben. Aber solange Andre La Roux noch am Leben war, würde Roberta in Westindien niemals sicher sein.

»So sehr ich es mir auch wünsche, ich kann keinen Grund nennen. Piraten sind eine allgegenwärtige Bedrohung. Nicht nur im Wasser, sondern auch an Land. Als Tochter eines Admirals wäre sie ein gefundenes Fressen für alle möglichen Schurken, die sie für ihre Zwecke missbrauchen könnten. Es wäre das Beste, wenn sie nach England zurückkehren würde.« Die Worte erdrückten ihn wie ein Felsbrocken.

»Dann habe ich mich geirrt? Sie hängen nicht zu sehr an ihr?« Die Enttäuschung im Gesicht des älteren Mannes war so offensichtlich, dass sich Dominics Magen in antwortender Trauer verknotete.

»Im Gegenteil. Ich hänge *zu sehr* an ihr, und es kostet mich all meine Kraft, mich daran zu erinnern, dass ihre Sicherheit an erster Stelle stehen sollte. Ich habe das Gefühl, sie seit Jahren zu kennen, vielleicht sogar aus einem anderen Leben, und wegen dieser tiefen Gefühle muss ich darauf bestehen, dass sie nach England zurückgebracht wird, wo ihr kein Leid geschehen kann.« Er wunderte sich über sich selbst, dass er seine Gedanken so offen mit diesem Mann teilte, aber er hatte das Gefühl, dass er ihm nach allem, was geschehen war, die Wahrheit schuldete.

Charles' Gesicht erhellte sich verstehend. »Sie ist fähig, in den meisten Dingen so fähig wie jeder Mann. Trotz ihrer fehlenden Körpergröße ist sie kämpferisch. Ich weiß, dass ein Vater vielleicht nicht so über seine Tochter sprechen sollte, aber sie ist keine verwelkende Lilie. Sie ist standhaft wie ein Baum, robust, klug und furchtlos. Macht das einen Unterschied?«

Dominics Hände ballten sich zu Fäusten, während er darum kämpfte, seine Gefühle unter Kontrolle zu halten.

»Ich bin mir dieser Eigenschaften bei ihr nur allzu bewusst. Sie haben meine Wertschätzung und Zuneigung für sie nur noch verstärkt, aber dadurch gerät sie noch mehr in Gefahr. Sie würde nicht zögern, sich in Gefahr zu begeben, um jemanden zu retten, den sie liebt, mich eingeschlossen.«

Der Admiral lächelte reumütig. »Ah. Ich hatte so gehofft, dass Sie beide vielleicht ...« Er brach ab. »Ich könnte es nicht ertragen, wenn sie einen Mann wie Huntington heiratet. Zuerst dachte ich, er wäre eine gute Partie, aber jetzt, wo ich sehe, wie er wirklich ist, kann ich das nicht mehr. Roberta verdient es, mit einem Mann zusammen zu sein, der sie wertschätzt, der sein Leben mit dem ihren vereinen will und sie nicht wie ein hübsches Spielzeug in einen Käfig sperrt und nur dann freigibt, wenn es ihm passt.«

»Ein Mann, der sie wirklich schätzt, sollte ihre Sicherheit immer vor seine eigene stellen.«

Charles verschränkte die Hände hinter seinem Rücken und seufzte. »Da haben Sie recht.« Es war ein müder Laut, der Dominic so sehr an seinen eigenen Vater erinnerte, aber es war eher ein Laut der Niederlage als der Frustration.

»Nachdem ihre Mutter gestorben war, wusste ich nicht, wie

ich sie erziehen sollte. Aber ich konnte sie nicht bei einer Erzieherin lassen, wenn ich immer auf See war. Es fühlte sich nicht richtig an, von ihr getrennt zu sein. Es fühlte sich an, als hätte ich einen Teil von mir selbst in England zurückgelassen - einen, ohne den ich nicht leben konnte. Deshalb habe ich beschlossen, mit der Tradition zu brechen und sie auf alle meine Reisen mitzunehmen. Es hat ihr einen Vorgeschmack auf die Welt gegeben, den die meisten Frauen nie haben werden, aber ich bereue es nicht, auch wenn es ihr dadurch schwerer fällt, irgendwo sesshaft zu werden.«

»Ich glaube, Sie haben das Richtige getan. Sie ist die bemerkenswerteste Frau, die ich je gekannt habe.« Dominic meinte das ernst. Er würde nie eine Frau finden, die Roberta gleichkäme.

»Nun, ich sollte Sie nicht weiter mit dem Thema Heirat belästigen.« Der Ausdruck der Niederlage auf dem Gesicht des Mannes drohte Dominics Abwehr zu durchbrechen. Er wünschte sich mehr als alles andere, dass er dem Admiral sagen könnte, wer er wirklich war und dass er in die Tochter des Mannes verliebt war, aber das würde nur dazu führen, dass er gehängt würde.

Dominic lächelte trocken. »Warum ertränken wir unseren gemeinsamen Kummer nicht in einem Glas Portwein?«

»Das wäre gut, denke ich.« Robertas Vater folgte ihm in das Arbeitszimmer. Dominic wünschte sich, den Schmerz in seinem Inneren so zu betäuben, wie er es seit Jahren nicht mehr getan hatte.

Roberta schaute sich in der Bibliothek um und stellte fest, dass ihr Vater und Dominic nicht mehr da waren. Sie drehte sich zu Nicholas um, der am Klavier stand. Er drückte auf eine einzelne Taste und lächelte über den satten Klang, den das Instrument erzeugte.

»Dom war nie ein Freund von Musik, aber hier hat er ein gut gestimmtes Klavier stehen. Hat er gelernt, das zu spielen? Manchmal frage ich mich, ob zu viel Zeit zwischen uns vergangen ist. Kenne ich ihn überhaupt?«

Robertas Kehle schnürte sich zu. Sie wusste nicht, was sie sagen sollte. Nicholas lehnte sich gegen das Klavier zurück und sah sie aufmerksam an.

»Sie würden ihn heiraten, wenn Sie könnten, nicht wahr?« In seinem Tonfall lag kein Tadel, sondern eher Hoffnung. »Eine gute Frau könnte ihn retten, denke ich ...« Er brach ab, sein Gesicht wurde rot.

»Andre La Roux hat mich in der Taverne gesehen. Er weiß, dass Dominic sich um mich sorgt. Es ist zu gefährlich. Ich würde alles für Dominic tun ... aber er lässt mir keine Wahl. Ich habe noch nie einen Mann gesehen, der so viel Angst hatte, Nicholas. Er hatte große Angst um mich. Ich liebe ihn zu sehr, um ihm diese Angst immer wieder zuzumuten.«

Nicholas rückte sein Halstuch zurecht und richtete sich auf. »Ich würde alles geben, sogar mein eigenes Leben, um das, was ihm angetan worden ist, rückgängig zu machen. Ihm sein Leben zurückgeben ... und ihn als meinen Freund wiederhaben, ohne Angst, dass unsere gegensätzlichen Berufe uns auseinanderreißen könnten.« Nicholas' blaue Augen leuchteten und waren so voller Schmerz. Roberta berührte seinen Arm und versuchte, ihn zu trösten.

»Sie waren ihm ein guter Freund. Sie haben nie die Hoffnung verloren.«

Nicholas seufzte. »Ich frage mich, was ich jetzt tun werde. Mein Auftrag endet in einem Jahr. Ich bin immer nur in der vagen Hoffnung zur See gefahren, ihn zu finden. Verstehen Sie mich nicht falsch, ich liebe das Meer, schon immer, aber die Art, wie Dominic auf den Wellen lebt, und die Art, wie ich unter der Flagge der Royal Navy lebe … wir haben zwei sehr unterschiedliche Leben. Ich hege keine Liebe für das Leben eines Offiziers. Die Grausamkeiten und Disziplinarmaßnahmen lassen wenig übrig, was ein Mann an einem Leben auf See lieben könnte.«

»Sie könnten ja hierher zurückkommen. Und für mich auf Dominic aufpassen.« Sie schluckte schwer. »Wir könnten einander schreiben, und Sie könnten mir sagen, wie es ihm geht?«

Der Leutnant grinste, aber es war bittersüß. »Ich denke, das könnte ich. Ich glaube nicht, dass ich an seinem Lebensstil teilhaben könnte, aber vielleicht könnte ich ihm bei der Verwaltung seines Anwesens hier helfen, bei den Teelieferungen und so weiter.«

»Das sollten Sie. Wenn ich nicht auf ihn aufpassen kann, dann könnten Sie das tun.«

»Dann werde ich das tun, nachdem ich Sie zurück nach England begleitet habe.« Er führte ihre Hand an seine Lippen und küsste ihre Knöchel, bevor er sie in der Bibliothek mit ihren Gedanken allein ließ.

Roberta verweilte noch einen Moment, betrachtete die Bücher im Regal und spielte leise ein paar Töne auf dem Pianoforte. Dies hätte ihr neues Zuhause sein können, ihr neues Leben, nur …

Sie wandte sich ab und ließ ihren Kummer hinter sich, als sie sich auf den Weg in ihr Zimmer machte. Heute Abend wollte sie glücklich sein, nur ein letztes Mal, mit Dominic. Sie betrat ihr Schlafgemach und erschrak über die Dunkelheit. Die Lampen waren alle bereits gelöscht worden.

»Lucy?«, flüsterte sie. Das Dienstmädchen antwortete nicht.

Sie musste wohl immer noch in den Räumen der Bediensteten sein.

»Dom?«, rief sie und fragte sich, ob er sich schon hereingeschlichen hatte, um sie zu überraschen. Aber sie wurde nur mit Schweigen empfangen. Die Verandatüren standen offen, und so ging sie auf den Balkon hinaus, um die kühle Brise auf ihrem Gesicht zu spüren.

Plötzlich stieg ihr ein vertrauter, beißender Geruch in die Nase. Der Geruch eines Mannes, der lange auf See gewesen war und selten gebadet hatte. Sie erstickte fast an dem Geruch, als sie erkannte, in welcher Gefahr sie sich befand, aber da war es schon zu spät. Viel zu spät.

Blaise trug die zierliche Frau über seiner Schulter. Ihre voluminösen Röcke und Unterröcke erwiesen sich als frustrierend, als er den Hügel herabstieg, auf dem das Haus in King's Landing stand, aber glücklicherweise war die Frau bewusstlos. Sie hatte sich gewehrt, womit er nicht gerechnet hatte, und seine Eier brannten immer noch von einem gut platzierten Tritt, aber er konnte es sich nicht leisten, noch mehr Zeit zu verlieren. Er musste bis zum Morgengrauen mit der Frau in seinen Armen zurück an Bord der *Red Lady* sein.

Sobald Dominic Grey entdeckte, dass sein hübsches Vögelchen verschwunden war, würde er jeden Winkel der Insel absuchen, bevor er in See stach, und bis dahin würde die *Red Lady* längst verschwunden sein. Zeugen würden sehen, wie das Schiff den Hafen unter der Flagge der *Emerald Dragon* verließ, was Dominic die Schuld am Tod der Frau in die Schuhe schieben sollte. La Roux würde seine Rache bekommen, und an Bord würde alles gut werden. Aber bis dahin würde La Roux seine Wut weiter an der Mannschaft auslassen. Blaise war stolz darauf, ein loyaler Mann zu sein, aber er hatte seine Grenzen.

Die Frau regte sich, als er sie über den Rücken eines Pferdes legte und festband, aber sie wachte nicht richtig auf. Darüber war er froh, denn er wollte sie nicht noch einmal schlagen. Er hielt nichts davon, Frauen zu schlagen. Sie vögelten besser, wenn sie nicht unglücklich waren, und eine Frau zu schlagen, machte sie eher sauer. Er hatte schon vor langer Zeit gelernt, dass Charme der Schlüssel war, um eine Hure ins Bett zu bekommen. Er fühlte ein kurzes Aufflackern von Schuldgefühlen, da er wusste, dass La Roux sie höchstwahrscheinlich foltern würde, bevor er sie schließlich tötete, aber das war der Preis dafür, die Geliebte eines Feindes von La Roux zu sein.

Als Blaise die *Red Lady* erreichte, wartete La Roux am Steg, seine Augen leuchteten im Mondlicht wie glühende Kohlen, als er Blaise näher kam.

»Gut gemacht, Quartiermeister, gut gemacht. Bring sie in mein Quartier.«

»Aye, Käpt'n.« Blaise stieg auf das Achterdeck hinunter, weil er das Frauenzimmer loswerden und sich weit von den Quartieren des Kapitäns entfernen wollte. Dann würde er sich die erstbeste Flasche Rum schnappen und versuchen, die Schreie zu ignorieren, die bald durch das Schiff hallen würden.

Dominic bewegte sich lautlos den Flur hinunter, sein Herz brannte vor Sehnsucht, als er Robertas Schlafzimmertür öffnete. Dunkelheit zog ihn ins Innere, während er herauszufinden versuchte, wo genau sie sich aufhielt. Ihr Bett war leer. Auch das Ankleidezimmer war leer.

Von Lucy gab es keine Spur, aber das war nicht überraschend. Er hatte Lee von der *Dragon* kommen lassen, um sie zu besuchen. Aber wo war Roberta? Einer seiner Leute von der *Dragon*, der als Lakai arbeitete, hatte ihm versichert, dass sie die Bibliothek verlassen hatte und auf ihr Zimmer gegangen war.

»Robbie?«, flüsterte er.

Schweigen schlug ihm entgegen, und das Gefühl, dass etwas ganz und gar nicht stimmte, verstärkte sich. Dieser Instinkt hatte ihm im Laufe der Jahre gute Dienste geleistet, und jedes Mal hatte er die folgenden Ereignisse nur knapp überlebt.

Seine Haut kribbelte, und die Haare in seinem Nacken stellten sich auf. Jemand anderes war hier gewesen. Da war ein schwacher Geruch, etwas Saures ... wie ein ungewaschener Körper. Jemand, der auf See gewesen war, würde so stinken, aber jeder, der von der *Dragon* heruntergekommen war, hatte sich zunächst einmal gewaschen.

Sein Herz hämmerte, als er auf den Balkon stürmte und zum Stehen kam, als er dunkle Tropfen auf dem Boden bemerkte. Er fuhr mit der Fingerspitze darüber und hob den Finger an die Nase. Der kupferne Geruch von Blut war unverkennbar, trotz der Düfte, die von den Blumen unter dem Balkon aufstiegen.

Sie war angegriffen worden - *entführt* worden. Dominic stürzte aus ihrem Schlafzimmer in den Flur und rief nach Nicholas und Charles. Nicholas war im Nu aus seinem Zimmer und der Admiral einen Augenblick später.

»Was ist denn los, Mr. King?«, fragte der Admiral.

»Roberta ist entführt worden. Jemand griff sie an und holte sie aus ihrem Zimmer. Ich habe Blut auf ihrem Balkon gefunden.«

»Entführt?«, erwiderte Charles, dessen Gesicht so blass war wie der Mond, der draußen schien.

»Nick, begleite den Admiral zum Hafen. Nimm mein Pferd.

Wecke diesen Idioten Huntington und lass ihn das schnellste Schiff im Hafen requirieren. Ich werde mein Schiff nehmen.«

»Wovon redet er?«, wollte Charles wissen, während Nicholas die Treppe hinunterlief, um Dominic einzuholen.

»Dom, warte. Wenn du mit der *Dragon* da draußen segelst und Huntington dich sieht, wird er erfahren, wer du wirklich bist. Er wird nicht innehalten, bis er dich an den Galgen gebracht hat.«

Dominic holte zwei Pistolen aus einer Schublade des Palisanderbeistelltisches neben der Eingangstür und reichte sie Nick.

»Nick, ich würde alles für sie tun.«

»Auch hängen?«, flüsterte Nicholas, als Charles sich zu ihnen gesellte.

»Sogar hängen«, antwortete er ruhig. Er würde für sie sterben, daran bestand kein Zweifel. Er musste dafür sorgen, dass sie für immer vor La Roux sicher war. Er würde sich den Konsequenzen seiner Entscheidung später stellen. Alles, was zählte, war, sie zu erreichen, bevor La Roux ihr etwas antun konnte. Selbst der stärkste Mann konnte nicht länger als ein paar Stunden überleben, wenn Andre darauf aus war, Schmerzen zu verursachen.

»Wohin gehen Sie, King?«, fragte Charles, während er seinen Mantel anzog.

»Ich habe ein anderes Schiff. Sie sollten mit Nick und Huntington das schnellste Schiff hierher bringen, und ich werde mit meinem eigenen suchen.«

»Aber ... ich verstehe es immer noch nicht. Wer hat sie entführt?«

»Ein Pirat mit dem Namen Andre La Roux«, erklärte Nicholas. »Er erfuhr, dass Ihre Tochter hier in Port Royal ist, und sah es als persönliche Herausforderung an, sie zu entführen.«

»Was?«, brüllte Charles.

Dominic wollte nicht hören, wie Nicholas versuchte, den

Menschen La Roux zu erklären, ohne zu erwähnen, dass Dominic auch ein Pirat war. Er lief zu den Ställen und half seinem Stallknecht, sein Pferd zu satteln.

»Mach zwei weitere Pferde für Flynn und den Admiral fertig«, rief er dem jungen Mann zu, als er aufstieg und an ihm vorbeiritt. Er ritt den unbefestigten Weg hinunter, der tief ins Innere der Insel zu einem anderen Strand führte, wo sein Schiff in einer nahen Bucht wartete.

»Sei tapfer, Robbie. Ich komme dich holen.« Er betete, dass sie unverletzt war, wenn er sie einholte und La Roux eine Kugel durch sein schwarzes Herz jagte.

**18**

———

Roberta erwachte mit dem Geschmack von Blut in ihrem Mund. Sie stöhnte, als ihre steifen Muskeln protestierten, als sie sich aufsetzte. Sie blinzelte verwirrt, als sie den Anblick der luxuriösen Kabine auf sich wirken ließ. Sie lag in einem schmalen Bett, das ihr nicht vertraut war. Dies war nicht King's Landing, und das sanfte Wiegen unter ihr zeigte ihr, dass sie sich nicht mehr an Land befand. Das Bett mit Goldrahmen und der Schreibtisch in der Nähe zeugten von Reichtum, und sie würde wetten, dass es sich dabei um unrechtmäßig erworbenen Reichtum handelte.

»Endlich wach«, sagte eine kalte, seidige Stimme. »Ich habe mir schon Sorgen gemacht, dass mein Quartiermeister vielleicht etwas zu hart mit dir umgesprungen ist.«

Roberta sah den Schatten eines Mannes, der in der Ecke saß. Er beugte sich vor und ließ sich vom Schein der Lampe anstrahlen. Andre La Roux. Sie war in seiner Kabine an Bord der *Red Lady*.

»Was, keine Schreie? Kein Flehen um Gnade?« Er gluckste.

Angst durchströmte sie, aber sie konzentrierte sich darauf,

ruhig und gelassen zu bleiben. »Ist es das, was du haben willst? Furcht? Das wirst du von mir nicht bekommen.«

»Oh, ich denke, das werde ich ... zu gegebener Zeit. Kein Grund zur Eile.« Er stützte sein Kinn auf seine Handfläche und sah sie an, wie es ein Liebhaber tun würde. Sein Blick hatte etwas Intimes, Faszinierendes, ja Besessenes an sich. Hätte Dominic sie so angeschaut, hätte es ihr Flügel zum Fliegen gegeben, aber dieser Mann? Sein intensiver Blick stürzte sie in die dunkelsten Abgründe der Verzweiflung. Dies war der Blick eines Mannes, der gerne tötete und plante, sie umzubringen. Irgendwann.

Roberta starrte ihn an und versuchte, ihre zitternden Hände in ihren Röcken zu verstecken.

Er strich sich den dünnen dunklen Bart entlang seines Kiefers und lenkte ihre Aufmerksamkeit auf die scharfen, kantigen Flächen seines Gesichts. »Und weißt du auch, warum ich dich hierher gebracht habe?« Er war nicht unattraktiv, das musste sie zugeben, aber die Kälte seines Herzens trübte sein schönes Aussehen.

Sie verkrampfte ihren Kiefer. »Wegen Dominic.«

»Ich habe zehn Jahre darauf gewartet und so getan, als ob ich den Tod meines Bruders einfach als das Risiko ansah, das man in unserem Beruf eingeht. Zehn Jahre lang habe ich so getan, als hätte ich den Mörder meines Bruders nicht im Visier, obwohl wir einander nie gemocht haben. Zehn Jahre habe ich darauf gewartet, etwas zu finden, das er mehr liebt als seine eigene Haut. Etwas, für das er dumm genug wäre, zu kämpfen.«

»Er wird mir nicht hierher folgen.« Ihre Worte kamen mit überraschender Festigkeit, fast so, als würde sie sie glauben.

»Oh, aber das wird er, *ma petite*. Denn er weiß, was ich mit dir machen werde. Und wenn er erst hier ist, wird er dich in Stücken finden. Und die Royal Navy wird ihm auf den Fersen sein. Du solltest verstehen, als ich mit dir an Bord den Hafen verließ, hissten wir eine Flagge, die mit der seiner *Dragon* identisch ist. Diese englischen Offiziere werden ihn mitnehmen und ihn für deinen Tod hängen.« La Roux zog ein kleines Entermesser aus seinem Gürtel. Er fuhr mit der Klinge an seinem Finger entlang und zeichnete einen leichten Schnitt in seine Haut.

»Es schneidet so glatt, wie ein Messer in frische Butter«, sagte er und leckte fast verführerisch über die Wunde. »Den ersten Schnitt wirst du gar nicht spüren, vielleicht nicht einmal den zweiten. Erst wenn du zu bluten beginnst, wirst du den Schmerz spüren, und dann wirst du zu atemlos sein, um zu schreien, und zu sehr leiden, um mehr zu tun als zu keuchen wie ein Fisch, der auf dem Deck zappelt.« Er schwang das Entermesser spielerisch in der Luft, und ihr Herz schlug ihr bis zum Hals. Sie wollte nicht daran denken, was er damit mit ihr anstellen würde.

Die Angst drückte ihr das Herz zusammen, aber sie wagte nicht, sich zu bewegen. Sie musste ihn am Reden halten. Einen Weg finden, das Unvermeidliche hinauszuzögern. Sie wusste, dass Dominic kommen würde, und sie musste sich am Leben erhalten, sonst würde er den Kampf gegen La Roux verlieren. Das war genau das, was der Bastard vor ihr wollte, also würde sie ihm diese Genugtuung nicht geben.

»Du hast wirklich Angst vor ihm, nicht wahr? Du wirst nicht Auge in Auge gegen ihn kämpfen.«

Sie sah ein kurzes Aufflackern von Hass in den Augen von La Roux, bevor er seine Gefühle unterdrückte.

»Ich brauche für den Kampf gegen ihn keine Vorteile auf meiner Seite, aber ich genieße es, ihn leiden zu sehen. Er war immer ein Rotzbengel. Mein Bruder Gerard schien es zu mögen, ihm diese Eigenschaft auszutreiben.«

»Du warst ein Feigling, der zugelassen hat, dass dein Bruder ein Kind verletzte«, forderte Roberta ihn heraus.

»Feigling? Nein. Ein Mann, der es mag, wenn andere verletzt werden? Ja. Ich bin ein Mann, der den *Schmerz* um des

*Schmerzes* willen genießt, *ma petite*. Das Vergnügen, das ich aus dem Schmerz anderer ziehe, ist exquisit.« La Roux seufzte fast träumerisch. »Als mein Bruder Dominic vor vierzehn Jahren an Bord holte, sah ich eine solche Stärke in ihm. Er weinte und schluchzte nicht wie die meisten der kleinen Bälger. Gerard mochte seine Spielzeuge genauso wie ich, aber er zog das Vögeln der Folter vor, verstehst du? Als Dominic erkannte, woran mein Bruder Gefallen fand, bot er sich Gerard bereitwillig an, um die anderen zu retten. Gerard war sehr zufrieden.« La Roux lächelte. »Ich kann sein Gesicht immer noch sehen, selbst nach all dieser Zeit. Er schüttelte Dominic sogar die Hand und stimmte der Abmachung zu. Vier Jahre lang habe ich zugesehen, wie mein Bruder ihn wie eine Hure benutzt hat. Gerard fand Gefallen daran, Wege zu finden, ihn zum Schreien zu bringen, koste es, was es wolle. Er hat sogar den Stolz des Jungen zerstört, nur um ihn brechen zu sehen. Das war wunderschön anzusehen.«

Entsetzen überkam Roberta, als sie versuchte, die Tiefe der Worte von La Roux zu begreifen. Dominics Missbrauch war so viel schlimmer gewesen, als sie befürchtet hatte. Aber Dominic hatte sich aus der Dunkelheit ins Licht geschleppt.

»Da irrst du dich. Dein Bruder hat es nicht geschafft, ihn zu brechen«, erinnerte sie La Roux. »Er hat gelitten, ja. Aber Dominic wartete ab, bis er eine Gelegenheit sah, und dann tötete er ihn.« Sie zitterte jetzt, aber nicht vor Angst. Wut durchströmte sie wie ein Orkan, der sich gegen den Mann vor ihr richtete. »Dich wird Dominic nicht töten müssen«, sagte sie.

Sie schob eine Hand in die schmale Tasche ihres Rocks und fühlte das kleine Stück Metall. Schon vor langer Zeit hatte sie gelernt, es immer bei sich zu tragen. Ihre Finger schlossen sich um den Perlmuttgriff des kleinen Messers. Die Morgendämmerung schlich langsam in den Raum, während sie einander anstarrten.

»Wird er nicht?«, antwortete La Roux mit einem finsteren Grinsen.

»Nein, denn ich werde es tun.« Sie zog den Dolch aus ihrem Kleid und warf ihn so schnell sie konnte. Die Klinge bohrte sich nur wenige Zentimeter von seiner Schulter entfernt in die Wand und hätte sein schwarzes Herz getroffen, wenn La Roux nicht aus dem Weg gesprungen wäre.

»Dein Fehler war, deine einzige Waffe wegzuwerfen.« La Roux zog in aller Ruhe das Messer aus der Wand und kam auf sie zu. Das gemessene Tempo seiner Schritte und der Glanz der geduldigen Freude in seinen Augen jagten ihr Angst ein. Sie wich aus und konnte gerade noch einen Blick auf die weißen Segel am blauen Horizont erhaschen. Könnte es jemand sein, der die Verfolgung aufgenommen hatte?

Roberta packte einen Stuhl und schlug damit auf La Roux ein. »Dieser Raum ist voller Waffen!«

Er taumelte vor Schmerz zurück, und sie nutzte die Gelegenheit zur Flucht. Sie stieß die Tür seiner Kabine auf und sah in das Gesicht des hässlichen Bootsmanns, der sie anschaute. Es war klar, dass er Wache gestanden und nicht damit gerechnet hatte, dass sich die Tür öffnen würde.

»Er ist verletzt! Du musst ihm helfen!« Sie zeigte hinter sich und hoffte, dass der Mann so blöd war, wie er aussah.

Das war er. Der schwere Mann stapfte in den Raum, und sie schoss wie ein flatternder blau-goldenen Satinstreifen an ihm vorbei. Sie rannte die Treppe hinauf und auf das Zwischendeck. Überall um sie herum standen Männer, die sich um das Schiff kümmerten. Einige von ihnen hielten abrupt inne und starrten sie an. Roberta hatte nur einen Augenblick Zeit zu entscheiden, was sie tun sollte. Sie konnte nicht über Bord springen. Selbst ohne das Gewicht ihres Kleides würde sie niemals festes Land erreichen. Ihre einzige Möglichkeit war zu klettern. Sie wünschte, sie könnte ihre Röcke in der Mitte zerreißen, um ihren Beinen mehr Freiheit zu geben, aber der

Stoff war zu dick, und sie hatte ihr Messer verloren. Mit einem tiefen Atemzug hob sie ihre Röcke mit einer Hand hoch, um sie aus dem Weg zu halten, und eilte auf den Hauptmast zu. Sie war auf halber Höhe der Takelage, als sie La Roux von unten rufen hörte. Sie warf einen Blick nach unten und sah ihn unter ihr stehen, die Hände in die Hüften gestemmt.

»Du kannst nirgendwo hin, *ma petite*.«

Roberta drehte ihm den Rücken zu und setzte ihren Aufstieg fort. Das Krähennest war nur noch fünfzehn Fuß über ihr. Wenn es ihr gelänge, es zu erreichen, könnte sie ihre Position verteidigen, bis das weit entfernte Schiff eintraf, falls es tatsächlich hinter ihnen her war. Der Wind peitschte ihr entgegen und verlangsamte ihren Aufstieg mehr als ihr lieb war, und sie konnte es sich nicht leisten, von einem von La Roux' Männern an der Takelage gepackt zu werden.

»Ihr nach!«, brüllte La Roux.

Roberta erreichte das Nest und blickte wieder nach unten. Ein weiterer Mann kletterte nun an den Seilen zu ihr herauf. Er hatte einen Dolch zwischen seinen Zähnen. Roberta fluchte, kämpfte sich über den Rand des Nestes und landete in dem großen Holzeimer. Sie wünschte sich, sie wäre wieder in ihren Reithosen und nicht durch Röcke behindert. Die würden es schwer machen, zu kämpfen.

»Hier, Püppchen«, neckte der Pirat, als er das Krähennest erreichte. »Komm mit, dann muss ich dich nicht aufspießen.« In dem Moment, in dem das Gesicht des Mannes über dem hölzernen Rand des Nestes erschien, stemmte sich Roberta gegen die Wand hinter ihr und trat ihm ins Gesicht. Da er den Schlag nicht erwartet hatte, stieß der Pirat einen Schrei der Überraschung aus und fiel wie ein totes Gewicht direkt auf das Deck fünfundzwanzig Fuß tiefer.

Roberta schloss die Augen, als sein Körper mit einem unangenehmen Knirschen auf das Deck prallte. Die Besatzung unten auf dem Schiff brüllte vor Wut.

»Hoch da, ihr alle!«, brüllte La Roux. »Sie ist nur ein verdammtes Mädchen!«

Roberta zuckte zusammen. Sie konnte sich nicht gegen die gesamte Mannschaft wehren. Sie blickte wieder zu dem entfernten Schiff, das sie zuvor gesehen hatte. Es kam näher! Vor Erleichterung zitterten ihre Glieder, als sie abzuschätzen versuchte, wie lange es dauern würde, bis das Schiff sie erreichte. Ihr Aufstieg zum Krähennest hatte die *Red Lady* ausgebremst. Die Segel flatterten nutzlos im Wind, denn die Matrosen hatten ihre Arbeit eingestellt, als sie an Deck aufgetaucht war. Das Schiff driftete nun, und das andere Schiff, das sie am Rande des Horizonts verfolgt hatte, war nun nahe genug, dass sie es sehen konnte.

Es war die *Emerald Dragon*.

Dominic war beinahe hier.

»Was siehst du, Chibbs?«, wollte Dominic wissen, als die *Dragon* den Abstand zu La Roux' Schiff verringerte. Sie hatten zu leicht aufgeholt. Warum war La Roux langsamer geworden, oder war das Teil seines Plans?

»Der verdammte Bastard hat unsere Flagge gehisst!«, knurrte der Bootsmann.

Dominic blickte auf das Schiff in der Ferne. La Roux musste also vorhaben, ihm das anzuhängen, was er mit Roberta tun wollte. Seine Fäuste ballten sich. Als er mit der *Dragon* rausgefahren war, um sie zu jagen, hatte er seine Mannschaft den Union Jack hissen lassen, weil sie heute keine Piraten waren. Sie waren Männer aus England, die den Abschaum der Seefahrt jagten.

»Was siehst du noch, Chibbs?«

Chibbs drückte wieder ein Fernrohr an sein Auge, sein Blick war verblüfft. »Ich bin mir nicht so sicher, was ich da sehe, Kapitän.«

»Gib mir das.« Reese stahl dem Bootsmann das Fernrohr und schaute selbst hindurch. Plötzlich kicherte er und reichte es an Dominic weiter. »Das wirst du dir selbst ansehen wollen, Captain.«

Dominic blickte durch das Objektiv, und sein Mund klappte auf. Fast die gesamte Besatzung der *Red Lady* versuchte, die Takelage zu erklimmen. Das Gewicht so vieler Männer hatte mehrere der durch das Meersalz geschwächten Seile zerrissen. Dominic verstellte den Blick mit dem Fernrohr weiter nach oben, um zu sehen, was der Grund für diese gefährliche Aktivität war. Dort im Krähennest saß Roberta. Ihr Haar wehte wild im Wind, und sie wehrte sich mit bloßen Händen gegen Männer. Offenbar hatten sie nicht damit gerechnet, dass eine feine Lady ihnen direkt ins Gesicht schlagen würde. Jedes Mal, wenn einer von ihnen sie erreichte, konnte Dominic sehen, wie der nächste Körper auf das Deck unter ihr plumpste. Vier Männer lagen regungslos da, wahrscheinlich tot von dem Sturz.

»Chibbs, mach die Kanonen fertig. Wir müssen diese Männer ebenfalls ablenken, damit Robbie nicht verletzt wird. Zielt auf das Deck. Zielt auf La Roux.« Dominic deutete auf die entfernte, rot gekleidete Gestalt auf dem Vorderdeck.

»Kapitän, ein englisches Schiff hat uns eingeholt. Ich sehe Huntington, den Konteradmiral, und Flynn an Deck.«

»Signal an Flynn, die *Red Lady* von der anderen Seite her zu umrunden. Wir wollen sie versenken.«

»Aye, Käpt'n.« Reese eilte davon, und Dominic vergewisserte sich, dass seine Pistolen und sein Schwert sicher in seinem Gürtel steckten, während Chibbs den Befehl gab, die Kanonen der *Dragon* abzufeuern. Der explosive Klang des

Kanonenfeuers machte ihn beinahe taub, und Sekunden später antworteten die Kanonen des englischen Schiffes. Holz splitterte auf den Decks der *Red Lady*, und Dominic suchte nach La Roux. Er sah, wie Andre in die Takelage kletterte, wo er von dem Kanonenfeuer nicht getroffen werden konnte. Was zum Teufel hatte er dort zu suchen? Nur ein einziger Gedanke kam ihm in den Sinn.

»Reese!«, brüllte Dominic. »Ich muss an Bord! Er ist hinter Robbie her.«

Er griff nach dem erstbesten freien Seil und schwang sich, sobald sie in Reichweite waren, auf das andere Schiff hinüber. Er schaffte es gerade so und landete mit einem dumpfen Aufprall auf dem Deck. Die *Dragon* stellte das Feuer ein, als er enterte, und kreiste für einen weiteren Anlauf, während die *Red Lady* geradezu verzweifelt das Feuer erwiderte. Da sie nur auf das Achterdeck zielen konnten, schienen sie wenig Schaden anzurichten. Schreie von der *Dragon* und dem englischen Schiff umgaben ihn, als Männer von beiden Seiten an Bord der *Red Lady* gingen.

»Links von dir!« Flynns Stimme ertönte etwas hinter ihm, als Dominic auf die Beine kam und losrannte.

Dominic sprang in die Takelage, den Blick auf La Roux gerichtet, als dieser gerade das Krähennest erreichte.

»La Roux!« Dominic hoffte, Robbie zu warnen und gleichzeitig die Aufmerksamkeit von La Roux zu erregen.

La Roux warf einen Blick zu ihm herunter und grinste. »Hol lieber schnell auf, Junge, sonst verpasst du noch, wie ich sie in Stücke schneide.« La Roux erreichte das Nest und sprang über die Holzwand hinein. Robbie kreischte. Dominic eilte die letzten drei Meter der Takelage hinauf und versuchte, in das Nest zu klettern.

»Dom, pass auf!«, rief Roberta. Er duckte sich im gleichen Moment, als La Roux ein Kurzschwert dort schwang, wo eben noch sein Kopf gewesen war.

La Roux fluchte und knurrte: »Kleine Schlampe!«

Dominic sah seine Gelegenheit, kletterte über das Holzgeländer und ließ sich in das Nest fallen. La Roux hielt Robbie nun an die gegenüberliegende Seite geklemmt, einen Dolch an ihr Mieder gepresst, direkt über ihrem Herzen, das Robbie mit einer Hand zu halten versuchte. Ihre andere Hand war zu einer nutzlosen Faust geballt und wurde von La Roux' linker Hand gegen das Nest gepresst. Es würde nicht lange dauern, bis Andre sie überwältigen würde.

Unter ihnen bildeten das Klirren von Stahl und das Krachen von Pistolen eine unheilige Symphonie, und zum ersten Mal seit Jahren drehte sich ihm bei diesem Geräusch der Magen um. Einst hatte er den Klang des Krieges geliebt, die Schreie der Männer im Kampf, aber jetzt nicht mehr. Dieser Teil seines Lebens war nun vorbei.

»La Roux, ich bin derjenige, den du willst. Bringen wir es zu Ende«, knurrte Dominic und zog sein Kurzschwert. Es war zu riskant, aus dieser Nähe eine Pistole zu benutzen, und da das Krähennest schwankte, hätte er Robbie verletzen können.

Zur großen Überraschung von ihnen beiden warf Roberta ihren Kopf zurück und schlug ihre Stirn gegen den Kopf von La Roux. Er fluchte, fasste sich an die Schläfe und taumelte einen Schritt zurück. Roberta sprang weg, als Dominic auf sie zustürmte, aber La Roux erholte sich schnell und wehrte Dominics ersten Stoß ab. Ihre Schwerter prallten aufeinander, und die Funken sprühten vom Metall wie wütende Glühwürmchen.

»So leicht wirst du mich nicht umbringen, *Junge*.«

Dominic starrte La Roux an, der Hass so vieler Jahre schwoll an wie ein gewaltiger, mächtiger Sturm mitten auf dem Atlantik. Die Wut war so rein, dass sie fast blendend war.

»Du bist ein übler Schandfleck auf dieser Erde«, knurrte er mit zusammengebissenen Zähnen. La Roux spuckte ihm in die Augen, und Dominic blinzelte. Das war alles, was La Roux brauchte. Er schwang seine Klinge nach unten und traf Dominic in die Seite, so dass dieser vor Schmerz aufheulte.

»Nein!« Roberta stürzte sich auf La Roux, sprang auf seinen Rücken und schlang einen Arm um seinen Hals, um ihn zu erwürgen. Er brüllte und schleuderte seinen Körper nach hinten, so dass sie gegen die Wand des Krähennests prallte. Sie sackte zu Boden und war halb bewusstlos.

Dominic stürmte vor, stürzte sich auf La Roux und versetzte ihm einen Schlag auf den Arm. Doch seine Kraft begann zu schwinden, während er sich die Hand an die Seite hielt, um den Blutfluss aufzuhalten. La Roux trat nach Dominic und drängte ihn zurück. Er rang nach Atem, als La Roux sich umdrehte und Robertas schlaffen Körper hochhob und sie an der Kehle über den Rand des Nestes hochhob. Sie wehrte sich gegen ihn und krallte sich an seiner Hand um ihre Kehle fest.

»So ein hübscher kleiner Vogel. Mal sehen, ob sie fliegen kann.«

Und damit warf er sie über die Bordwand.

Dominics Brüllen war ohrenbetäubend. Er stürzte sich auf La Roux und stieß ihm seine Klinge tief in den Bauch. Eisige Ranken des Grauens stachen ihm ins Herz, aber er versuchte, nicht über den Mord an La Roux hinauszudenken.

*Nicht nachdenken. Beende es.*

Er drehte die Klinge, die in La Roux' Bauch steckte. »Das ist für Robbie und für mich«, sagte er. »Du wirst nie wieder einer Seele wehtun. Du wirst vergessen werden. Dein Schiff und dein Körper werden in die Tiefe sinken, nur mit Haien als Gesellschaft.«

Die Augen von La Roux weiteten sich, als die Angst den Hass ersetzte. Dann ging diese Angst in Verwirrung über, als er nach Luft schnappte. Blut sprudelte über seine Lippen, als er zu sprechen versuchte. Der letzte Fluch, den er noch ausstoßen wollte, verhallte im Wind, als er auf die Knie sank und umkippte. Dominic trat gegen seinen Körper, aber La Roux bewegte sich nicht.

Erst dann ließ Dominic die erdrückende Verzweiflung an sich heran. Roberta war *weg*. Er erinnerte sich an den Ausdruck auf ihrem Gesicht, als La Roux sie losließ. In einem Augenblick schien alles, was in seiner Welt eine Bedeutung gehabt hatte, zu verschwinden. Es hatte alles keinen Sinn mehr. Seine Beine begannen unter ihm zu zittern, und er wusste, dass er jeden Moment zusammenbrechen würde, doch ein plötzlicher Schrei aus der Nähe ließ ihn an den Rand rennen.

»Verdammter Gott!«, keuchte er beim Anblick von Roberta, die sich ein paar Meter unter ihm an die halb zerrissene Takelage klammerte. Lebendig ... seine süße Robbie war am Leben!

Adrenalin schoss durch ihn, als er über das Nest kletterte und sich nach unten arbeitete. »Halt dich fest!«

Sie griff nach ihm, und er fing sie auf und zog sie sicher zu dem stabileren Teil der Takelage, an dem er sich festhielt. Er zog sie an sich und vergrub sein Gesicht in ihrem Haar. Sie roch himmlisch, und das Gefühl ihres warmen und lebendigen Körpers an seinem trieb ihm die Tränen in die Augen.

»Ich dachte, ich hätte dich verloren«, stieß er hervor. Seine Gefühle raubten ihm die Selbstbeherrschung.

»Ich dachte das auch«, antwortete sie und zitterte in seinen Armen. Er drückte seine Stirn an ihre, ihre Nasen berührten sich, während er sie festhielt. Dann zuckte er zusammen, als ein neuer Schmerz in seiner Seite ihn zwang, seinen Griff anzupassen.

»Du bist verletzt.«

»Nur ein Kratzer«, murmelte er.

Ihr Gesicht erbleichte. »Rede keinen Unsinn. Es ist ein bisschen mehr als das. Wir müssen dafür sorgen, dass Dr. Maynard sich das sofort ansieht.«

Er würde ihr nicht widersprechen. Das Gefühl, wie das Blut an seinem linken Bein herunterrann, zeigte ihm, dass sie Recht hatte. Er würde sich nicht mehr lange auf den Beinen halten können.

»Ich kann allein hinunterklettern«, sagte sie. Anstatt dass er ihr half, half sie ihm beim Hinunterklettern.

Sie machten sich gemeinsam auf den Weg nach unten, aber er erstarrte, als er die Gruppe englischer Offiziere unten warten sah. Mehrere Pistolen waren auf Dominic gerichtet. Huntington beobachtete ihn mit einem Schimmer von Triumph in den Augen.

»Dom, du darfst nicht nach unten gehen.« Robbie begann zu weinen, als sie die unten wartenden Offiziere erblickte.

»Ich kannte die Risiken, als ich dir folgte, Liebes.«

»Kannst du nicht zur *Dragon* fliehen?« Sie zeigte auf Reese und den Rest der Besatzung, die zu ihrem Schiff zurückgekehrt waren, ihn aber besorgt beobachteten.

»So kann ich nicht rüberkommen. Zu weit«, murmelte Dominic.

Er starrte auf sein Schiff und sah zu, wie die *Emerald Dragon* auf den Wellen rollte. Das Schiff hatte ihm Glück, Freunde und ... Roberta eingebracht. Er hasste den Gedanken, dass er nie wieder auf ihrem Deck stehen und der untergehenden Sonne nachjagen würde.

Dominic begegnete Reeses Blick über die kurze Distanz und rief einen letzten Befehl.

»Leinen los, Kapitän. Sie gehört jetzt dir.«

Reese nickte feierlich und verstand. Er würde ein guter und gerechter Kapitän sein. Die Segel der *Dragon* entfalteten sich, und das Schiff trieb ab. Huntington kümmerte sich nicht um sie - er hatte seinen Gewinn. Das war eine kleine Erleichterung. Seine Freunde an Bord der *Dragon* würden leben, um einen weiteren Tag zu kämpfen.

»Dom, es tut mir so leid. Ich wollte nie, dass so etwas passiert.« Roberta drückte ihr Gesicht in seinen Nacken und zitterte. Er schlang einen Arm um sie, hielt sie fest und ignorierte den Schmerz in seiner Seite, so gut er konnte.

»Robbie, ich bereue nichts. Nicht einen Moment, den ich mit dir hatte. Egal, was als Nächstes passiert«, flüsterte Dominic, bevor er sich einen letzten Kuss holte. Ihre süßen, weichen Lippen bebten unter seinen, als er ein letztes Mal ihren Geschmack genoss, bevor er sie losließ und zu Huntington hinunterkletterte, um sich ihm zu ergeben.

»Mr. King«, sagte Huntington kühl, als Dominic und Roberta auf dem Deck landeten.

Dominic neigte respektvoll den Kopf. »Captain.«

Der Admiral eilte zu seiner Tochter und umarmte sie heftig. Flynn stand neben Huntington, seine blauen Augen waren dunkel und voller Schmerz. Er war der einzige Offizier, der nicht mit einer Waffe auf Dominic zielte. Diese Tat würde vielleicht nicht ungestraft bleiben, aber Dominic wurde es warm ums Herz, als sein Freund seine Loyalität bewies.

Huntington schlug zu und traf Dominic mit dem Kolben seiner Pistole am Kopf. Dominic stürzte durch die Wucht des Schlages auf die Knie und hielt sich die Schläfe. Alles um ihn herum begann sich in schwindelerregenden Kreisen zu drehen.

»Halten Sie mich für einen Dummkopf? Ich dachte sofort, Sie kämen mir bekannt vor, *Kapitän Grey*«, sagte Huntington, nah genug, dass nur Dominic ihn hören konnte. Dann rief er den beiden nächststehenden Soldaten zu: »Legt ihn in Ketten!«

Dominic wurde gefesselt und weggeschleppt. Er hörte Roberta schreien, dass sie aufhören sollten, aber ihr Schrei verhallte ungehört. Dominic wurde unter Deck in die Brigg geführt. Bald würde ihn die Schlinge des Henkers erwarten.

## 19

»Mr. King ... ist ein Pirat?«

Roberta blickte von Flynn zu ihrem Vater und nickte. Zu dritt befanden sie sich in einer Kabine an Bord von Huntingtons requiriertem Schiff. »Er ist derjenige, der die *Fortune* angegriffen hat, das ist wahr. Aber er ist ein guter Mann. Er hat mir das Leben gerettet. Zweimal.« Roberta erzählte von dem großen Sturm und wie Dominic sein Leben riskiert hatte, um ihres zu retten.

»Aber er ist auch Mr. King?«, fragte ihr Vater verwirrt.

Flynn räusperte sich. »In Wahrheit ist er Dominic Greyville. Rechtmäßig der zukünftige Earl of Camden.«

»Der Sohn von Aaron Greyville? Ich kenne den Mann recht gut. Er hat in den letzten zehn Jahren viele Nachforschungen über Piratenschiffe angestellt. Ich wusste nicht, dass er versuchte, seinen Sohn zu finden. Großer Gott ...« Sehr schnell setzte er die Teile des Puzzles zusammen. »Der Junge wurde entführt, nicht wahr? Das war das Gerücht, aber ich habe immer angenommen, dass der Junge aufs Meer hinaus weggelaufen ist. Viele junge Burschen tun das.«

Roberta bedeckte die Hände ihres Vaters mit ihren eigenen.

»Wir müssen ihm helfen, Papa. Dominic wurde mit vierzehn Jahren zur Piraterie gezwungen. Er hatte keine Wahl. Er wurde gegen seinen Willen von den Docks in der Nähe seines Zuhauses entführt. Und als er seine Freiheit erlangte, war das Leben, das er einst kannte, bereits verwirkt.«

»Sie hat recht, Sir«, sagte Flynn. »Ich bin mit Dominic als Junge aufgewachsen. Er ist ein guter Mann, aber er hat einen schweren Schlag erlitten.«

Charles seufzte und rieb sich mit Daumen und Zeigefinger die geschlossenen Augen. »Ich wünschte, ich könnte helfen, aber mir sind die Hände gebunden. Huntington hat gesehen, wie er die *Fortune* enterte und sie versenkte. Er hat alle Beweise und Zeugen, die er braucht. Das kann ich nicht widerlegen. Er hat wissentlich seeräuberische Handlungen begangen.«

Roberta unterdrückte einen Schluchzer. Sie mussten einen Weg finden, um Dom zu helfen. Das mussten sie.

»Bitte, Papa, ich liebe ihn. Ich ...« Sie schloss die Augen, während ihr die Tränen über das Gesicht liefen.

»Ruhig, meine Liebe.« Ihr Vater legte einen Arm um ihre Schultern. »Ich wünschte, ich könnte ihn für dich retten, wirklich ...«

Aber es gab nichts, was er hätte tun können, das wusste sie. Huntington war ihre einzige Hoffnung.

Sie floh aus der Kabine und ging an Deck. Huntington und einer seiner Leutnants unterhielten sich über eine Kursänderung aufgrund der Gezeiten. Als der Kapitän sie sah, entließ er seinen Untergebenen.

»Miss Harcourt, wie geht es Ihnen nach Ihrem kleinen Abenteuer?«, erkundigte sich Huntington höflich, aber er sah sie nicht mehr so an, wie er es zuvor getan hatte. Er war kalt zu ihr, und das verhieß nichts Gutes.

Roberta wusste, dass sie taktvoller hätte sein müssen, aber sie war erschöpft und ängstlich.

»Kapitän, wenn ich einwilligen würde, Sie zu heiraten, würden Sie Dominic dann freilassen?«

Huntington schaute sie überrascht an, und dann verzog er die Lippen zu einem Grinsen.

»So soll ich Sie für mich gewinnen? Im Austausch für das Leben eines Piraten?« Er lachte kalt auf. »Sie sind zwar hübsch, aber es gibt Dutzende von Mädchen, die hübscher sind als Sie und die gerne meine Frau werden würden. Sie sind nicht bemerkenswerter als alle anderen. *Mit allem Respekt ...*« Er sprach das Wort sarkastisch aus. »... lehne ich Ihr Angebot ab.«

Die Hoffnung, an die Roberta sich geklammert hatte, schwand dahin. Sie hatte Huntington ihr Leben, ihre Freiheit angeboten, und er hatte gelacht und sie als unscheinbar bezeichnet.

»Er wird morgen hängen«, rief Huntington ihr mit einem rauen Lachen hinterher.

Roberta kehrte unter Deck zurück und traf dort auf Flynn. Er packte sie an den Schultern und hielt sie fest, bevor sie in ihre Kabine rennen und wie ein dummes Mädchen weinen konnte. Sie hätte wissen müssen, dass Huntingtons Stolz stärker war als seine Gier, und sie hatte immer gewusst, dass sie im Grunde genommen keine große Schönheit war. Nur Helena von Troja hätte Huntington davon überzeugen können, Dominic nicht hängen zu lassen.

Flynn betrachtete sie besorgt. »Du hast dich selbst angeboten, um ihn zu retten, nicht wahr?« Es war keine Frage, aber sie nickte stumm als Antwort. »Töricht, aber edel. Komm mit mir.«

Flynn begleitete sie ins Innere der Brigg. Ein einzelner Mann stand Wache, und als Flynn den Kopf ruckte, verließ der seinen Posten, um draußen zu warten.

Dominic lag auf einer Pritsche auf dem Boden der Zelle. Der Schiffsarzt hatte die Wunde an seiner Seite genäht. Huntington wollte seine Beute lebendig und gesund aufhängen.

Dominic erhob sich langsam in eine sitzende Position und stand dann auf. »Wie nah sind wir am Hafen?«

Flynn legte seine Hände auf die Eisenstäbe der Zelle und senkte den Kopf. »Wir werden in ein paar Stunden anlegen. Du sollst im Morgengrauen hängen.«

Dominic gluckste. »Ich dachte, Huntington würde versuchen, es früher zu tun. Er scheint furchtbar begierig darauf zu sein, mir den Hals zu strecken.«

Roberta lehnte sich neben Flynn gegen das Gitter. »Dom! Bitte nimm das nicht so leichtfertig.« Sie konnte es nicht ertragen, dass er in einem solchen Moment stichelte - nicht, wenn sie sich fühlte, als wäre sie diejenige, die bald sterben würde.

Dominic kam herüber. Er griff durch die Gitterstäbe, umklammerte eine ihrer zitternden Hände und führte sie an seine Lippen. Das Gefühl seines warmen Atems und seiner weichen Lippen war ein Trost, den sie nie wieder erleben würde.

»Es tut mir leid, mein Herz, aber manchmal findet ein Mann Trost in Galgenhumor.«

Das Elend war so groß, dass es einen körperlichen Schmerz in ihr auslöste, dass ihre Augen vor Tränen brannten.

»Nicht weinen, *bitte*. Ich kann es nicht ertragen«, flehte Dominic. »Ich bin ein Pirat mit schwarzem Herzen, meine Liebe. Es gibt keinen Grund, um mich zu trauern. Kein Grund, deine Tränen zu verschwenden.« Er umfasste ihr Kinn und strich mit der Daumenkuppe über ihre bebende Lippe. Sie hatte sich selbst immer für mutig und furchtlos gehalten, aber diesen Mann zu verlieren - nicht durch den Wind des Schicksals, sondern durch die Schlinge des Henkers - war zu viel für sie.

»Das ist nicht wahr«, schniefte Roberta und versuchte, sich zu beruhigen, aber niemand hatte ihr je beigebracht, wie man das mit einem gebrochenen Herzen macht.

»Sie hat recht«, flüsterte Flynn heiser. »Du bist ein guter

Mann. Auch ein Pirat kann ein Herz aus Gold haben.« Flynn berührte Dominic am Arm, und die drei schwiegen eine Zeit lang, wobei eine seltsame Einheit der Liebe zwischen ihnen herrschte.

»Komm morgen nicht, Robbie. Lass dich von Nicholas zu einem Ausritt in die Berge entführen.« Sie schüttelte den Kopf, aber er sprach leise weiter, fast wie in einem Traum. »Ich möchte mir vorstellen, wie ich mit dir zusammen bin, wie das Licht auf dein Gesicht fällt und die exotischen Blumen um dich herum blühen, während wir zu einer fernen Küste reiten. Würdest du das für mich tun? Schenkst du mir einen letzten Moment des Friedens, bevor ich gehe?«

Robertas Herz blutete. Sie spürte, wie das Blut sich in ihrer Brust sammelte und ihr das Atmen erschwerte. »Dom, ich kann nicht ...« Sie unterbrach sich selbst, unsicher, was sie tun sollte. Ihn allein sterben lassen ... oder dabei sein, wenn das Licht aus seinen Augen verschwand. Sie fühlte sich so oder so verdammt.

Dominic nahm ihr Gesicht zwischen seine beiden Hände. »*Bitte*, meine Liebe.« In diesem Moment konnte sie ihm nichts abschlagen. Die Sehnsucht und der Herzschmerz in seinen Augen spiegelten ihre eigenen. Sie waren eins in ihrem Leiden. Wenn er nicht wollte, dass sie ihn sterben sah, dann würde sie ihm diesen letzten Wunsch erfüllen.

»Ich werde mit Nicholas gehen«, sagte sie schließlich.

»Gut.« Er schluckte schwer. »Gibst du mir noch einen Moment mit Nick?« Roberta nickte und war froh, Zeit für sich zu haben, um den einzigen Mann zu betrauern, den sie jemals lieben würde.

Nicholas hielt immer noch Dominics Arm fest, und Dominic war froh darüber. Es erinnerte ihn an ihre gemeinsame Zeit als Jungen, an die einfacheren Zeiten, in denen sie mit Kaninchenschlingen durch die Wälder gejagt waren oder Angelruten zum See hinter seinem Haus getragen hatten.

»Du musst noch etwas anderes für mich tun, Nick.«

Nicholas schüttelte den Kopf. »Warte, warte einfach, *verdammt*.« Er schaute sich in der leeren Brigg um, um sicher zu gehen, dass er nicht belauscht werden konnte. »Ich könnte die Schlüssel stehlen, um dich rauszulassen. Ich könnte ein Boot bereithalten. Du könntest längst weg sein, bevor wir Port Royal erreichen.«

Dominic suchte den aufgewühlten Blick seines Freundes. »Danke, alter Freund. Aber das kann ich nicht tun. Du würdest hängen, weil du mir zur Flucht verholfen hast. Huntington ist kein Narr. Für mich ist es zu spät, und ich bin es leid, wegzulaufen und über meine Schulter zu schauen. Ich habe mir dieses Leben vielleicht nicht ausgesucht, aber ich habe es gelebt, und jetzt, da das Urteil gefallen ist, ist es an der Zeit, dass ich mich meinem Ende stelle.«

»Dom ... Bitte. Ich kann dich nicht noch einmal verlieren. Roberta darf dich nicht verlieren.« Die blauen Augen von Nicholas waren zu hell, und seine Stimme brach, als er Dominic anflehte. »Ich habe geschworen, dich nach Hause zu bringen.«

»Das wirst du. Es tut mir nur leid, dass ich es nicht mehr erleben werde.«

»Das war es also? Ich soll deine Leiche nach Hause bringen? Das Herz deiner Mutter brechen? Die Herzen deiner Geschwister? Was ist mit deinem Vater? Er hat die Hoffnung nie aufgegeben, dich zu finden.«

Dominic versuchte, den Schmerz, den die Worte seines Freundes in ihm auslösten, hinunterzuschlucken. »Weglaufen wie ein Feigling ... das kann ich nicht tun. Sag ihnen einfach, dass ich ehrenvoll gestorben bin und die Frau gerettet habe, die ich liebte. Daran dürfte nicht einmal mein Vater etwas auszusetzen haben.«

Nicholas krallte sich an den Gitterstäben der Zelle fest, sein Gesicht war rot und seine Knöchel weiß, als wollte er die Gitterstäbe zwischen ihnen zerbrechen. »Das ist verdammt ungerecht, Dom, und das weißt du auch.«

Dominic zuckte mit den Schultern. »Das Leben war noch nie gerecht. Alles, was wir tun können, ist, das Beste aus der Zeit zu machen, die wir haben. Kümmere dich um Roberta. Sie könnte dich brauchen, wenn sie schwanger ist.«

»Was?« Nicholas sah fassungslos aus. »Du ... und jetzt willst du sie einfach verlassen? Bei Gott, Dom, das kannst du ihr nicht antun!«

»Heirate sie. Liebe sie so, wie ich es nicht konnte.«

Nicholas starrte ihn mit gequälten Augen an. »Glaubst du, unsere Herzen würden durch eine Heirat heilen? Jeden Tag würden wir einander ansehen und uns daran erinnern, wen wir verloren haben.«

Dominic fand keine Worte, um das Leid seines Freundes zu lindern. »Betrachte es als den letzten Wunsch eines sterbenden Mannes.«

Sein Freund biss sich auf die Lippe, schloss dann kurz die Augen und nickte einmal, um zu zeigen, dass er verstanden hatte. »Ich werde ihr einen Antrag machen und alles für sie tun, wenn sie einverstanden ist.«

»Lass sie nicht noch einmal hierher zurückkommen, Nick. Je eher sie mich vergisst, desto besser.«

Sein Freund kicherte, aber es war wenig Humor darin. »Einen Mann wie dich vergessen?« Nicholas' Stimme wurde rau, und er hatte Mühe zu sprechen. »Weder sie noch ich werden das jemals vergessen. Du bist und bleibst mein bester Freund, Dominic. Die Jahre der Trennung haben daran nichts geändert.« Nicholas holte tief Luft, als ob er sonst auf der Stelle umkommen würde. Dominic kannte dieses Gefühl nur zu gut.

»Morgen segle ich ohne dich zum fernsten Horizont«, sagte Dominic, seine Stimme war kaum mehr als ein Flüstern. »Ich werde dort auf sie und auf dich warten. Eines Tages ...«

»Eines Tages ...«, wiederholte Nicholas.

Dominic schluckte, und es fühlte sich an, als würden Glasscherben seine Kehle zerreißen. Wer hätte gedacht, dass Abschiede einem das Herz so sehr brechen konnten?

Als Nicholas ging, ließ er sich auf die Pritsche zurückfallen. In mehr als einer Hinsicht war er bereits tot, seine Seele war seinem Körper meilenweit voraus. Er schloss die Augen und versuchte, einen Moment der Ruhe zu finden, aber er wusste, dass es keinen geben würde.

Die Morgendämmerung kam, und Dominic stand nun am Fuße der Stufen, die zum Schafott in der Mitte des Hauptplatzes von Port Royal führten. Sein Blick wanderte hinauf zu der Schlinge, die an einem Holzbalken hing. Der Jubel und die Rufe der begeisterten Menge schienen seltsam weit weg zu sein, während er sich auf das ominöse Seil konzentrierte. Zwei Soldaten in roten Uniformen standen hinter ihm und verhinderten jede Flucht.

Huntington erschien vor ihm, kurz vor den Stufen des Schafotts. »Mr. Grey.«

Dominic lächelte ihn an. »Hier, um zu feiern?« Er fühlte sich gottlob leer. Es war leichter, als er geglaubt hatte, ein fröhliches Lächeln zustande zu bringen.

»In der Tat. Es ist ein freudiger Tag, wenn ein Pirat im Wind tanzt, und du *wirst* tanzen.« Huntington wackelte mit den

Fingern, als wären es Beine, die sich in der Luft bewegten. »Es ist fast schon komisch, wenn man bedenkt, dass Miss Harcourt sich mir angeboten hat, damit ich dich gehen lasse. Hast du das gewusst? Aber ich habe sie abgewiesen. Die Ehe mit einem so eigensinnigen, rebellischen Wesen ist das Risiko nicht wert.«

Dominics Herz schlug plötzlich wild und unregelmäßig. Roberta hatte versucht, ihn zu retten, indem sie sich diesem erbärmlichen Mann hingeben würde? Bei seinem Versuch, Salz in Dominics Wunde zu streuen, hatte Huntington ihm stattdessen unwissentlich etwas Wunderbares geschenkt: die Erkenntnis, wie viel Roberta bereit war, für ihn zu opfern.

»Dann bist du ja ein noch größerer Narr, als ich dachte, Huntington. Du dürftest nicht einmal die gleiche Luft atmen wie eine Lady wie sie.«

Huntingtons Augen leuchteten vor eisiger Wut. »Und du auch nicht.«

Das sah Dominic genauso. Er würde Robertas niemals würdig sein.

»Bringt ihn hoch«, bellte Huntington.

Die Soldaten zu beiden Seiten von Dominic setzten sich in Bewegung und trieben ihn die Stufen hinauf, bis er über der hölzernen Falltür stand. Die Dielen unter ihm knarrten bedrohlich. Er blickte wieder zu der Schlinge auf, als ein anderer Uniformierter ihm das Seil über den Kopf zog.

Dominic starrte auf das Meer von Gesichtern, die ihn beobachteten, und ließ seinen Blick über die Gebäude der Stadt hinaus schweifen. Zu den Wäldern und den weißen Sandstränden des Ortes, den er in den letzten zehn Jahren sein Zuhause genannt hatte. Irgendwo da draußen ritten Roberta und Nick davon, doch wenn er die Augen schloss, konnte er sich selbst bei ihnen sehen. Er konnte sehen, wie Robertas rotes Haar wie Feuer schimmerte, und hörte ihr Lachen, das sich mit seinem mischte, wenn er und Nicholas Geschichten aus ihrer Jugend erzählten, um sie zum Lachen zu bringen.

*Ich habe viele schlechte Dinge getan,* dachte er im Stillen. *Aber sie zu lieben, gehörte nicht dazu.*

Das Rasseln der militärischen Trommeln zwang ihn, die Augen zu öffnen. Er konnte den plötzlichen Anflug von Angst nicht unterdrücken, denn er wusste, dass ihm nur noch Sekunden zum Luftholen blieben. Sein Blick schweifte durch die Menge. Er holte tief Luft, als er sah, wie Roberta sich durch die Menschenmassen drängte, mit Nicholas hinter sich.

Verdammte Narren. Sie hatten doch wegbleiben sollen. Er wollte nicht, dass ihre letzten Erinnerungen an ihn so aussehen würden.

»Irgendwelche letzten Worte?«, fragte Huntington.

Roberta war nur noch ein paar Meter entfernt und trug das schönste Kleid, das je eine Modistin erschaffen hatte. Das Mieder war mit Seepferdchen verziert, und ihre goldenen Röcke wogten im Wind. Sie war das Schönste, was er je gesehen hatte. Vielleicht war es gut, dass sie hier war, um ihn zu sehen, sodass er mit ihr vor den Augen sterben konnte.

Huntington wurde ungeduldig. »Nein? Nun gut.« Er nickte dem Henker zu. Erst dann wurde Dominic klar, wozu der Mann ihn aufgefordert hatte.

»Robbie, ich liebe d...«

Die Falltür unter ihm sprang auf, und er stürzte. Die Welt verschwamm, es gab ein plötzliches ruckartiges Ziehen an seinem Hals, und die Luft entwich ihm zischend aus den Lungen. Er schloss die Augen und begrüßte den Tod, denn er hatte noch einen letzten Blick auf *sie* geworfen.

Roberta schrie in derselben Sekunde, in der Dominic fiel.

»Sein Genick ist nicht gebrochen«, rief eine der Wachen auf der Plattform Huntington zu. »Sollen wir an seinen Beinen ziehen?« Der Mann begann vom Gerüst zu springen, um unter die Plattform zu gelangen.

Huntington winkte den Wachmann weg. »Nein. Lass ihn tanzen.«

Roberta bedeckte ihren Mund. »Oh Gott ...« Ihr wurde schlecht. Die Menge um sie herum verstummte, während Dominic am Seil schaukelte und seine Beine immer noch zuckten.

Plötzlich ertönte ein gewaltiger Schrei, und ein Mann stürmte auf dem Rücken eines schwarzen Hengstes durch die Menge. Die Menschen schrien und sprangen aus dem Weg, als er auf das Schafott zusteuerte. Er brachte das Pferd zum Stehen und sprang dann mit einem Kunststück, das Roberta in Erstaunen versetzte, auf den Rücken des Pferdes und von dort weiter auf die Holzplattform. Er griff die Soldaten an, schwang einen tödlich aussehenden Säbel und drängte sie zurück. Dann stieß er Huntington mit der freien Hand so heftig, dass der verblüffte Kapitän auf den Rücken stürzte. Mit Gebrüll schwang der Mann seinen Säbel und durchtrennte das Seil, das Dominic hielt. Er stürzte zu Boden, noch immer zuckend. Die Menschen wichen ängstlich zurück, als die Verstärkung mit erhobenen Musketen herbeieilte.

»Wer in aller Welt ist *das*?« Roberta versuchte, sich einen Reim darauf zu machen, was geschah, während Nicholas sich durch die Menge drängte, um Dominic unter der Falltür zu erreichen. Er griff nach der Schlinge und riss sie mit einem Ruck von Dominics Kopf ab.

»Atme, verdammt noch mal!« Er drückte seine Hände auf Dominics Brust und wiederholte diese Bewegung immer wieder, bis Dominic zusammenzuckte und plötzlich nach Luft schnappte.

»Was hat das zu bedeuten?«, brüllte Huntington den Mann an, der das Seil durchgeschnitten hatte. »Dieser Mann war ein verurteilter Pirat. Wenn Sie sich in seine Hinrichtung einmischen, droht Ihnen das gleiche Schicksal.«

Roberta eilte nun zu Dominic und wiegte seinen Kopf in ihrem Schoß.

»Sie haben keine Befehlsgewalt über Dominic Grey«, verkündete Dominics Retter von oben auf der Plattform.

»Genug von diesem Unsinn!«, knurrte Huntington über ihnen. »Ergreift ihn!«

Das Scharren von Stiefeln ließ den Staub über Robertas Kopf tanzen, und sie schirmte Dominics Gesicht ab. Er blinzelte langsam, seine dunklen Augen waren voller verwirrter Verwunderung.

»Ich hätte wissen müssen, dass der Himmel auf mich wartet«, murmelte Dominic zu Roberta.

Nicholas und Roberta tauschten einen Blick der Erleichterung aus, doch der Kampf über ihnen erregte wieder ihre Aufmerksamkeit, ebenso wie das Dutzend bewaffneter Rotröcke, die mit erhobenen Waffen den Galgen umstellten.

»Halt! Auf Befehl des Königs haben Sie kein Recht auf den Piraten namens Dominic Grey. Ich habe hier eine königliche Begnadigung«, informierte der Mann über ihnen Huntington.

»Dom, du musst versuchen aufzustehen«, drängte Nicholas. Er und Roberta hatten Mühe, ihn auf die Füße zu stellen.

»Eine königliche Begnadigung?«, schnappte Huntington. »Lassen Sie mich das sehen.«

Dominic, Roberta und Nicholas traten vorsichtig unter dem Gerüst hervor und konnten zum ersten Mal einen richtigen Blick auf den Mann werfen, der Dominic das Leben gerettet hatte. Er war groß und gut gebaut. Ein paar graue Haare durchzogen die dunkleren braunen Strähnen an seinen Schläfen.

»Und wer zum Teufel sind Sie?« Huntington reichte dem Mann seine Pergamentrolle zurück.

Der Mann drehte sich um und sah Dominic an, seine Augen wurden plötzlich weich. Die Ähnlichkeit zwischen ihnen beiden war nicht zu übersehen.

»Ich bin der Earl of Camden, sein Vater.«

Dominic wurde wieder ganz schlaff. Roberta und Nicholas kämpften, um ihn auf den Beinen zu halten.

»Vater?«, flüsterte Dominic mit einem jungenhaften Ausdruck der Hoffnung auf seinem Gesicht.

»*Vater?*« Huntington starrte sie fassungslos an. »Wollen Sie damit sagen, dass dieser verdammte Pirat ein Adeliger des Reiches ist?«

Der Earl of Camden lächelte auf seinen Sohn hinunter. »Ja, und es ist an der Zeit, dass er endlich zurück nach Hause kommt.«

---

*wei Monate später*

Z Dominic saß nervös in einer eleganten Kutsche mit dem Wappen des Earl of Camden. Er, Roberta und sein Vater fuhren die lange Auffahrt zu seinem Elternhaus in Cornwall hinunter. Er konnte immer noch nicht glauben, dass er wieder in England war, geschweige denn, dass er noch lebte.

Sein Vater hatte einige Monate zuvor Gerüchte über einen Piraten namens Kapitän Grey gehört und alle seine Gunst beim König eingefordert, um eine königliche Begnadigung zu erreichen.

Wie sich herausgestellt hatte, war sein Vater nur wenige Stunden, bevor Dominic von Huntingtons Schiff herunter eskortiert wurde, in Port Royal gelandet, aber er hatte erst kurz vor dem eigentlichen Ereignis von der Hinrichtung erfahren.

Da er begnadigt worden war, konnte Huntington seine öffentliche Hinrichtung von Dominic nicht durchführen und musste sich damit begnügen, die restliche Besatzung der *Red Lady* hinzurichten. Roberta, Nicholas, Charles und Dominics Vater waren für einige Tage nach King's Landing zurückgekehrt. Charles hatte dafür gesorgt, dass Huntington einem neuen Schiff zugeteilt und für eine Weile in die amerikanischen Kolonien geschickt worden war. Dominic war froh, dass er diesen Bastard los war.

Er und sein Vater hatten sich bis tief in die Nacht unterhalten, bevor sie sich darauf geeinigt hatten, dass er zusammen mit Roberta und ihrem Vater nach England zurückkehren sollte. Nicholas, der nun unter Charles' Kommando stand, wurde beauftragt, sie alle nach Hause zu begleiten.

Dominic und sein Vater hatten auf der Heimreise nach England ein wenig miteinander gesprochen, aber nicht so viel, wie jeder von ihnen es vielleicht gerne getan hätte. Es herrschte immer noch eine Distanz zwischen ihnen, eine Spannung, von der Dominic überzeugt war, dass er selbst daran schuld war. Er hatte seinen Vater einen Feigling genannt, und jetzt verstand er, was sein Vater gemeint hatte. Dass es manchmal der richtige Weg war, *nicht* zu kämpfen. Er hatte den Kampf aufgegeben, um Robertas Zukunft zu retten, und er hatte diese Entscheidung nicht bereut. Aber er war sich nicht sicher, wie er seinem Vater sagen sollte, dass er vor all den Jahren Recht gehabt hatte und dass Dominic all der Schmerz leid tat, den seine tollkühne Entscheidung, das Haus in jener Nacht zu verlassen, allen verursacht hatte.

Als der Wagen vor Camden House hielt, begann Dominic zu zittern. Im Gegensatz zu ihm hatte sich sein Elternhaus kaum verändert. Roberta legte eine Hand auf seinen Oberschenkel, und er bedeckte ihre Hand mit seiner. Wenn er den heutigen Tag überlebte, würde er sie bitten, seine Frau zu werden, aber er war zu nervös, um diese Möglichkeit in Betracht zu ziehen, bevor er seiner Familie zum ersten Mal seit vierzehn Jahren gegenübergestanden hatte.

Er kletterte nach seinem Vater aus der Kutsche und half Roberta herunter. Dann stieg er die Treppe hinauf und ging durch die offenen Türen in die große Halle. Es roch immer noch nach Wildblumen, den Lieblingsblumen seiner Mutter. Tränen brannten in seinen Augen, als er sich umsah. Er starrte auf die altvertrauten Porträts seiner Vorfahren und darauf, wie das Sonnenlicht, das durch die hohen Fenster hereinfiel, das glänzende Holzgeländer beleuchtete, das er als Kind so oft hinuntergerutscht war. Er wollte nach seiner Mutter rufen, wollte sie sehen, aber ein Teil von ihm fürchtete, wie sie reagieren würde. Als sie Jamaika verlassen hatten, hatten sie keine Zeit gehabt, einen Brief vorauszuschicken. Sie hatte keine Ahnung, dass er noch lebte oder dass er hier war. Sein Vater hatte ihn gewarnt, dass sie nur wusste, dass er mit einer Begnadigung für einen Mann in See gestochen war, von dem er hoffte, dass er Dominic sein könnte, aber er sei sich nicht sicher gewesen.

»Vater?« Ein junger Mann in einer feinen Weste und Reithosen eilte ihnen entgegen. Beim Anblick von Dominic blieb er stehen. Sein Lächeln verblasste, und seine Augen weiteten sich. Er sah dem Vater von Dominic so ähnlich.

»Adrian?« Dominic sprach den Namen leise aus, als ob der junge Mann vor ihm ein Geist wäre. Er hörte, wie sein Vater und Roberta hinter ihm das Haus betraten. Adrians Lippen spitzten sich vor Schreck, aber er sprach nicht. Seine Kehle krampfte sich zusammen, als er versuchte zu schlucken, während er Dominic anstarrte.

»Adrian? Wer ist es denn? Ist Papa zurückgekehrt?« Eine dunkelhaarige Schönheit, die wie ihre Mutter aussah, kam in einem Wirbel aus lila Satin die Treppe herunter. Sie blieb direkt neben Adrian stehen und starrte.

Die junge Frau warf ihre Arme um Dominic, umarmte ihn und quietschte vor Freude. »Er ist zu Hause!« Sie brauchte keine Worte von ihm zu hören - sie hatte ihn einfach umarmt, ohne ein weiteres Wort.

»Josie.« Dominic verschluckte sich an ihrem Namen, während er ihren Rücken umklammerte. Die Zwillinge waren zu stattlichen jungen Menschen herangewachsen. Er hatte fast ihr ganzes Leben verpasst, und zu wissen, dass er so viele Jahre verloren hatte, schmerzte ihn unbeschreiblich. Schließlich ließ er sie los, nur um als nächstes von Adrian in eine heftige Umarmung geschlossen zu werden.

»Gott sei Dank, er hat dich gefunden. Wir sind seit Jahren auf der Suche, Bruder.« Adrians Worte brachten die Tränen in Dominics Augen zum Überlaufen, aber er schaffte es, sie zurückzuhalten ... bis er seine Mutter sah.

Sie stand am anderen Ende des Foyers, ihr Gesicht war leichenblass.

»Dominic? Bist du es wirklich?«

Er stürzte zu ihr, als sie zusammenzubrechen begann, nahm sie in die Arme, bevor sie zu Boden ging, und flüsterte ihr tausend Entschuldigungen für jeden Moment zu, in dem er nicht für sie da gewesen war.

»Es tut mir so leid, Mutter«, hauchte er. »Aber ich bin jetzt zu Hause. Ich bin hier.«

»Du hast ihn gefunden, *mi amor*?«, fragte sie ihren Mann.

Aaron legte Dominic eine Hand auf die Schulter. »Das habe ich. Nach allem, was ich gehört habe, ist unser Sohn ein echter Held.«

»Wohl kaum«, sagte Dominic, dem die Hitze ins Gesicht stieg. Er war es nicht gewohnt, von seinem Vater gelobt zu werden.

»Nach dem, was Miss Harcourt mir erzählt hat, ist aus dir der beste Mann geworden, den sie je gekannt hat.« Sein Vater gluckste. »Du solltest sie schnellstens heiraten, bevor sie ihre Meinung ändert.«

Dominic hob seine Mutter hoch, und sein Vater schlang einen Arm um ihre Taille und hielt sie fest.

»Du bist wirklich hier? Ich träume nicht?« Seine Mutter umschloss mit beiden Händen sein Gesicht, ihre Augen suchten nach einem Hinweis darauf, dass dieser Moment nicht real war.

Dominic legte eine ihrer Hände auf seine Brust. »Ich bin hier, Mutter.«

»Erzähl mir alles.«

»Alles? Nun ... das könnte eine Weile dauern.« Er lachte, als er begann, seiner Mutter auf halbwegs erträgliche Weise von seiner Entführung, seinem Überleben, seinem Leben auf See, der *Emerald Dragon* und den Männern, die mit ihm auf ihr gesegelt waren, zu erzählen ... und wie er die Liebe seines Lebens gefunden hatte.

Roberta stand am Rande des Zimmers und sah zu, wie Dominic seiner Mutter und seinen Geschwistern alles über das Leben auf See erzählte, nachdem Adrian und Josephine sich ihr vorgestellt hatten. Aaron kam zu ihr, zog sie sanft weg und bat seine Kinder um einen Moment Ruhe.

»Miss Harcourt, da mein Sohn mir nicht alles erzählt hat, was er in den letzten Jahren durchgemacht hat, könnte ich Sie um weitere Antworten bitten?«

Roberta nickte. »Er hat viel gelitten, Mylord. Ich denke, es ist nur gerecht, dass solche Wahrheiten nicht vor Ihnen verborgen bleiben. Er wurde von einem grausamen Mann gefangen genommen. Einer, der kleine Jungen verletzt hat.« Sie konnte die Worte nicht aussprechen, aber sie sah den Schmerz in Aarons Augen und wusste, dass er verstand, was sie nicht sagen konnte.

»Mein Sohn ...«

Sie nickte. »Er war mutig. Er hat den anderen Jungen Schmerzen erspart, indem er sie selbst erlitten hat. Und als die Zeit gekommen war, setzte er diesem Mann ein Ende, denn niemand sonst konnte es. Er ist der stärkste und mutigste Mann, den ich je gekannt habe. Er ist ein Mann, auf den man stolz sein kann. Die Vergangenheit schmerzt ihn sehr, aber ich glaube, dass er mit der Zeit in der Lage sein wird, sie loszulassen, solange seine Familie an seiner Seite ist und ihn liebt und unterstützt.«

»Das werden wir ... und ich hoffe, Sie auch.«

Roberta wurde rot. »Das hoffe ich, aber jetzt, wo er zu Hause ist, wird er viele Heiratsmöglichkeiten haben. Ich wäre keine Konkurrenz für solche Ladys, die seiner würdig sind.« Sie wusste, dass Dominic sie wollte, aber sein Vater hatte vielleicht andere Vorstellungen davon, wen ein Earl heiraten sollte. Schließlich war sie nur die Tochter eines Marineoffiziers und keine Lady mit einem Titel oder großem Vermögen.

Das charmante Lächeln des älteren Mannes zeigte ihr, dass Dominic doch etwas von seinem Vater in sich hatte. Nicht sein ganzes feuriges Blut stammte von der Seite seiner Mutter. Der Gedanke daran ließ Robertas Gesicht noch röter werden.

»Sie, meine Liebe, sind die einzige Frau, die er je wollen wird. Ich habe diesen Blick schon einmal gesehen - so fühle ich mich jeden Tag, wenn ich meine Frau ansehe. Glauben Sie mir, er wird niemanden außer Ihnen wollen, und ich habe nicht die Absicht, ihn vom Gegenteil zu überzeugen.«

Roberta erwiderte sein Lächeln, als sie und Aaron sich wieder auf Dominic und die Wiedervereinigung mit seiner Familie konzentrierten.

Einige Zeit später flüchtete Roberta in den Garten vor dem Haus der Camdens. Sie hatte überlegt, ob sie zu den Docks zurückkehren sollte, wo ihr Vater und Nicholas die Rückkehr nach Port Royal in ein paar Monaten planten.

Sie war der Meinung, dass Dominic Zeit brauchen würde, um sich an sein neues Zuhause zu gewöhnen, und dass sie ihm

Zeit geben sollte, darüber nachzudenken, wie er sein Leben nach seiner Rückkehr gestalten wollte. In den vergangenen zwei Monaten an Bord des Schiffes zurück nach England hatte er sich höflich zurückgehalten, nur ein paar Küsse in den dunklen Nischen des Schiffes gestohlen, und sie hatte angefangen zu befürchten, dass er seine Meinung über sie geändert hatte. Sie brauchte auch Zeit zum Nachdenken, Zeit, um sich Sorgen zu machen. Das freie Leben, von dem sie immer geträumt hatte, war in King's Landing zum Greifen nahe gewesen, aber jetzt war sie wieder in England. Was, wenn sie Dominic heiratete und das Schicksal erleiden musste, von dem sie befürchtet hatte, es mit Huntington zu erleben? Seine adeligen Pflichten würden ihn abberufen, und sie würde allein zurückbleiben, gefangen in einem Salon und so weit weg vom Meer und dem Mann, in den sie sich verliebt hatte.

»Robbie!« Dominic rief den Kosenamen, der ihr Herz vor Sehnsucht und Verlangen rasen ließ.

Sie drehte sich gerade rechtzeitig um, damit er sie in die Arme nehmen konnte, und er küsste sie, hart und hungrig, um dann in den zärtlichsten Kuss überzugehen. Sie schlang ihre Arme um seinen Nacken und lehnte sich an ihn. Es gab nichts Magischeres, als auf diese Weise von ihm gehalten zu werden. Das Universum schien auf sie beide zu schrumpfen, und doch konnte sie eine Welt der unendlichen Möglichkeiten um sie herum spüren. Die wirbelnden Zweifel, die sie noch vor wenigen Augenblicken heimgesucht hatten, schienen sich in Luft aufzulösen.

Als sich ihre Lippen trennten, schenkte Dominic ihr dieses seltene jungenhafte Grinsen, das sie daran erinnerte, dass er nicht immer ein Pirat gewesen war.

»Willst du schon so bald wegsegeln?«, neckte er. »Diese Röcke sind schlechte Segel für dein schönes Schiff.« Er griff spielerisch in den blassrosa Stoff ihres Kleides.

»Ich wollte, dass du etwas Zeit mit deiner Familie

verbringen kannst«, sagte sie. »Und ...« Sie wandte den Blick ab, zu verlegen, um zuzugeben, dass sie sich Sorgen darüber machte, wie es nun weitergehen würde, ob sie heiraten würden, ob sie in das Leben eingesperrt werden würde, von dem sie immer befürchtet hatte, dass es ihr Schicksal sein würde.

»Und?« Er umfasste ihr Kinn und zwang sie, zu ihm aufzublicken.

»Und ich dachte, du brauchst vielleicht Zeit. Ich möchte mich nicht in dein Leben drängen. Du hast jetzt ganz andere Möglichkeiten, und ich weiß ehrlich gesagt nicht, wo ich da hineinpassen würde.«

Dominic schaute sie so intensiv an, dass sie sich verletzlich fühlte, fast nackt in seinen Armen. »Denkst du, ich würde eine andere Frau wählen?«

»Ich weiß es nicht. Ich bin nicht gerade geeignet, eine Gräfin zu sein. Ich kann nicht ein Leben lang in einem Anwesen gefangen sein und eine perfekte Ehefrau spielen. Du kennst mich, du kennst meine Liebe zum Meer, das Bedürfnis ... *frei* zu sein.«

»Ich bin nicht gerade geeignet, ein Graf zu sein. Und ich habe nicht vergessen, wie viel vom Meer in dir steckt, mein Herz. Das ist eines der besten Dinge an dir, in einer langen und glorreichen Liste von Dingen, für die ich dich bewundere.«

Angetrieben von einem wilden Bedürfnis, ihren Standpunkt klarzumachen, fuhr sie fort, obwohl sie wusste, dass es so klang, als wolle sie ihn überzeugen, wegzugehen.

»Aber du könntest eine bessere Partie machen als mich.« Die Worte von Huntington verfolgten sie noch immer. Sie war unscheinbar, unwürdig für einen zukünftigen Grafen. Sie hoffte ... nein, *brauchte* es, dass er ihr sagte, was er wirklich fühlte, dass er sie und nur sie wollte und dass sie ein freies Leben führen würden ... zusammen.

»Welche andere Frau würde mit mir die Sterne jagen?

Welche andere Frau würde den Sonnenuntergang vom Krähennest aus beobachten oder einem Wirbelsturm trotzen? Als ich auf dem Schafott stand und dachte, dass ich dich nie wieder sehen würde, war ich bereit zu sterben, weil ich wusste, dass ich das Glück gehabt habe, die kürzeste und reinste Freude zu haben, die ich je hatte, nämlich dich zu lieben. Es gibt nur eine Frau, die mit mir den fernsten Horizont suchen könnte.«

Er ging auf ein Knie nieder und hielt ihre Hand in der seinen. Ihr Herz hämmerte in ihrer Brust.

»Roberta, es gibt nur ein einziges großes Abenteuer, einen einzigen Schatz, von dem sogar Piraten wie ich insgeheim träumen können.« Seine warmen braunen Augen brachten ihr Herz zum Schmelzen, und sie holte scharf Luft. »Würdest du mir die Ehre erweisen, meine Frau zu werden? Mein größtes Abenteuer und reinster Schatz zu werden?«

Sie konnte nicht sprechen, sie konnte nur nicken, während ihr die Tränen über das Gesicht liefen.

Er umfasste ihre Taille, als er aufstand, und wirbelte sie herum, bevor er sie an sich zog und küsste.

Glückseligkeit durchströmte sie in mächtigen Wellen, und sie ließ sich von ihr überwältigen. Sie stellte sich auf die Zehenspitzen und flüsterte gegen seine Lippen: »Du bist wirklich ein Pirat mit einem Herzen aus Gold.«

Sein schallendes Lachen klang in ihren Ohren, als er sie wieder drehte. Und als sie in seinen Armen herumwirbelte, erblickte sie einen leuchtenden Horizont in der Ferne.

# EPILOG

Nicholas Flynn stand am Eingang der großen Militärgarnison in Port Royal. Er trug ein Paar dunkelbraune Kniehosen und eine vernünftige Weste aus roter Seide. Er sah eher aus wie ein gewöhnlicher Mann als der Marineoffizier, der er war. Er holte tief Luft, als er die Kaserne betrat und Charles Harcourt vorfand, der auf ihn wartete. Der Konteradmiral nickte ihm kurz zu, und sie betraten sein Büro.

Harcourt nahm Platz, und Nicholas gesellte sich zu ihm und nahm einen Stuhl gegenüber dem Schreibtisch des Admirals ein.

»Sie haben mir einen Brief geschickt, dass ich meine Uniform ablegen soll«, sagte Nicholas leise und fragte sich, welche Aufgabe der Admiral für ihn hatte.

»Ja, danke, dass Sie das getan haben. Wir haben gerade einen jungen Mann gefangen genommen, von dem wir glauben, dass er weiß, wo sich der Pirat Thomas Buck aufhält. Er ist das, was die Männer einen Piratenkönig nennen, ausgerechnet. Er unterhält mehrere Mannschaften hier in Westindien und hat unsere Handelsrouten zerstört.«

Nicholas beugte sich interessiert vor. »Und der Mann, den Sie in Gewahrsam haben?«

»Er sollte gehängt werden, aber ein anderer Gefangener, der hoffte, seine eigene Strafe damit hinauszuzögern, informierte eine der Wachen, dass der Mann Bucks rechte Hand ist.«

»Ah.« Nicholas konnte sich nun vorstellen, was der Admiral vorhatte. »Sie wollen, dass ich sein Vertrauen gewinne und herausfinde, was er weiß?«

»Ganz recht. Wir möchten, dass Sie seine Zelle teilen und alles herausfinden, was Sie können. Sobald wir genug wissen, um Buck zu fassen, werden wir die Strafe für den Mann vollstrecken lassen.« Harcourt sagte dies mit einem Hauch von Traurigkeit in den Augen. In den vergangenen Monaten der Zusammenarbeit mit Robertas Vater in Port Royal hatte Nicholas gelernt, dass der Mann ein weiches Herz hatte. Er mochte keine Hinrichtungen, auch nicht die von Piraten, aber Gesetz war Gesetz. Vielleicht hatte die Tatsache, dass sein Schwiegersohn ein ehemaliger Pirat war, dem Admiral die Augen dafür geöffnet, dass nicht jeder Piratenfall so einfach zu entscheiden war. Nicht jeder Mensch war böse. Mehr als einer von ihnen war mit Gewalt in die Piraterie hineingezogen worden, und es drehte Nicholas den Magen um, wenn er daran dachte, dass sie eher Opfer als Täter waren.

»Wann soll ich anfangen?«, erkundigte sich Nicholas.

»Umgehend.« Harcourt stand auf, und Nicholas folgte ihm. Harcourt streckte seine Hand aus. »Ich weiß, dass dies eine schwierige Aufgabe ist, aber Sie würden uns allen helfen. Wenn es uns gelingt, die Quelle der Piraterie aufzuhalten, werden wir auch die Männer aufhalten, die die Jungen von unseren Küsten entführen, und der Krone ihre Einnahmequelle zurückgeben. Wir könnten dem Ganzen ein Ende setzen.«

Nicholas schüttelte seine Hand und nickte. Er würde diesen

Gefangenen treffen und tun, was er tun musste, um ein größeres Übel in der Welt zu verhindern. Harcourt führte Nicholas aus seinem Arbeitszimmer, und zwei junge Beamte in roter Uniform kamen auf sie zu.

»Begleiten Sie Mr. Flynn in die Zelle von Mr. Holland. Seien Sie ein bisschen grob, wenn sie sich in seiner Hörweite befinden.«

»Ja, Sir«, antworteten die Männer gleichzeitig. Mit einem entschuldigenden Blick zu Nicholas ergriffen sie seine Arme und geleiteten ihn weg. Im hinteren Teil der Garnison angekommen, zerrten sie ihn halb in Richtung der Zellen. Flynn gab vor, sich zu wehren, als er spürte, dass sie sich der letzten Zelle des Gefängnisblocks näherten.

»Lasst mich los, ihr verdammten Bastarde«, knurrte er und lieferte seine besten Schauspielkünste ab, egal wer dieser Mr. Holland sein mochte. Der erste Offizier öffnete die letzte Zellentür.

»Halt die Klappe und geh da rein!« Der zweite Beamte versetzte ihm einen harten Tritt in den Rücken, woraufhin er in die Zelle schwankte, über die unebenen Steine des Bodens stolperte und mit einem Fluch auf die Knie fiel. Die Zellentür schlug hinter ihm zu, und er wurde im Halbdunkel eingeschlossen. Das einzige Fenster war der Sonne abgewandt, und da es bereits Mittag war, würde er für den Rest des Tages in einem schummrigen Raum gefangen sein.

»Wer zum Teufel bist du denn?«, wollte eine leise Stimme aus der Ecke wissen.

»Ich? Wer ich bin, ist für dich unwichtig«, brummte Flynn, als er aufstand. Er bemerkte die beiden Feldbetten auf jeder Seite der Zelle. Er ließ sich auf das eine davon sinken, als wäre er von der schlechten Behandlung durch die Beamten schmerzhaft und steif geworden.

»Das ist es aber, verdammt nochmal, wenn wir uns eine Zelle teilen müssen.« Die Stimme war jetzt kühner, und ein junger Mann beugte sich in das schwache Licht des Fensters. »Ich bin Bryan Holland.« Er streckte vorsichtig eine Hand aus.

Nicholas betrachtete die Hand des Mannes eine lange Sekunde, um ihm sein Misstrauen zu zeigen, bevor er den Händedruck langsam annahm.

»Flynn. Nicholas Flynn.«

Die Hand des Mannes war klein, fast zu klein. Und je länger Nicholas den Mann betrachtete, desto klarer wurde ihm, dass es sich um einen Jungen handelte, einen jungen Mann, nicht älter als siebzehn. Er würde wegen Piraterie gehängt werden, ein Junge, der wahrscheinlich einmal so unschuldig gewesen war wie Dominic seinerzeit.

»Weshalb bist du hier, Flynn?«, fragte der Junge.

»Piraterie. Ich war ein bisschen betrunken, als mein Schiff im Hafen anlegte, und habe den falschen Leuten gegenüber den Mund aufgemacht. Die verdammten Rotröcke waren an mir dran, bevor ich wusste, was passierte. Bastarde«, murmelte er.

»Bastarde«, stimmte der Junge zu. »Sie haben mich beim Stehlen auf dem Marktplatz erwischt.« Er rümpfte die Nase. »Haben mich hier reingeworfen, um mich verrotten zu lassen, nehme ich an.«

Nicholas betrachtete den Jungen, der sich nun auf seinem Feldbett aufrichtete und durch das kleine, vergitterte Fenster nach draußen schaute. Nicholas blinzelte, und dann spitzten sich seine Lippen, als er merkte, dass etwas nicht stimmte.

Bryan Holland war kein Mann, er war nicht einmal ein Junge. Holland war eine *Frau*.

Was, zum Teufel, hatte sie hier zu suchen? Und warum glaubte man, dass sie mit Piraten verkehrte? Ihr zartes Profil war offensichtlich weiblich, aber seit wann sahen die meisten Männer etwas anderes als das, was sie sehen wollten? Sie suchten einen Piraten und fanden ihn auch. Dominic hatte Harcourt und Huntington ganz einfach getäuscht, weil sie nicht auf der Suche nach einem solchen gewesen waren. Der kurze blonde Haarschopf und die maskuline Kleidung in Verbindung mit dem jungenhaften Körper ließen sie gewiss jungenhaft erscheinen, aber Nicholas hatte sich vor langer Zeit angeeignet, zu sehen, was andere Männer nicht sahen.

Verdammte Scheiße. Er war geschickt worden, um diese Frau zu verraten und dabei zu helfen, sie wegen Piraterie zu hängen. In diesem Moment, als sie sich zu ihm umdrehte und lächelte, konnte er nur daran denken, wie sehr er sie plötzlich in seinen Schoß ziehen und diese weichen, geschwungenen Lippen schmecken wollte. Der egoistische, lüsterne Gedanke ließ ihn erschaudern. Diese Frau würde ihr Leben verlieren, ein Leben, das voller Glück hätte sein können, wenn sie sich nicht mit Piraten eingelassen hätte.

Sie begann, leise ein Lied zu summen, das er wiedererkannte, »The Ballad of Captain Kidd«, und sie sang den Text, während sie sich ihm gegenüber wieder auf ihre Liege fallen ließ.

*To the execution dock I must go, I must go,*
*To the execution dock I must go.*
*To the execution dock, while many thousands flock,*
*But I must bear the shock, and I must die.*
*Take a warning now by me, I must die, I must die,*
*Take a warning now by me, for I must die,*
*Take a warning now by me, and shun bad company,*
*Lest you come to hell with me, for I must die.*

Nicholas starrte die junge Frau an, die in diesem Moment so sorglos wirkte, während sie den Tod besang. Was zum Teufel sollte er denn tun? Er konnte sie nicht einfach sterben lassen.

Nicholas fluchte leise vor sich hin, als er sich entschied. Er würde die Informationen bekommen, die er brauchte, und dann würde er sie retten.

Irgendwie.

Vielen Dank, dass du *Verführt von einem Piratenlord* gelesen hast. Blättere um, um den Prolog und das erste Kapitel von *Die Verführung der Piratenprinzessin*, der Geschichte von Nicholas, zu lesen!

# DIE VERFÜHRUNG DER PIRATENPRINZESSIN
## PROLOG

»Lieber Gott«, keuchte Kapitän Thomas Buck, als er sich den Regen aus den Augen wischte und das nasse Haar aus dem Gesicht strich. Er spähte über die sturmgepeitschte See auf die sich abzeichnende Masse einer Galeone, die in der Nähe eines Riffs auf den Felsen festsaß. Es war ein wunderschönes Schiff mit hoch aufragenden Decks und vergoldeten Holzarbeiten am Heck des Schiffes. Blitze zuckten über den Himmel und blitzten über dem in Not geratenen Schiff auf.

»Cap'n?« Ein junger Schotte namens Joseph McBride kam zu ihm an die Reling von Thomas' eigenem Schiff, der *Sea Serpent*. Mit seinen fünfundzwanzig Jahren war er für einen Kapitän zwar noch sehr jung, doch hatte er in seinem kurzen Leben schon viel Erfahrung gesammelt, seit er das Kommando übernommen hatte. Jeder Mann an Bord seines Schiffes wusste, dass er sich opfern würde, um sie alle zu retten, wenn es so weit käme.

Die *Serpent* war die schnellste Schaluppe der Westindischen Inseln, und ihre Mannschaft war stolz darauf, unter ihren Segeln zu plündern. Obwohl sie Piraten waren, hielten sich Kapitän Buck und seine Männer an den Seemannskodex, jedem Schiff in Not zu helfen. Sie waren einfach aggressiver, was die Ladung anging, die sie als Dank für ihre Bemühungen, einem anderen Schiff zu helfen, an sich nahmen.

»Lass ein Boot zu Wasser, Joe, und frag nach Freiwilligen. Ein solches Schiff hat sicher einige Reichtümer geladen - und alle Überlebenden können als Besatzungsmitglieder ange-heuert oder im nächsten Hafen freigelassen werden, wenn sie nicht an Bord dienen wollen.«

»Aye, aye, Cap'n.« Joe rief eine Entermannschaft zusam-men, und Thomas überprüfte seinen Gürtel auf seinen Säbel und seine Pistole, bevor er den anderen half, ein Boot ins Wasser zu lassen.

Sie ruderten über die tosende See, und er schielte auf die ferne tropische Insel, die hinter dem Riff halb im Regen versank. Vielleicht war es denjenigen, die sich auf dem Schiff befunden hatten, gelungen, sich mit einem Boot an Land in Sicherheit zu bringen. Wenn ja, könnten sie die Insel durchsu-chen, um den Überlebenden zu helfen. Wenn nicht, konnten sie alle Waren auf dem Schiff bergen, sobald sich der Sturm gelegt hatte, vorausgesetzt, es sank nicht sofort, weil der Rumpf von einem scharfen Riff aufgerissen worden war. Kapitän Buck war nicht wie die meisten Piraten. Er war ein Engländer mit der Ehre eines Engländers, und er würde niemanden zum Sterben an einem einsamen, verlassenen Strand zurücklassen.

Thomas ergriff ein Ruder und ruderte neben Joe, während er und vier andere gegen die Wellen ankämpften, um das andere Schiff zu erreichen. Als sie danebenzogen, sahen sie, dass der Rumpf zertrümmert war und an den Felsen hing. Das Schiff schwankte gefährlich, als die Wellen dagegenschlugen. Sie hatten nur wenig Zeit, bevor das Schiff sinken würde. Mit Enterhaken befestigten sie ihr kleines Boot an der Galeone.

»Seid vorsichtig, Männer! Sucht nach Überlebenden und kehrt so schnell wie möglich zurück. Sie wird bald unter Wasser sein.« Thomas griff nach einem der baumelnden Seile, die von einem gebrochenen Mast über die Seite des Schiffes herabhingen. Er kletterte an der Seite des hängenden Schiffes hinauf auf das Deck.

Er ließ sich auf das Achterdeck fallen und sah, wie lose Teile der zerbrochenen Masten hin und her rollten und gegen ein paar Leichen stießen, die dort lagen. Thomas blieb beim ersten stehen und drehte den Mann um. Quer über seine Stimme klaffte eine blutige Wunde, und es sah aus, als wäre er von einem Balken getroffen oder gegen etwas Hartes geschleudert worden, das ihn getötet hatte. Alle Masten waren abgeknickt. Er konnte sich die Welle gut vorstellen, die über das Deck geschwappt war und diesen Mann gegen einen Masten geschleudert hatte, der seinen nun leblosen Körper zerbrochen hatte. Zweifellos waren viele Mitglieder der Besatzung über Bord gespült worden.

»Ist noch jemand am Leben?«, fragte Joe.

»Nicht hier. Seht unter Deck nach.« Thomas stand auf, ging zur Mitte des Schiffes und nahm die Leiter, die in den Bauch des Schiffes führte.

»Ist jemand hier unten?«, rief er aus.

Ein entfernter Schrei kam aus dem Gang. »Hilfe!«

Er eilte in die Richtung, aus der das Geräusch kam. Am hinteren Ende des Schiffes befand sich eine verschlossene Kabinentür.

»Hallo?« Thomas hämmerte an die Tür.

Von der anderen Seite kam die heisere Stimme eines Mannes. »Helfen Sie uns! Bitte!«

Thomas wich zurück und schlug gegen die Tür. Die Tür zerbrach unter dem Schlag, und er prallte in die Kabine. Dort stand ein kleines Bett mit einer schönen Frau, die auf dem Rücken lag und ihren Kopf auf Kissen gestützt hatte. Sie war leichenblass. Die Decken um sie herum waren feucht und ihre Beine waren angewinkelt, als sie einen Schmerzensschrei ausstieß.

Neben ihr hielt ein Mann eine ihrer Hände fest und betrachtete ihr Gesicht mit Sorge. Als Thomas jedoch einen genaueren Blick darauf warf, stellte er fest, dass der Mann in einem weitaus schlechteren Zustand war als die Frau. Er hielt sich mit einer Hand die Seite, und durch seine Finger sickerte Blut um einen großen, tief eingebetteten Holzsplitter.

Thomas kniete sich neben den Mann und untersuchte seine Verletzung. »Was ist passiert?«

»Ich habe den Männern an Deck geholfen, als eine Welle kam ... hat unseren Großmast zerstört. Der zerbrach vor unseren Augen. Ich habe einen Schlag abbekommen.« Er nickte schwach auf seine Wunde hinunter. »Die anderen ... über Bord gefegt. Ich kam wieder hier runter, um meiner Frau zu helfen ... Das Baby kommt.«

Er nickte der Frau auf dem Bett zu. Thomas wandte sein Gesicht der Frau zu, die plötzlich zusammenzuckte und schrie.

Einen Moment später brach sie auf dem Bett zusammen, und Thomas sah, wie ein winziges Baby blutüberströmt aus ihrem Körper in die Laken glitt. Er eilte zum Ende des Bettes, hob das blutige Baby auf und wischte es mit einem Teil des Bettzeugs ab. Das Baby zappelte und schluckte, bevor sein schrilles Schreien die Kabine erfüllte.

Es war ein Mädchen. Ihre grünen Augen öffneten sich kurz zwischen ihren Schreien, als er sie festhielt, und sie starrte tief in ihn hinein - durch ihn *hindurch*. Ihre winzigen, faltigen Finger bewegten sich, während sie um ihre ersten Atemzüge kämpfte. Was für ein starkes kleines Geschöpf sie war, das sich mutig der ungewissen Zukunft stellte, die vor ihr lag. Es erinnerte ihn zu sehr an die Zeit, als er ein kleiner Junge gewesen war, der in den Wind schrie, um ihn zu bremsen.

»Bitte«, wimmerte die Frau. »Mein Baby ...«

Thomas zückte seine Klinge und schnitt die Nabelschnur geschickt durch, so wie er es vor einigen Jahren in Port Royal einmal bei einer Hebamme gesehen hatte. Er riss einen Teil der

Bettwäsche vom Bett und wickelte das kleine, blutgetränkte Baby darin ein. Er musste sie ihrer Mutter geben - eine Frau wusste am besten, was man mit einem Baby zu tun hatte. Er wusste wenig über Kinder und überhaupt nichts über Babys. Als er es der Frau hinhalten wollte, ergriff ihr Mann das Wort.

»Bitte ... Bringen Sie unser Kind in Sicherheit.« Das Gesicht des Mannes hatte jede Farbe verloren, aber seine grünen Augen waren hell und fast fiebrig. »Ich fürchte, wir sind nicht mehr lange auf dieser Welt.« Der Mann führte seine Hände zusammen und entfernte einen Siegelring von seinem kleinen Finger. »Nehmen Sie das. Geben Sie es unserem Kind. Das ist der wahrhaftigste Beweis dafür, wer wir sind.«

Thomas nahm den Ring und steckte ihn in die Tasche seiner Weste. Wer auch immer dieser Mann und diese Frau waren, das Gewicht des Rings warnte ihn, dass es sich um wichtige Leute handelte. Er würde sie nicht hier lassen.

»Ich komme Sie beide holen«, versprach Thomas, bevor er hoch auf das Deck eilte. Das Schiff schwankte bedrohlich unter seinen Füßen. Das Baby wurde unheimlich still in seinen Armen, als ob es die Gefahr spürte, in der sie schwebten.

»Cap'n. Niemand sonst ist am Leben. Viele Mitglieder der Besatzung müssen über Bord gespült worden sein. Es gibt auch nicht mehr viel zu erbeuten.« Joseph trat neben ihn und zuckte beim Anblick des kostbaren Bündels in seinen Armen zusammen.

»Ist das ein kleines Kind?«

»Das ist es. Bring es für mich zum Boot. Die Eltern sind noch unten, beide verletzt. Ich muss ihnen helfen.« Er drückte Joseph das Bündel in die Arme, bevor er in die untere Kabine zurückkehrte.

Thomas hielt inne, als er sah, wie der Vater des Kindes mit leerem Blick zur Tür starrte, in der Thomas stand. Die Frau auf dem Bett holte zittrig Luft, und Thomas ging auf sie zu, um sie in die Arme zu nehmen und in Sicherheit zu bringen. Als er sich über sie beugte, hob die Frau eine zarte Hand, um Thomas' Wange zu berühren.

»Ist es ein Junge oder ein Mädchen?«, fragte sie im Flüsterton.

Von ihrer Frage überrascht, musste er daran denken, was er in den wenigen Augenblicken, bevor er das Kind eingewickelt hatte, gesehen hatte. »Es ist ein Mädchen. Ein starkes kleines Mädchen.«

Der besorgte Gesichtsausdruck der Frau wurde weicher, aber die Müdigkeit in ihr warnte Thomas, dass sie nicht mehr lange durchhalten würde.

»Brianna, ... nach meiner Mutter.« Die Frau lächelte. »Ein starker Name für eine starke Tochter.«

Thomas schob seine Arme um ihren Rücken und unter ihre Beine, aber sie drückte schwach gegen seine Brust.

»Lassen Sie mich bei meinem Mann bleiben. Ich bitte Sie. Ich werde es nicht schaffen ... zu viel Blut.« Sie wälzte sich in den Decken, und er sah zu seinem Entsetzen, dass das Blut immer noch auf dem Bett schwamm.

»Aber, Mylady ...« Er wollte diese Frau nicht allein sterben lassen, nicht, wenn sie ein Kind zu versorgen hatte. Ein Kind, für das sie zu leben hatte.

»Es ist alles in Ordnung«, sagte die Frau sanft. »Versprechen Sie mir, dass Sie sie wie deine eigene Tochter lieben werden. Finden Sie ihren Onkel. Er wird sich darum kümmern ...« Sie schaffte es nicht mehr, ihren Satz zu Ende zu sprechen.

Thomas war in ihren atemberaubenden graublauen Augen versunken und konnte der schönen Fremden in diesem Moment nichts abschlagen.

»Ich werde sie wie meine eigene Tochter lieben«, schwor er ihr.

Warum er dem zugestimmt hatte, würde er nie erfahren. Er war nicht verheiratet, hatte nie an Kinder gedacht, aber er würde seinen Schwur gegenüber dieser Frau nicht brechen, und auch nicht gegenüber dem Mann, der gestorben war, um sie und ihr Kind zu schützen. In dem Moment, in dem Thomas das Kind in den Armen gehalten hatte, hatten sich unsichtbare Fäden um sein Herz gewickelt, die sie beide auf eine Weise miteinander verbanden, die niemals gebrochen werden konnte. Er würde alles für das kleine Mädchen tun.

Die Frau schloss die Augen und griff nach der Hand ihres Mannes, hielt sie fest und atmete ein letztes Mal langsam aus. Dann war sie still.

Thomas durchsuchte die Kabine nach allem, was er finden konnte, um das Paar zu identifizieren, falls der Ring nicht ausreichen würde. Ein Päckchen Briefe und ein paar schöne Kleider waren alles, was er finden konnte. Er war sich nicht sicher, warum er sich eines der Kleider schnappte, aber er steckte es zusammen mit den anderen persönlichen Gegenständen in einen mit Teer beschichteten Beutel, der wasserdicht war, bevor er ein Gebet für die armen Seelen auf diesem Schiff flüsterte. Dann eilte er zurück an Deck und warf die Tasche zu dem kleinen Boot, das unten auf dem Wasser wartete. Joseph half ihm beim Abstieg, und sie ruderten zurück zur *Sea Serpent*.

»Wo ist das Kind?«, fragte er seinen ersten Offizier.

Der Schotte zog ein Bündel hervor, damit er es sehen konnte. Er hatte das Baby in einen Weidenkorb gelegt, den er irgendwo auf dem Schiff gefunden haben musste.

Thomas untersuchte das Baby. »Geht es ihr gut?«

»*Ihr*?« Der Schotte verschluckte sich fast. »Wir bringen ein *Mädel* an Bord der *Serpent*? Das bringt doch Pech.«

»Sie ist ein Säugling, Joe. Was kann sie schon anrichten?«, fragte Thomas. Er hatte nie an den dummen Aberglauben über Frauen an Bord von Schiffen geglaubt. Das eigentliche Problem war nicht der Aberglaube, sondern die Sehnsucht der Männer nach der Berührung durch eine Frau, die oft zu Eifersucht und

Streit unter den Männern führte. Aber das Schicksal herausfordern? Das war Blödsinn.

»Aus kleinen Mädchen werden *weibliche* Mädchen, Käpt'n, und das bedeutet immer Ärger.«

»Es ist ja nicht so, dass sie zu meiner Mannschaft gehören wird, Joe. Wir werden ein Kindermädchen für sie finden, und sie wird ein schönes Leben in St. Kitts haben. Vielleicht heiratet sie dort sogar einen Teepflanzer oder einen anderen anständigen Mann.« Aber noch während er dies sagte, schien das kleine Baby zu protestieren, indem es das Gesicht verzog, mit einem sehr grimmigen Ausdruck für ein so kleines und neues Wesen.

»Ah, das ist gut. Wir geben dem Mädchen ein schönes Leben, und sie wird uns keinen Ärger machen«, stimmte Joe zu, der von Thomas' Antwort scheinbar besänftigt wurde.

Thomas blickte auf das Kind hinunter und musste über ihr Gesicht lächeln. Sie gähnte, ihr kleiner rosafarbener Mund bildete die Form eines O, und sie blinzelte den Sturm um sie herum an und sah dabei hinreißend wütend aus. Er benutzte ein Stück des Bettlakens, um ihr Gesicht von Blutresten zu befreien. Der Regen befeuchtete ihre kleinen Wangen, und sie stieß einen Urschrei aus, der den Rest der Bootsbesatzung aufschreckte.

»Rudert weiter, Jungs!«, bellte Joe. »Wir müssen raus aus diesem Sturm.«

Hinter ihnen stöhnte die Galeone und glitt vom Riff herunter, wobei sie langsam in die aufragenden Wellen kippte, die sie bald ganz verschluckten. Das Baby stieß einen weiteren schrillen Schrei aus, als wüsste es, dass es seine Eltern verloren hatte.

Aber sie war nicht allein auf der Welt. Sie hatte jetzt ihn. Thomas hatte sich geschworen, dieses Kind wie sein eigenes aufzuziehen. Er konnte nicht anders, als sich in das süße kleine Mädchen zu verlieben.

»Ein Mädchen«, murmelte Joe wieder in seinem schottischen Akzent. »Schreckliche Vorstellung.«

»Sie ist nicht nur irgendein Mädchen. Sie wird meine Tochter sein. Ich habe geschworen, mich um sie zu kümmern.«

Seine *Tochter*. Die Tochter eines Seeräubers. Und was für ein hübsches kleines Ding sie war.

Es hieß, dass alle Piraten nach Schätzen gierten, aber in diesem Moment erkannte Thomas, dass nicht alle Schätze aus Silber und Gold bestanden.

# DIE VERFÜHRUNG DER PIRATENPRINZESSIN

*Port Royal, Jamaica*

1741

»Wünschst du dir, du hättest ein anderes Leben geführt, Mädchen?«, fragte eine Stimme mit einem tiefen schottischen Akzent.

Brianna Holland wandte ihren Blick von einem Trio schöner Frauen in feinen Kleidern ab, die an den Armen ihrer Herren über den Markt von Port Royal schritten. Die Sonnenschirme der Frauen waren perfekt aufgestellt, um die Sonne von ihrer blassen Haut fernzuhalten.

»Nein.« *Ja,* ergänzte sie im Stillen.

Joseph McBride - oder Joe, wie er meistens genannt wurde - war achtundvierzig Jahre alt, sie nur zwanzig. Er war drei Jahre älter als ihr Vater, Thomas. Die beiden Männer waren wie Brüder, und Joe war für sie wie ein Onkel geworden. Und er kannte sie so gut, dass er oft wusste, wann sie ihn belog.

»Es ist in Ordnung, im Leben etwas zu wollen, Mädchen. Sogar *schöne* Dinge. Da ist dein Recht als *schönes* Mädchen.« Er stieß sie mit dem Ellbogen am Arm an und nickte den vornehmen Damen zu, die sie beobachtet hatte.

»Aber ich bin nicht einfach nur ein hübsches Mädchen, Joe.«

»Du bist hübsch - dafür, dass du mir auf den Sack gehst.« Er lächelte, als sie ihn finster ansah.

»Ich bin *mehr* als das.« Sie hatte ihr ganzes Leben damit verbracht, allen um sie herum zu beweisen, dass sie kein dummes Geschöpf in einem Rock war. Sie war eine Kraft, mit der man rechnen musste. Ein Pirat, und die Tochter eines Piratenkönigs.

»Ja, Mädchen, du bist wirklich mehr. Keiner, der dich kennt, würde glauben, dass du weniger bist. Davon abgesehen ... Was ist schon ein hübsches Kleid hin und wieder, wenn's dir gefällt?«

Briannas Hände rückten ihre Lederweste und ihre Hose zurecht, und sie war sich ihrer männlichen Verkleidung so bewusst wie schon lange nicht mehr. Es war ihr zur zweiten Natur geworden, sich wie ein Mann zu kleiden und zu verhalten. Als sie jünger gewesen war, war es für sie noch schwieriger gewesen. Sie musste alles doppelt so gut oder doppelt so hart machen wie jeder Mann. Aber mit der Zeit war es für sie selbstverständlich geworden, und sie hatte Vertrauen in ihr Leben und die Herausforderungen, denen sie sich stellte, gewonnen. So wie jetzt, als sie über einen Markt schlenderte und die Rolle eines jungen Mannes spielte.

Die kurze braune Perücke, die ihr Haar bedeckte, war fest in ihre blonden Strähnen gesteckt und verbarg ihr weibliches Aussehen. Die Perücke juckte, aber sie nahm die Irritation in Kauf, weil sie sich nicht dazu durchringen konnte, ihre Haare zu schneiden, um ihre männliche Verkleidung zu vervollständigen. Wenn sie nicht vor allen außer ihrer eigenen Mannschaft Kapitän Bryan Holland hätte spielen müssen, hätte sie die Perücke weglassen können, aber in einem öffentlichen

Hafen wie diesem war es wichtig, dass sie unbemerkt blieb. Und eine Frau in Männerkleidung würde *immer* auffallen, wenn sie ihre Figur nicht durch sackförmige Kleidung um ihre Brüste herum verbergen und ihr Haar entweder abschneiden oder unter einer männlichen Perücke verstecken würde.

Sie hatte ein paar Kleider auf ihrem Schiff, aber sie hatte selten Gelegenheit, sie zu tragen, und sie besaß nichts so Feines wie das, was diese Frauen trugen. Sie konnte nicht umhin, sich zu fragen, wie es wohl wäre, sich am Arm eines gut aussehenden Mannes über den Markt treiben zu lassen. Sie würde sich so elegant und schön wie ein Schmetterling fühlen. Sie stellte sich vor, dass ihr attraktiver Begleiter einen farbenfrohen, mit Goldstickereien verzierten Gehrock tragen würde, sich vor ihr verbeugte und ihr seinen Arm reichte. Sie würde lächeln, mit den Wimpern klimpern und sittsam ihren Sonnenschirm gegen die grelle karibische Sonne drehen. Er würde sie bewundernd und begehrend anstarren, und sie würde sich vorbeugen und ...

*Ach, was für ein Blödsinn.* Eine Kreatur in einem Käfig zu sein, deren einziger Lebenszweck darin bestand, der Schatten eines Mannes zu sein, Kinder zur Welt zu bringen und seine körperlichen Bedürfnisse zu stillen. Nein, das war kein Leben für sie. Brianna liebte ihre Freiheit als Tochter eines berüchtigten Piraten. Sie konnte gehen, wohin sie wollte, und tun, was sie wollte. Was machte es schon aus, wenn sie nie einen schicken Herrn hatte, der sie mit Sternen in den Augen anstrahlte? Sie konnte sich einen Piratenliebhaber aussuchen, wenn sie wollte. Sie würden sie und ihr Leben als Seefahrerin zumindest verstehen, während die feinen Herren das nicht tun würden.

»Da vorn ist eine Schneiderei, wenn du dir jetzt ein hübsches Kleid aussuchen willst, Mädchen. Du hast doch das Gold. Warum gönnst du dir nicht mal etwas?«, schlug Joe vor. »Ich bin da drüben und kümmere mich um unsere Verpflegung.« Joe nickte in Richtung der Lagerhäuser, in denen

Lebensmittel und Fässer mit Wasser gelagert wurden. Die beiden hatten sich vor Sonnenaufgang mit einer Jolle nach Port Royal begeben, um Nachschub für die *Sea Serpent* zu besorgen, die immer noch die schönste Schaluppe mit achtzehn Kanonen war, die je spanische Gewässer befahren hatte. Ja, sie war mehr als zwanzig Jahre alt, aber ihr Vater hatte das Schiff hervorragend gepflegt, bevor er es an sie weitergegeben hatte, und für sie war die alte Schönheit immer noch das beste Schiff zwischen hier und England.

Brianna schaute sich auf dem Markt um und betrachtete die verschiedenen Stände und die Verkäufer von frischem Obst und Gemüse. Alles auf der Insel war hell und schön bunt. Der Duft von Gewürzen, Pökelfleisch und dem natürlichen Parfüm der Blumensträuße an den Ständen machte den Markt zu Briannas Lieblingsplatz in Port Royal. Die Steinstrukturen der Häuser und Geschäfte hinter den Ständen trugen zur Gemütlichkeit des Marktes bei. Eine Näherin stand in der Tür und winkte einer molligen Frau in einem cremefarbenen Kleid, das vor Perlen nur so triefte, zum Abschied.

Brianna ließ ihre Hand in die Hosentasche gleiten und griff in ihre Geldbörse, die mit spanischen Dublonen gefüllt war. Es war ihr Anteil an der Beute von einem spanischen Handelsschiff, das sie letzte Woche aufgebracht hatten. Ihr Koch, ein Mann namens John Estes, hatte die erlesensten Lebensmittel des Kapitäns und der höheren Offiziere für seine Piratenmannschaft beansprucht. Dann hatten sie das Schiff und seine Besatzung verlassen, damit die einen Hafen anlaufen konnten. Nach Briannas Ansicht war das die beste Art, als Piraten zu leben. Sich zu nehmen, was man haben wollte, aber die Besatzung am Leben zu lassen, und mit den Mitteln, um nach Hause zu kommen. Deshalb galt ihr Vater auch als Gentleman-Pirat.

»Er würde mir ein Kleid nicht missgönnen, nehme ich an«, murmelte Brianna. Ihr Vater hatte nie darauf bestanden, dass sie in seine Fußstapfen als Pirat treten sollte, aber er hatte ihr auch nicht davon abgeraten. Er hatte ihr erlaubt, zu sein, wer immer sie sein wollte - Frau, Pirat, sogar ein *weiblicher* Pirat.

Sie überquerte den Markt und wich gelegentlich einem Huhn oder einer Ziege aus, die von einem nahe gelegenen Hof herüberkamen. Sie straffte die Schultern und betrat den Kleiderladen. Hinten standen ein paar Frauen, die sich feine Ziegenlederhandschuhe ansahen. Die Näherin beobachtete die beiden mit großem Interesse, da sie sehr reich aussahen.

Die junge Frau seufzte und rieb einen der feinen Handschuhe an ihrer Wange. »Oh, fühl mal, wie weich die sind, Mama.«

»Das sind Ziegenlederhandschuhe immer, meine Liebe«, sagte die ältere Frau. Brianna vermutete, dass es sich um Mutter und Tochter handeln musste. Das Mädchen konnte nicht viel älter sein als sie selbst.

Sie trug ein frostgrünes Kleid mit einem mit bunten Chrysanthemen und Blättern bestickten Mieder. Das wurde mit einer wunderschönen goldenen Schnur zusammengehalten, die sich über dem Dekolleté kreuzte. Es war kein übermäßig aufwändiges Kleid, aber es zeugte von Klasse und Reichtum. Das Kleid der Mutter des Mädchens war in ähnlichem Stil gehalten. Ihre vollen Taftröcke waren schillernd und verliehen den Frauen, als sie sich durch den Laden bewegten, einen fast märchenhaften Glanz. Brianna hatte noch nie ein solches Kleid besessen. Ihre waren schon immer schmal geschitten gewesen, eher zum Laufen geeignet als zu dem stattlichen, anmutigen Treiben, zu dem diese Damen fähig zu sein schienen.

»Kann ich Ihnen helfen?« Die scharfe Stimme unterbrach Brianna bei der Betrachtung der Damenbekleidung. Die Näherin, die Hände in die Hüften gestemmt, mit einem Zeh ungeduldig wippend, starrte sie an und dachte offensichtlich, sie gehöre nicht hierher.

»Ich ...« Sie räusperte sich und senkte ihre Stimme , sodass sie wie ein Mann klang. »Ich möchte ein Kleid für meine Schwester kaufen.«

»Ich verstehe.« Der scharfe Blick der Näherin konzentrierte sich auf Briannas gebräunte Hände und den Schmutz, der sich unter ihren Nägeln festgesetzt hatte. Gott, sie hätte gestern Abend baden sollen, aber sie hatte nicht geplant, in einen solchen Laden zu kommen.

Sie kramte ein paar Goldmünzen hervor, öffnete ihre Handfläche und hätte fast gekichert, als die Näherin nach Luft schnappte. Das Licht fiel auf die goldenen Galeonen und ließ sie schimmern. Es gab keinen Menschen auf der Welt, der das Glitzern von Gold zurückweisen konnte.

»Ihre Schwester?« Der finstere Blick der Näherin wich einer höflichen Gelassenheit. »Ich nehme an, Sie kennen ... ihre Maße?«

Brianna machte eine Geste zu sich selbst. »Ungefähr meine Größe, aber ein etwas größerer Busen. Wir sind ... äh ... Zwillinge.« Sie hielt sich die Hände vor die Brust, wo ihre Brüste im Korsett liegen würden. Im Moment waren ihre Brüste flach gebunden, sodass sie sich unter dem lockeren weißen Hemd und der Weste, die sie trug, verbergen ließen. Die Näherin gab ein leises Schnaufen von sich, als sie ihre Maße nahm. Sie stieß und stupste Brianna mit dem Klebeband an und umkreiste sie, während sie über den unorthodoxen Akt der Vermessung eines jungen Mannes für ein Frauenkleid murmelte. Brianna wusste, dass die Frau davon ausging, dass es keine Schwester gab und dass sie vielleicht gerne Kleider trug. Sie wäre nicht der erste Mann, der das hinter verschlossenen Türen tun würde.

Als sie sich plötzlich beobachtet fühlte, drehte sie sich zu der jungen Frau um, die sie von hinter einer Reihe von Hüten auf Drahtständern beobachtete. Das Mädchen errötete, und ihre rehbraunen Augen weiteten sich, als ihr klar wurde, dass Brianna sie beim Spionieren erwischt hatte. Angesichts ihres hübschen Aussehens war sie es gewohnt, dass die Ladys sie für einen hübschen jungen Mann hielten.

Dies war jedoch das erste Mal, dass eine junge Frau mit solch unschuldigem Verlangen auf sie reagierte, und Brianna fühlte sich dadurch nur noch einsamer. Die Aufmerksamkeit, die sie sich wünschte, war aber nicht die von einer vornehmeren jungen Dame, sondern von einem Mann. Die wenigen Male, die sie Liebhaber gefunden hatte, waren weit weg von der schützenden Hand ihres Vaters und Joes gewesen. Diese hitzigen Nächte waren viel zu kurz gewesen, aber mehr konnte sie von keinem Mann verlangen, solange sie frei bleiben wollte.

»Kommen Sie und sehen Sie sich meine Auswahl an Seide an, Sir.« Die Näherin winkte Brianna zu der Wand im hinteren Teil des Ladens, an der mehrere Ballen mit Seidenstoffen in verschiedenen Farben gestapelt waren.

»Wir haben ein wunderschönes orange-blaues ...« Sie entrollte zwei Seidenballen auf dem Tresen, und Brianna betrachtete sie, wagte aber nicht, sie mit ihren schmutzigen Händen zu berühren. Die Näherin zog ein paar Skizzen aus einer Ledermappe. »Was würde sie von einer Robe à volante in Blau, einem Mieder und Unterröcken in Orange halten?«

»Ich glaube, das würde ihr gefallen.« Brianna zeigte auf das von ihr bevorzugte Muster, das als Robe à l'Anglaise bezeichnet wurde.

»Eine ausgezeichnete Wahl, Sir. Ich kann das Kleid für Ihre Schwester in zwei Wochen anfertigen lassen.«

»Danke.« Brianna bezahlte ein wenig extra dafür, dass die Näherin es für sie aufbewahren würde, wenn sie es nicht in zwei Wochen abholen kommen könnte.

»Meine Arbeit an Bord des Schiffes ist ein bisschen unberechenbar«, erklärte Brianna.

»Ja, ja, durchaus verständlich.« Die Näherin nickte und akzeptierte die Erklärung bereitwillig. Sie hatte das Gold in der

Hand und war bereit, alles zu tun, was Brianna von ihr verlangte.

Brianna ignorierte weiterhin die mürrischen Blicke der jungen Frau, die ihre neuen Ziegenlederhandschuhe umklammerte. Das Mädchen setzte sich in Richtung Tür in Bewegung und warf einen der Handschuhe kunstvoll auf den Boden, dort, wo Brianna auf ihrem Weg aus dem Laden hinaus vorbekommen musste.

Brianna hatte die Absicht, den offensichtlichen Trick zu ignorieren, musste aber innehalten, als das Mädchen sich ihr in den Weg stellte.

»Oh, danke, dass Sie meinen Handschuh aufgehoben haben, Sir.« Das Mädchen warf einen spitzen Blick auf den Handschuh, der zwischen ihnen auf dem Boden lag, als Brianna keine Anstalten machte, ihn zu berühren. Es war klar, dass das Mädchen dachte, sie würde kokettieren, und dass sie wollte, dass Brianna den höfischen Gentleman spielte.

Sie stieß einen gequälten Seufzer aus, beugte sich vor und hob den Handschuh auf. Sie warf ihn dem Mädchen zu, das ihn mit etwas Mühe auffing, und dann schob Brianna das Mädchen mit äußerster Höflichkeit aus dem Weg, damit sie gehen konnte.

»Also, das darf doch nicht wahr sein!«, schnaubte das Mädchen, und Brianna musste fast kichern.

Sie schritt über den Markt und entdeckte Joe am anderen Ende, aber als sie an einem Stand mit Zwiebeln und Kartoffeln vorbeikam, blieb sie abrupt stehen. Auf einem Stück Pergament, das vor ihr an den Holzpfosten genagelt war, sah sie ein Gesicht, das sie nur zu gut kannte. Es war das Gesicht von Joe. Sein Konterfei war auf den Aushang gedruckt worden. Darunter stand: *»Gesucht wegen Piraterie - Bei Sichtkontakt festnehmen.«*

»Verdammte Scheiße«, zischte sie.

In diesem Moment marschierte eine kleine Patrouille britischer Soldaten in leuchtend roten Uniformen über den Markt auf die entfernte Seefestung zu, die sich wie ein Wolf aus der Landschaft erhob und stolz alles verteidigte, was hinter ihr lag. Sie würden bald auf Joe treffen, und sein Bild würde wahrscheinlich in der Festung aufgehängt werden. Brianna machte sich auf den Weg zu Joe, wobei sie sich ruhig verhielt, um keine Aufmerksamkeit zu erregen, bis der richtige Moment gekommen war. Joe kam jetzt auf sie zu, und bald würde er den Soldaten frontal gegenüberstehen. Sie musste schnell handeln.

Sie ging an einem Obststand vorbei und nahm eine saftige rote Tomate in die Hand, um ihr Gewicht zu testen. Das war ein verdammt riskantes Unterfangen, aber sie musste etwas tun. Die Strafe für Piraterie war der Tod durch den Strang, und sie wollte nicht, dass Joe das passieren würde.

Sie wartete, bis die Soldaten ein paar Meter von ihr entfernt waren, dann zog sie ihren Arm zurück und warf die Tomate auf die Brust eines der Männer vor ihr. Leider zielte sie daneben, und die Tomate traf den Mann mitten ins Gesicht.

Die Reaktion kam prompt: Die Soldaten schrien erst alarmiert und dann wütend auf, als sie feststellten, dass sie nicht angegriffen wurden, sondern dass es sich bei dem Wurfgeschoss um eine Tomate handelte, die als Beleidigung und nicht als Angriff geworfen worden war. Der Mann, den sie getroffen hatte, wischte sich die Tomate aus dem Gesicht, wobei der Saft auf das weiße Revers seiner Uniform tropfte. Er knurrte vor Wut.

Brianna hatte einen Moment Zeit, Joes erschrockenem Blick zu begegnen, bevor sie davonlief.

»Fangt ihn!«, rief der mit Tomatensaft bekleckerte Offizier. Leider hatte sie den *Hauptmann* getroffen, der die Patrouille anführte.

Brianna war schnell auf den Beinen, als sie sich durch den Marktplatz schlängelte und die Männer auf eine fröhliche Verfolgungsjagd von Joe weg führte. Sie stolperte direkt in die junge Frau aus dem Kleiderladen und schubste das Mädchen ohne nachzudenken vor die Soldaten, die sich beeilten, sie aufzufangen, bevor sie stürzen und zertrampelt werden konnte.

Brianna sprang über einen mit Gemüse beladenen Karren und duckte sich in eine nahe Taverne. Sie kannte Port Royal gut genug, um einen geschickten Fluchtweg zu planen. Sie wich den Tischen und betrunkenen Männern aus, um die Treppe zu erreichen. Sie nahm die Treppe immer zwei Stufen auf einmal und lief, bis sie die erste unverschlossene Tür fand.

»Oi!«, schnappte ein rundlicher Mann in einer flachen Badewanne, als sie in sein Zimmer stürzte.

»Verzeihung!« Sie schlug die Fenster des Badezimmers zur Seite und bemerkte das dicke Seil, das zwischen der Taverne und dem nächsten Gebäude hing. Es handelte sich um eine Wäscheleine, an der jedoch keine Kleidung hing.

Sie konnte die Schreie der Soldaten hören, die das Erdgeschoss der Taverne durchsuchten. Ohne weiter darüber nachzudenken, sprang sie aus dem Fenster und fing das Seil mit beiden Händen. Sie baumelte an dem Seil ein Dutzend Meter über der Straße, während sie weiterhangelte, bis sie ihre Beine hochschwingen und in das offene Fenster des Gebäudes gegenüber der Taverne steigen konnte, wo sie flink auf ihren Füßen landete.

Brianna rannte durch die leere Kammer und über den Flur und suchte nach einem weiteren Fenster, das sie öffnen konnte. Das nächste Gebäude, das sich ihr in den Weg stellte, war nur einstöckig und hatte ein offenes Dach. Sie trat um das Eisengeländer des Balkons herum und hing dann vom Dach des nächsten Gebäudes, bevor sie sich fallen ließ.

Sie landete in der Hocke und brauchte eine Sekunde, um zu Atem zu kommen, bevor sie über das Dach sprintete. Jemand rief dicht hinter ihr. Sie warf einen Blick über ihre Schulter und sah die Gesichter zweier Männer in dem Fenster, durch das sie gerade herausgesprungen war.

»Da ist er!«

Brianna sprang vom Dach auf einen Wagen mit Heu und grub sich sofort tief ein. Das Geräusch der sich nähernden Soldaten ließ sie stillhalten, und sie versuchte, nicht zu atmen. Ihr Herzschlag verlangsamte sich, aber die Schläge waren so laut in ihren Ohren, dass sie kaum hören konnte, was außerhalb ihres Heuhaufens geschah.

»Er bewegt sich schnell, Captain. Er muss in diese Richtung gegangen sein.«

Brianna wartete sehr lange, bis die Stimmen und das Klirren der Waffen nur noch entfernt zu hören waren, bevor sie das Heu von ihrem Gesicht wegschob, um zu sehen, ob sie in Sicherheit war. Dann stieß sie sich vom Heu ab und hüpfte vom Wagen. Sie kicherte, als sie sich abbürstete und Heuhalme aus ihrer Perücke entfernte.

Alles um sie herum schien ruhig zu sein, als sie um die Ecke des Gebäudes bog, doch sie kam schleudernd zum Stehen. Fünf Soldaten hielten ihre Gewehre genau auf sie gerichtet. Sie hatten darauf gewartet, dass sie sich zu erkennen geben würde.

*Verdammnis.*

Sie wich zurück, bereit, wieder zu rennen, aber sechs weitere Soldaten umstellten den einzigen Ausgang hinter ihr. Einer der Männer, der Hauptmann, hatte noch Tomatenstücke im Gesicht und auf der Brust. Er starrte sie an, während er sich vorwärts schlich.

»All das für eine Tomate?«, murmelte sie, fassungslos darüber, dass sie so viel Mühe auf etwas verwendet hatten, von dem sie eigentlich hatten glauben sollen, dass es nur ein harmloser Streich war.

»Wer bist du überhaupt?« Der Kapitän wischte sich den letzten Rest der Tomate von seiner Uniform. Er war gutaussehend, aber um seinen Mund und seine Augen lag eine Grausamkeit, die Brianna warnte, was für ein Mann er war. Sie kannte viele Männer wie ihn.

»Ich bin niemand«, antwortete Brianna.

»Ein Niemand, der einen britischen Offizier mit Tomaten bewirft? Das bezweifle ich sehr.« Der Hauptmann hob ein Stück Pergament auf. »Jemand sagte, du habest dir das hier angesehen, kurz bevor du uns angegriffen hast.« Das war der Fahndungsaufruf für Joe.

»Angegriffen? Sag mir, wie sehr hat dich diese eine dumme Tomate verletzt?«, schoss Brianna zurück. »Wenn die mächtige englische Armee mit Tomaten geschlagen werden könnte, würden die Franzosen und Spanier die Westindischen Inseln beherrschen«, erwiderte Brianna schmunzelnd.

Das Gesicht des Hauptmanns wurde so rot wie die Tomate, mit der sie ihn beworfen hatte, und eine Ader in seiner Schläfe pulsierte bedrohlich.

»Es war nur ein harmloser Spaß«, fügte sie schwach hinzu. »Ich wollte dir doch das Ding nicht ins Gesicht werfen. Ich dachte, es würde sich leicht aus deiner Uniform herauswaschen lassen ...«

»Spaß? Ich denke, ein paar Tage in einer Zelle werden mehr *Spaß* machen, als du verkraften kannst, Junge.« Er nickte mehreren Soldaten zu, die nun auf Brianna zukamen.

Sie hob die Fäuste. »So ist das also, ja? In Ordnung.« Wenn es etwas gab, das sie besser konnte als Laufen, dann war es Kämpfen. Sie hatte von den besten Männern in Tortuga gelernt.

Der erste Mann, der nach ihr greifen wollte, bekam einen Schlag gegen den Kiefer, der ihn hart zu Boden schickte. Die nächsten beiden waren plötzlich nicht mehr so eifrig.

»Worauf wartet ihr denn?«, schnauzte der Hauptmann. »Er ist nur ein Junge. Schnappt ihn euch.«

Die beiden Männer tauschten einen Blick aus und stürzten sich dann gleichzeitig auf sie. Sie duckte sich und tauchte zwischen ihren Armen weg, als sie näher kamen. Ihre Köpfe prallten gegeneinander, dann fielen sie zurück, und beide Männer stöhnten. Brianna lachte und trat dem nächsten Mann, der auf sie zukam, direkt in den Schritt. Er umklammerte seine Leiste, krümmte sich vor Schmerzen und keuchte.

Brianna wirbelte herum, um sich dem nächsten Angreifer zu stellen, aber der Hauptmann hatte sich bereits auf sie zubewegt und schwang seine Pistole, bevor Brianna ausweichen konnte. Der Schlag traf sie an der Schläfe.

Sie blinzelte, ihre Ohren klingelten, und sie schüttelte ein bisschen den Kopf. Als das Sonnenlicht über ihr plötzlich verdunkelt wurde, blickte sie direkt in das Gesicht des Hauptmanns. Sein kaltes Lächeln ließ ihren Magen flau werden.

»Jetzt wirst du sehen, was *meine* Vorstellung von Spaß ist.«

Eine Sekunde später raste sein Stiefel auf ihr Gesicht zu, und alles wurde schwarz.

Als Brianna wieder zu sich kam, taten ihr Gesicht und ihr Kopf höllisch weh. Sie stöhnte, als sie sich aufsetzte und vorsichtig ihre Stirn berührte. Die Haut war geschwollen und fühlte sich heiß an. Überall um sich herum hörte sie Stimmen aus anderen Zellen, das Klirren von Gitterstäben und die Rufe der Soldaten. Entsetzen erfüllte sie, als sie erkannte, dass sie in einer Gefängniszelle der britischen Armee hockte.

Ihr Vater würde sie umbringen. Sie ließ sich auf die mit Stroh gefüllte Matratze auf dem Boden zurückfallen und starrte an die Decke der Zelle. Wenigstens war Joe davongekommen. Vielleicht wusste er aber nicht, dass sie gefangen genommen wurde, und er wartete in dem Versteck der Jolle auf sie. Dadurch war er ungeschützt, obwohl er besser zur *Sea*

*Serpent* zurückkehren sollte. Ihr Leben war weder die Leben der Besatzung der *Serpent* noch das ihres Vaters wert.

*Verflucht und verdammt!*

Sie setzte sich wieder aufrecht hin und stand auf. In ihrer Zelle gab es ein kleines Fenster, und sie prüfte beiläufig, ob die Eisenstäbe auch nur ein bisschen nachgaben. Das war nicht der Fall. Sie öffnete den Mund, wobei sich ihr Kiefer ein wenig verschob, und zuckte bei dem Schmerz zusammen.

»Ah, du bist endlich wach. Gut«, sagte eine kalte Stimme.

Sie drehte sich um und sah, dass der Hauptmann, den sie mit der Tomate getroffen hatte, sie beobachtete. Er trug immer noch seine rot-weiße Uniform, die auf dem weißen Revers einen Hauch von Tomatensaft aufwies. Sein dunkles Haar war zu einem dünnen Zopf zurückgekämmt und im Nacken mit einer Schleife zusammengebunden. Abgesehen von der fleckigen Uniform sah er aus wie ein perfekter englischer Hauptmann. Er fingerte an einer feinen Klinge der britischen Armee herum, die in seinem Gürtel steckte, als ob er sich danach sehnte, sie gegen sie einzusetzen.

Sie hasste ihn. Es war die Art von Abscheu, die sich sofort einstellte, wie bei einem Mungo und einer Kobra, die sich zum ersten Mal gegenüberstehen. Sie hatte einmal in Cádiz einen Kampf zwischen zwei solchen Kreaturen gesehen und es nie vergessen. Keiner konnte leben, solange der andere in der Nähe war. Das war das Schicksal natürlicher Feinde. Sie und dieser Mann waren solche Feinde.

Brianna starrte trotzig zurück. Er war nicht der erste Mann, der sie so ansah, mit dem Versprechen von Schmerz in seinen Augen. In Tortuga hatte sie einmal einen Piraten in Grund und Boden gestarrt, der im wahrsten Sinne des Wortes verrückt gewesen war. Ein englischer Offizier konnte ihr nicht annähernd so viel Angst einjagen wie jener verrückte Pirat mit seinem Entermesser.

»All das wegen einer verdammten Tomate?«, schnaubte sie. »Du hast wohl nichts Besseres zu tun.«

Der Beamte ignorierte ihre Stichelei und hielt das Pergament hoch, auf dem Joes Konterfei gedruckt war.

»Ich denke, es ist an der Zeit, dass wir über deinen Freund sprechen. Er ist ein bekannter Komplize des Piraten Thomas Buck. Das macht *dich* zu einem Komplizen von Buck, wenn man mich fragt.«

Eine Sekunde lang konnte Brianna nicht atmen. Thomas Buck war der Piratenname ihres Vaters. Seinen wahren Namen, Holland, hielt er vor allen außer ihr und Joe geheim. Deshalb war sie auf den Namen Brianna Holland getauft worden und nicht auf den Namen Buck, auch wenn außer Joe niemand wusste, dass ihr Vater eigentlich Holland hieß. Er hatte seiner Mannschaft gesagt, dass er sie nur mit einem falschen Namen schützen wollte. Es war eine Ironie des Schicksals, dass ihr richtiger Name eine weitere Möglichkeit gewesen wäre, sie zu schützen. Sie musste schnell denken, um die Fragen des Hauptmanns über ihren Vater zu umgehen.

»Oh? Wie kommen Sie darauf, Käpt'n?« Sie schlüpfte absichtlich in einen Akzent, für den ihr Vater sie gescholten hätte, um diesen Mann zu verärgern.

»Ich *denke* mir das so, denn wenn man eine Ratte findet, die etwas frisst, was ihr nicht gehört, gibt es normalerweise noch mehr Ratten in der Nähe. Piraten sind nichts anderes als Ratten, und jeder, der mit einem Piraten zu tun hat, ist höchstwahrscheinlich auch ein Pirat.«

Seiner Logik folgend, konnte sie sich ein Grinsen nicht verkneifen. »Und das würde dich zu einem Piraten machen ... da du dich ja offensichtlich in meiner Gesellschaft befindest. Oder eine *Ratte*, würde ich sagen.«

Er hatte sich so perfekt vorbereitet und hatte es nicht kommen sehen. Der einzige Beweis für seine Wut war das Aufblähen seiner Nasenlöcher.

»Du bekommst eine Chance. *Eine.* Erzähl mir von Joseph McBride und Thomas Buck, oder du wirst gehängt, gestreckt und gevierteilt.«

»Und wenn ich rede?«, fragte sie, obwohl sie nicht die Absicht hatte, zu sprechen.

Seine Lippen verzogen sich zu einem Grinsen. »Dann lassen wir dich gnädigerweise schnell fallen und dir das Genick brechen, aber immerhin bleibst du dann in einem Stück.«

Wenn der Mann erfahren sollte, dass sie eine Frau war, würde sie ein viel schlimmeres Schicksal erleiden. Für Frauen war es *immer* schlimmer.

»Ich denke, ich werde meinen Mund halten, vielen Dank, Hauptmann.« Sie drehte ihm den Rücken zu.

»Du wirst deine Meinung noch früh genug ändern.« Seine Worte hallten noch nach, als er sie allein ließ.

Sie starrte aus dem Fenster und erkannte mit schleichendem Schrecken, was sie vorhin beim Testen der Gitterstäbe übersehen hatte. Mitten im Hof des Forts war ein Galgen errichtet worden, der von allen Gefängniszellen aus zu sehen war. Die leere Schlinge schaukelte in der Brise der Insel. Der Tod und das Paradies waren in ihrem Leben schon immer eng miteinander verwoben gewesen, aber sie hatte nie gewollt, dass sie *so* nah beieinander lagen.

Brianna erschauderte. Es war an der Zeit, einen Ausweg aus dieser Zelle zu finden, oder sie musste sie davon überzeugen, sie zu hängen, bevor sie gefoltert wurde. Sie würde nicht warten, bis sie herausfanden, dass sie eine Frau war. Es wäre weitaus besser, sich dem schnellen Fall und dem plötzlichen Genickbruch zu stellen. Brianna legte ihre Finger um die Gitterstäbe und atmete die Düfte der Insel ein, während sie ihre Augen schloss.

Bei Gott, sie hatte plötzlich Heimweh nach ihrer Kabine auf der *Sea Serpent*. Sie vermisste ihren Vater und ihre Mannschaft und das Gefühl der Brise auf ihrer Haut, die nicht von den

Gerüchen einer Stadt oder eines Gefängnishofs verdorben war. Sie öffnete den Mund und sang ein Lied, das ihr Vater ihr beigebracht hatte, als sie noch ein kleines Kind gewesen war, während sie der Schlinge beim Schaukeln zuschaute.

»Come all you young sailormen, listen to me,
I'll sing you a song of the fish in the sea,
And it's windy weather, boys, stormy weather, boys,
When the wind blows, we're all together, boys.«

**Und wenn du wissen willst, wie es weitergeht, hol dir das Buch HIER!**

# ÜBER DEN AUTOR

Lauren Smith ist tagsüber eine amerikanische Anwältin. Bei Nacht schreibt die Autorin abenteuerliche Liebesgeschichten im Lichte ihrer Smartphone-Taschenlampe. Sie wusste, dass sie dazu bestimmt war, eine Romanautorin zu sein, als sie versuchte, den gesamten Titanic-Film neu zu schreiben, nur um Jack vor dem Ertrinken zu bewahren. Sich mit ihren Lesern zu verbinden, indem Sie emotional bewegende, realistische und sexy Romanzen schreibt – egal in welchem Zeitraum diese spielen – ist ihre Leidenschaft. Lauren hat mehrere Preise in verschiedenen Romantik-Subgenres gewonnen.

*Um mit Lauren in Verbindung zu treten, besuchen Sie sie unter:*
www.laurensmithbooks.com
lauren@laurensmithbooks.com